远去的背影　文化的神韵

中国传统民俗文化——艺术系列

中国古代文学

陈薛俊怡◎编著

中国商业出版社

图书在版编目（CIP）数据

中国古代文学／陈薛俊怡编著．-- 北京：中国商业出版社，2015.5（2022.9 重印）

ISBN 978-7-5044-8598-4

Ⅰ．①中… Ⅱ．①陈… Ⅲ．①中国文学-古代文学史 Ⅳ．①I209.2

中国版本图书馆 CIP 数据核字（2015）第 117287 号

责任编辑：常　松

中国商业出版社出版发行
010-63180647　www.c-cbook.com
（100053 北京广安门内报国寺 1 号）
新华书店经销
三河市同力彩印有限公司印刷
＊
710 毫米×1000 毫米　16 开　12.5 印张　200 千字
2015 年 5 月第 1 版　2022 年 9 月第 2 次印刷
定价：58.00 元
＊　＊　＊　＊
（如有印装质量问题可更换）

《中国传统民俗文化》编委会

主　编	傅璇琮	著名学者，国务院古籍整理出版规划小组原秘书长，清华大学古典文献研究中心主任，中华书局原总编辑
顾　问	蔡尚思	历史学家，中国思想史研究专家
	卢燕新	南开大学文学院教授
	于　娇	泰国辅仁大学教育学博士
	张骁飞	郑州师范学院文学院副教授
	鞠　岩	中国海洋大学新闻与传播学院副教授，中国传统文化研究中心副主任
	王永波	四川省社会科学院文学研究所研究员
	叶　舟	清华大学、北京大学特聘教授
	于春芳	北京第二外国语学院副教授
	杨玲玲	西班牙文化大学文化与教育学博士
编　委	陈鑫海	首都师范大学中文系博士
	李　敏	北京语言大学古汉语古代文学博士
	韩　霞	山东教育基金会理事，作家
	陈　娇	山东大学哲学系讲师
	吴军辉	河北大学历史系讲师
策划及副主编		王　俊

序　言

中国是举世闻名的文明古国，在漫长的历史发展过程中，勤劳智慧的中国人创造了丰富多彩、绚丽多姿的文化。这些经过锤炼和沉淀的古代传统文化，凝聚着华夏各族人民的性格、精神和智慧，是中华民族相互认同的标志和纽带，在人类文化的百花园中摇曳生姿，展现着自己独特的风采，对人类文化的多样性发展做出了巨大贡献。中国传统民俗文化内容广博，风格独特，深深地吸引着世界人民的眼光。

正因如此，我们必须按照中央的要求，加强文化建设。2006 年 5 月，时任浙江省委书记的习近平同志就已提出："文化通过传承为社会进步发挥基础作用，文化会促进或制约经济乃至整个社会的发展。"又说，"文化的力量最终可以转化为物质的力量，文化的软实力最终可以转化为经济的硬实力。"(《浙江文化研究工程成果文库总序》)2013 年他去山东考察时，再次强调：中华民族伟大复兴，需要以中华文化发展繁荣为条件。

正因如此，我们应该对中华民族文化进行广阔、全面的检视。我们应该唤醒我们民族的集体记忆，复兴我们民族的伟大精神，发展和繁荣中华民族的优秀文化，为我们民族在强国之路上阔步前行创设先决条件。实现民族文化的复兴，必须传承中华文化的优秀传统。现代的中国人，特别是年轻人，对传统文化十分感兴趣，蕴含感情。但当下也有人对具体典籍、历史事实不甚了解。比如，中国是书法大国，谈起书法，有些人或许只知道些书法大家如王羲之、柳公权等的名字，知道《兰亭集序》

是千古书法珍品,仅此而已。

再如,我们都知道中国是闻名于世的瓷器大国,中国的瓷器令西方人叹为观止,中国也因此获得了“瓷器之国”(英语 china 的另一义即为瓷器)的美誉。然而关于瓷器的由来、形制的演变、纹饰的演化、烧制等瓷器文化的内涵,就知之甚少了。中国还是武术大国,然而国人的武术知识,或许更多来源于一部部精彩的武侠影视作品,对于真正的武术文化,我们也难以窥其堂奥。我国还是崇尚玉文化的国度,我们的祖先发现了这种“温润而有光泽的美石”,并赋予了这种冰冷的自然物鲜活的生命力和文化性格,如“君子当温润如玉”,女子应“冰清玉洁”“守身如玉”;“玉有五德”,即“仁”“义”“智”“勇”“洁”;等等。今天,熟悉这些玉文化内涵的国人也为数不多了。

也许正有鉴于此,有忧于此,近年来,已有不少有志之士开始了复兴中国传统文化的努力之路,读经热开始风靡海峡两岸,不少孩童以至成人开始重拾经典,在故纸旧书中品味古人的智慧,发现古文化历久弥新的魅力。电视讲坛里一拨又一拨对古文化的讲述,也吸引着数以万计的人,重新审视古文化的价值。现在放在读者面前的这套“中国传统民俗文化”丛书,也是这一努力的又一体现。我们现在确实应注重研究成果的学术价值和应用价值,充分发挥其认识世界、传承文化、创新理论、资政育人的重要作用。

中国的传统文化内容博大,体系庞杂,该如何下手,如何呈现?这套丛书处理得可谓系统性强,别具匠心。编者分别按物质文化、制度文化、精神文化等方面来分门别类地进行组织编写,例如,在物质文化的层面,就有纺织与印染、中国古代酒具、中国古代农具、中国古代青铜器、中国古代钱币、中国古代木雕、中国古代建筑、中国古代砖瓦、中国古代玉器、中国古代陶器、中国古代漆器、中国古代桥梁等;在精神文化的层面,就有中国古代书法、中国古代绘画、中国古代音乐、中国古代艺术、中国古代篆刻、中国古代家训、中国古代戏曲、中国古代版画等;在制度文化的层面，就有中国古代科举、中国古代官制、中国古代教育、中国古代军队、中国古代法律等。

此外，在历史的发展长河中，中国各行各业还涌现出一大批杰出人物，至今闪耀着夺目的光辉，以启迪后人，示范来者。对此，这套丛书也给予了应有的重视，中国古代名将、中国古代名相、中国古代名帝、中国古代文人、中国古代高僧等，就是这方面的体现。

生活在21世纪的我们，或许对古人的生活颇感兴趣，他们的吃穿住用如何，如何过节，如何安排婚丧嫁娶，如何交通出行，孩子如何玩耍等，这些饶有兴趣的内容，这套“中国传统民俗文化”丛书都有所涉猎。如中国古代婚姻、中国古代丧葬、中国古代节日、中国古代民俗、中国古代礼仪、中国古代饮食、中国古代交通、中国古代家具、中国古代玩具等，这些书籍介绍的都是人们颇感兴趣、平时却无从知晓的内容。

在经济生活的层面，这套丛书安排了中国古代农业、中国古代经济、中国古代贸易、中国古代水利、中国古代赋税等内容，足以勾勒出古代人经济生活的主要内容，让今人得以窥见自己祖先的经济生活情状。

在物质遗存方面，这套丛书则选择了中国古镇、中国古代楼阁、中国古代寺庙、中国古代陵墓、中国古塔、中国古代战场、中国古村落、中国古代宫殿、中国古代城墙等内容。相信读罢这些书，喜欢中国古代物质遗存的读者，已经能掌握这一领域的大多数知识了。

除了上述内容外，其实还有很多难以归类却饶有兴趣的内容，如中国古代乞丐这样的社会史内容，也许有助于我们深入了解这些古代社会底层民众的真实生活情状，走出武侠小说家加诸他们身上的虚幻的丐帮色彩，还原他们的本来面目，加深我们对历史真实性的了解。继承和发扬中华民族几千年创造的优秀文化和民族精神是我们责无旁贷的历史责任。

不难看出，单就内容所涵盖的范围广度来说，有物质遗产，有非物质遗产，还有国粹。这套丛书无疑当得起“中国传统文化的百科全书”的美誉。这套丛书还邀约大批相关的专家、教授参与并指导了稿件的编写工作。应当指出的是,这套丛书在写作过程中,既钩稽、爬梳大量古代文化文献典籍,又参照近人与今人的研究成果,将宏观把握与微观考察相结合。在论述、阐释中,既注意重点突出,又着重于论证层次清晰,从多角度、多层面对文化现象与发展加以考察。这套丛书的出版,有助于我们走进古人的世界,了解他们的生活,去回望我们来时的路。学史使人明智,历史的回眸,有助于我们汲取古人的智慧,借历史的明灯,照亮未来的路,为我们中华民族的伟大崛起添砖加瓦。

是为序。

傅璇琮

2014 年 2 月 8 日

前　言

光辉灿烂的中国古代文化中保存至今、依然能为我们所欣赏的，最完整的当数中国古代文学。中国古代的音乐、绘画，也都十分发达，但古乐谱多已散佚，绘画的真迹能见到的多是宋代以后的。惟有文学，即使是先民创造的短歌与神话，今天仍为我们所熟知。

中国古代文学史分期及各时期的主要文学样式，主要可以作如下概括：

1. 上古时期：神话传说。
2. 先秦时期：散文（历史散文、诸子散文）。
3. 两汉时期：辞赋、乐府民歌、历史散文。
4. 魏晋南北朝时期：诗歌等。
5. 唐代时期：诗。
6. 宋代时期：词。
7. 元代时期：曲。
8. 明清时期：小说。

但是，以上各种文学形式并不是独立发展的，而是不断演化、相互交融，多头并进的。

中国古代诗歌，散文，戏曲，小说，在创作和理论上不断发展、丰富，日臻完善，脉络清晰，充分体现并显示着它的历史与文化的博大精深，显示出以中国古代文字为载体的中国古代文学在内涵上极大的丰富和巨大的张力。

中国古代文学是中华文明的重要组成部分，它的历史悠久，其起源，略同中华文明的起源。漫长的历史上曾经产生出一代又一代的杰出作家和数不清的优秀作品，出现了多姿多彩的体裁、题材、风格、流派，形成了各种各样的文学现象、文学潮流和文学理论，内容极其丰富。这是一笔无比宝贵的文化遗产。在世界民族文学之林，我国古代文学以自己无比辉煌的成就和无比鲜明的独特风貌，占有重要的地位。我们编写此书的目的，希望读者通过本书全面地了解中国古代文学，丰富自己的情操，将伟大的中国古代文化传承下去。

由于时间的仓促和编者水平所限，本书中难免有一些疏漏之处，对于历史的见解也难免有个人之见，欢迎广大读者在发现不足之处时，能够批评指正，和编者共同商榷。

目录

第一章　中国古代文学的核心

第二章　先秦时期的文学

第三章 秦汉时期的文学

第四章 魏晋南北朝的文学

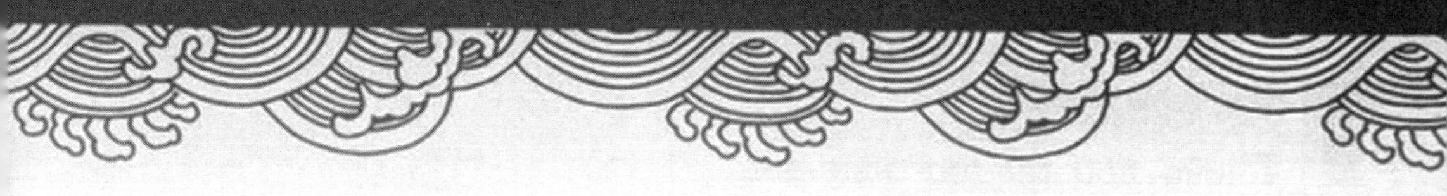

第一章

中国古代文学的核心

中国古代文学具有悠久的历史。汉字是中国文学产生的基础，而上古诗歌与神话则是中国文学的源流。在数千年的历史长河中，中国古代文学不断发展演进，衍生出诸多各具特色的文学派别。而这些文学派别所代表的不同文学思想，正是中国古代文学所独有的内涵。

第一节 中国古代文学的起源

汉字的产生

文学是人类文化传播的重要方式，传播文学的主要工具是文字。虽然有口头文学之说，但其受时空制约，其传播的范围和时间都有很大局限，且会随着历史的进展在内容和形式方面有所改变，故很难说是原生态文学。通过文字流传的文学，才是最可靠的文献资料。因此，在某种意义上说，文字便

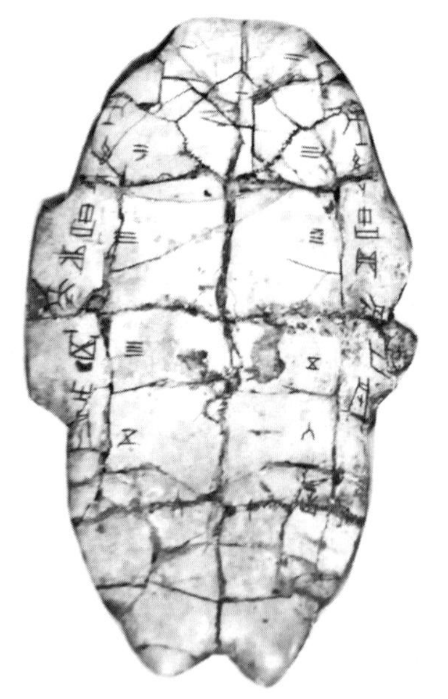

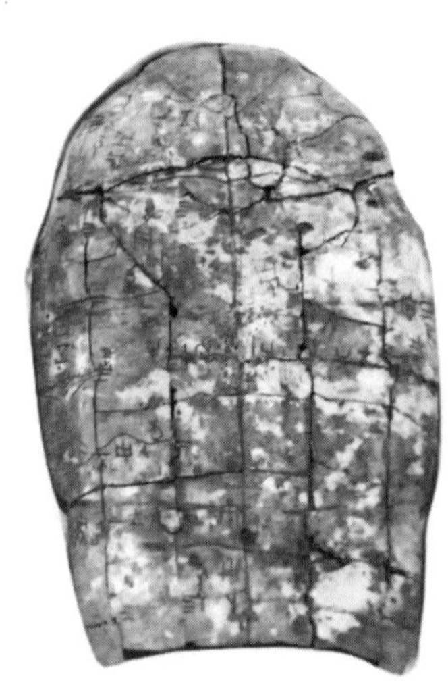

甲骨文

是文学流传的前提和条件。即使是鲁迅先生说的“杭育杭育”派，也需要写出这几个字来。要整理研究以前的文学，与古人思想接轨，便非要识字不可。

中国的汉字尤其适于流传，而且适于永久性的流传。先不说字形和字体，只看传播文字的载体便可看出中国先民杰出的智慧。就现存史料来说，最早的汉字是甲骨文，殷商时的知识分子把占卜的结果以文字形式用刀雕刻在龟甲或大块兽骨上，然后集中存放，可能是想用来验证占卜的准确与否，当然肯定也有长期保存流传后世的意识。其结果真的流传下来，致使3000余年后的人们从土里将其挖掘出来后基本还能认识，能读懂大体的意思，真是个奇迹。

流传至今最早的甲骨文是河南安阳小屯出土的殷墟文字，到现在已3600多年。西周时期，依然使用甲骨文，1954年在山西洪洞县首次发现西周甲骨文，其后在扶风、岐山两县间周原遗址也有发现，单字超过4500多个。

中国人历来有不朽意识，即使肉体死亡，也希望灵魂永生，希望自己的名字和事迹永载史册，于是便千方百计通过文字记录下来，并希望永远流传。在甲骨文之后，一些地位高的大贵族便把自己的名字和一些大事包括刑法等铸在青铜器上，这便是金文，也称钟鼎文。最初的铭文往往只有几个字或一两句话，到西周后期字数逐渐增多。成王时的令彝187字，康王时的小盂鼎390字，宣王时的毛公鼎33行，497字，是目前发现的最长的铭文。

其后，人们便把文字镌刻在石头上，所谓的勒铭、立碑、石鼓文均属此类。稍有地位和影响的人物死后一定要请名人撰写墓志铭并刻碑。诸如此类的举措，目的都是一个：永远流传。另外，用朱漆写在简牍上、用墨写在宣纸上等方式，都可以长久保存。近现代不断出土的竹简，敦煌保存的唐代人写的卷轴，都是1000多年前的文字，至今依然保存得清晰完整。

甲骨文也好，钟鼎文也好，石鼓文也好，只要是汉字，今人便绝大多数能够看明白，真的达到了流传的目的。我们中华民族能够比较有系统地连贯记载3000余年的有文献可征的历史，文字以及这种记载文字的形式是关键性因素之一。

文字的产生是人类文明进步的重要里程碑，是文学流传下来的前提。那么，文字是如何产生的呢？

一般都说汉字是由仓颉创造的。《荀子·解蔽》、《韩非子·五蠹》、《吕氏春秋·君守》都持这种观点。司马迁《史记》据《世本》说仓颉是黄帝史官。秦始皇统一天下后，为统一文字，废除其他六国文字，命丞相李斯作《仓颉篇》，仓颉与文字的联系就更加紧密了。那么，文字的发明者到底是不是仓颉呢？下面，就这一问题作一简单讨论。

《荀子解蔽》中说："好书者众矣，而仓颉独传者，一也。好稼者众矣，而后稷独传者，一也。好乐者众矣，而夔独传者，一也。好义者重矣，而舜传者，一也。"从荀子的话来体会，与仓颉同时爱好书写的人很多，但唯独仓颉写的字流传下来，是因为他精神专一。可知与仓颉同时便有许多人爱好书写文字，那么，文字便肯定不是仓颉创造的。在仓颉以前，文字已经成形并流传开来，成为比较普遍的交流工具。仓颉只能是同时代人中写字最好最全的人，对于文字的流传与推广有重要作用。

韩非是荀子的学生，他在分析字义时说："古者仓颉之作书也，自环者谓之私，背私谓之公。公私之相背也，乃仓颉固以知之矣。"认为仓颉创造文字时注意到"私"字和"公"字意义方面的对立，没有论述仓颉造字的情况。《吕氏春秋·审分览·君守》篇说："奚仲作车，仓颉作书，后稷作稼，皋陶作刑，昆吾作陶，夏鲧作城。"高诱注曰："仓颉生而知书写，仿鸟迹以造文章。"是叙述一些发明家时连类而及的。高诱注则有神秘色彩，认为仓颉天生就会写字，但后面紧跟着说是观察模仿鸟爪在地面留下的痕迹而发明了文字。说仓颉"生而知书写"是不可信的，但推测"仿鸟迹以造文章"却有一定道理。

至于《说文·叙》说："秦始皇帝初兼天下，丞相李斯乃奏同之，罢其不与秦文合者。斯作"仓颉篇"。"则只能说明秦始皇统一天下后，采纳李斯的

仓颉造字

建议要统一文字，而采用了“仓颉”这一品牌而已。

将上述材料综合一下，可以大致推测出文字产生的过程：在漫长的社会历史中，由于生产能力的提高和交流记忆的需要，人们逐渐用一些符号来记载事物，随着符号的增多和共同使用，数量日多使用范围日广。到仓颉时期，文字已经基本成形，由于仓颉的专门书写，再进行一些创造，使之进一步规范和便于掌握。又经过数百年甚至上千年的流传、增广，文字数量更多。秦始皇统一天下，为统治的方便，必须统一文字，于是由当时文化水平最高又掌握实权的李斯来统一书写，使天下文字完全统一起来，这便是篆书，也称“小篆”。其后经过隶书化和楷体化，文字便永远流传下来，发展成为世界主要的几种文字之一。大量的古代文献通过文字流传下来，浩如烟海的古代文学作品也是通过文字流传下来，成为我们享用不尽的精神食粮。诗曰：伏羲仓颉复李斯，草创成型规范之。甲骨金石简牍纸，文明华夏尽由兹。

上古诗歌

文学是一种社会现象，是一种社会意识形态，早在文字之前文学作品就产生了。最早的文学是原始人类的口头创作，即流传于人群中的古代诗歌。

文学作品起源于劳动，上古诗歌就是根据劳动需要产生的。劳动是有节奏的，诗歌的韵律、节拍性因而也十分显著。它源于劳动，同时它又反过来在劳动中起着加强节奏和调剂精神的作用。关于文学起源于劳动的道理，前人阐述甚多。《吕氏春秋·审应览·淫辞》说：“今举大木者，前呼舆謣，后亦应之”，《淮南子·道应训》也有类似的说法“今夫举大木者，前呼‘邪许’，后亦应之，此举重劝力之歌也”；鲁迅先生的话更为明白、生动，他在《且介亭杂文·门外文谈》中说：“我想，人类是在未有文字之前，就有了创作的，可惜没有人记下，也没有法子记下，我们的祖先原始人，原是连话也不会说的，为了共同劳作，必须发表意见，才渐渐地练出复杂的声音来，假如那时大家抬木头，都觉得吃力了，却想不到发表，其中有一个叫道‘杭育杭育’，那么，这就是创作；大家也要佩服、应用的，这也就等于出版；倘若用什么记号留存下来，这就是文学；他当然就是作家，也是文学家，是‘杭育杭育’派”。

这种“舆謣”、“邪许”、“杭育”的劳动号子声，一旦和表示具体意义的语言相结合，便使呼声有了明确的含义，呼声中的语言也就演化而为既有节奏又有意义的唱辞，于是上古诗歌就产生了。由于产生年代久远和没有文字

可兹记录，所以今天能见到的上古诗歌已为数甚少，而且真伪也难考辨。某些古书中保存的诗歌，就其音节、形式、内容来看，是极似原始歌谣的。如《吴越春秋》所载《弹歌》。

断竹，续竹，飞土，逐肉。这很可能是一首产生于渔猎时代的猎歌。唱出了原始人砍断竹子，捆成弓；射出土丸，追逐猎物的整个射猎过程。也抒发出我们的远古祖先，为自己发明了狩猎工具而感到喜悦和自豪。这首歌淳朴自然、概括力极强，属原始型诗歌。

《易经·归妹》中也保存了一些古老的歌谣。如：

女承筐无实，士刲羊无血，无攸利。

《易经》是一部巫书。这段歌辞是反映一次祭祀前的占卜文字，说：女的将举着空筐子，男的杀羊不出血，要是祭祀准没好处。当然，对这首歌辞也还有不同解释。例如说它是一首反映畜牧生活，描绘出了妇女托着筐，等待男子割下羊毛装进去的劳动场面。“无实”，是指羊毛没什么分量；“无血”，是指劳动轻巧，不伤羊体；唱辞中含有诙谐和欢乐。从诗的内容推测成诗的年代，当在原始氏族成员结成劳动集体之际。

上古还流传一些祭雨巳新祷的韵语，颇具早期诗歌特点。如《礼记·郊特牲》所载伊耆氏（即“神农氏”）的《蜡辞》：

土反其宅，水归其壑，昆虫毋作，草木归其泽。

《蜡辞》是十二月蜡祭群神时，向鬼神发的祷告之辞，希望神灵保佑：泥土不要流失，洪水退回深谷，害虫不要咬坏庄稼，草木恢复其润泽。虽是祈祷，但也显露出人与自然作斗争、要自然为人类造福的思想萌芽。当然，就其艺术形式较为完整、语言表达相当缜密而论，恐非传说中的神农氏时所作，起码应晚于上述各例，说它是殷商时的作品更可信一些。

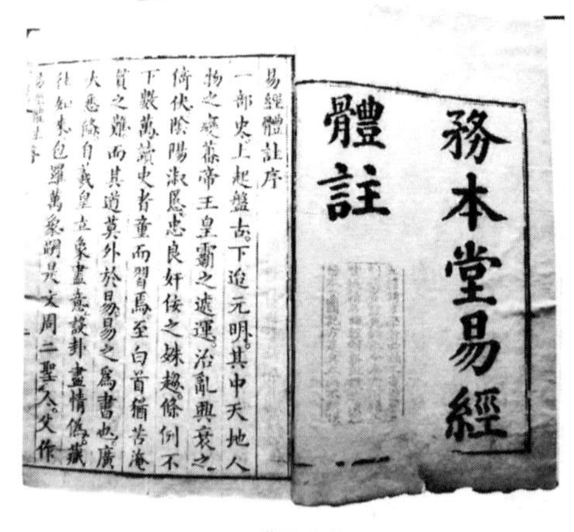
務本堂易經
體註

易經體註序
一部史上起盤古下迄元明其中天地人物之變蕃帝王皇霸之遞運治亂興衰之倚伏陰陽淑慝忠良奸佞之殊趨條例不下數萬讀史者童而習焉至白首猶苦淹貫之難而其道莫外於易易之爲書也廣大悉備自羲皇立象畫卦盡情偽藏往知來包羅萬象[illegible]文周二聖人父作

《易经》

照理说，作为文学作品最早形式的上古诗歌，应该是大量的，像当时的劳动生活一样丰富多彩，但是因为当时没有文字记录，全凭口耳相传，时间又已久远，自然存留甚少。但从仅存的有限材料中，已足见其清新、

质朴、明朗、健康的情调。上古诗歌是中国文学的古老源头。

文学的摇篮——神话

在原始时代，生产力低下，原始人在同自然（也包括社会）作斗争的过程中，往往无能为力。他们的知识限制了他们对自然规律的认识和掌握，因而对变化多端的自然现象感到神奇莫测，认为在冥冥之中有神在控制、指挥，于是凭借自身的生活体验，通过想像和幻想，创造出人格化的神的形象，并按照幼稚的思考创作出神的故事，以解释自然现象、征服和支配自然力。这些故事在古代人的口头代代相传，后世便称之为神话。

神话在文学史中有着十分重要的价值。

首先，神话具有不朽的认识价值。神话是原始时期人类社会意识的最初记录，是自然界和社会生活本身的曲折反映，也是人类历史文明的第一页。它为我们认识人类幼年时期的状况，探索远古时代的历史奥秘，了解远古人类的意识、情感，提供了可贵的信息，宝贵的资料。例如《述异记》中说：盘古死后“头为四岳，目为日、月，脂膏为江海，毛发为草木”的传说，使我们了解到原始人对世界由来的认识，从中可以看出我们祖先的朴素唯物主义思想，即世界并非上帝创造，而是由物质变化而来。又如《山海经·海外西经》载：“刑天与帝争神，帝断其首……乃以乳为目，以脐为口，操干戈以舞”，表现了古人敢于向绝对权威挑战的精神和不屈不挠的意志。又如许多奇人异物的神话，从中可以看出古人征服自然的愿望和丰富的想像力等等。

其次，神话具有重要的艺术价值。古代神话是浪漫主义文学的萌芽，对后世文学的影响很大。一般说来，神话创作的基础是现实的，而神话的创作方法是浪漫的。神话以其奇特奔放的幻想，启发作家的想像力，并提供了丰富的文学题材和艺术形象。我国先秦时期的神话，同样是我国文学艺术的土壤。屈原的楚辞，庄子的散文，阮籍、陶渊明、李白、李贺、苏轼等的诗歌，特别是小说、戏剧。如《柳毅传书》、《张生煮海》、《西游记》、《封神演义》以及鲁迅的《故事新编》等等，同样是我国作家在古代神话的土壤上，辛勤耕耘的丰硕成果。

再次，神话具有很高的审美价值。古代神话以其瑰丽壮伟给人以美妙的艺术享受。神话中所蕴含的对勤劳、勇敢、正直、善良的礼赞，对崇高、粗犷、神奇、悲壮的美的讴歌，不仅反映了我们祖先的思想、情感和性格，而且对我们民族道德情操的形成，价值观念的取向，都有重要的启迪和陶冶作

用。神话中的乐观主义、英雄主义以及对现实的积极态度，强烈要求改变现实和追求美好生活的愿望，鼓舞着后代子孙，尤其是对作家进步世界观的形成有着重要的作用。

我国古代神话主要保留在《山海经》、《淮南子》、《楚辞》、《庄子》、《列子》和其他一些古籍中。从流传下来的神话来看，大致可分为四种类型：一是关于世界由来、人类起源的“创世神话”，如《盘古开天》、《女娲补天》等；二是关于自然神的形象和故事的“自然神话”，如日神、月神、雷神、海神等等；三是关于改造自然，改造社会的英雄形象和故事的“英雄神话，”如《鲧禹治水》、《刑天与帝争神》等；四是关于一些具有特异功能的异人、异物的“传奇神话”，如“羽民国”、“长臂国”、“千里眼”、“顺风耳”的故事等等。

和全人类的神话一样，中国古代神话也经历了自身发展演变的历史过程。从神话的发展历史看来，大致经历了从灵性神话到神性神话，再到人性神话不同阶段。由于中国古代神话在流传过程中，曾被后人不断加工、改造，以致失去了它的本来面目，上述发展阶段便难以明确地分辨界定。

女娲始祖雕像

这种加工、改造的结果，还明显地导致了神话的历史化、寓言化和宗教化。

历史化是中国古代神话演变的最突出表现。历代统治者为了维护本阶级的利益，有意识地对神话妄加篡改。例如“女娲抟黄土作人”的故事，《风俗通义》引俗说，谓“天地开辟，未有人民。女娲抟黄土作人，剧务力不暇供，乃引绳縆于泥中，举以为人。故富贵者，黄土人也；贫贱凡庸者，縆人也”。这就明显地掺入统治阶级的意识，以神话作为统治阶级地位特殊的理由和根据。另一方面，由于中国古代史学发展较早，史学家认为神话荒唐怪诞，不能入史，对广泛流传的神话故事进行了看似合理的理性诠释，使之有资格进入历史简册。如把“黄帝三百年”解释为“生而民得其利百年，死而民畏其神百年，亡而民用其教百年”（《大戴礼记·五帝德篇》）；把“黄帝四面”

解释为“取合己者四人，使治四方”（《尸子》）；把“夔一足”讲成“夔非一足也，一而足也”（《韩非子·外储说左下》）。这种把“神”人化，把神话历史化的结果，就使神话失去了它的勃勃生机而僵化成为毫无色彩的“历史”了。究其原因，也与孔子为代表的儒家一向轻视和贬斥神异之说，认为神话“荒唐不经”有关。

寓言化，则是中国神话演变的又一结果。中国神话本来就有蕴含丰富的哲理性和教育性这一突出特点，后世的一些思想家为了宣扬自己的学说，便从神话的“武库”里选取“为我所需”、“为我所用”的部分进行加工改造，使之成为寄托某种思想哲理的寓言。这样一来，则强化了神话的理性蕴味；减弱了神话的感性色彩，使生动的神话故事变成了以教化为主的寓言故事。这主要反映在先秦诸子的说理性文章中，特别是庄子，堪称改造神话、使神话寓言化的能手。

神话与原始宗教都是原始思维的产物，都是使人类的经验、情感和幻想更形象具体化，同样属于艺术的创造。但阶级社会产生以后，宗教就成为剥削阶级统治人民，麻醉人民的工具，愈来愈带有迷信的色彩。神话本是鼓舞人民向自然、向社会作斗争的武器，与后世的宗教是不能混为一谈的；但神话中含有宗教的因素，易为宗教所用。中国神话在历史演变中，由“神话”流为“仙话”，是神话宗教化的主要表现。比如，中国古代神话中，关于西王母的神话和月亮神话，就逐渐演变为“仙话”。女神成为了仙女，形象也由粗朴变为美丽，情节由荒谬走向“合理”，其中便掺进了方术之士的仙道观念，这无疑是神话变质、趋向消亡的又一原因。

知识链接

原始诗歌三要素

原始时代，各种艺术往往混合为一，即歌辞、乐调、动作紧密结合在一起。《吕氏春秋·仲夏纪·古乐》篇说：“昔葛天氏之乐，三人操牛尾，投足以歌八阕。”葛天氏是古帝名，说明在无文字之前的歌谣，其语言、音乐、动作三种要素混合的关系。

第二节 中国古代文学的类别

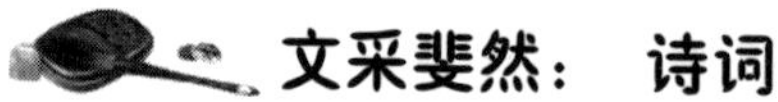

文采斐然：诗词

人类许多民族在语言的发展中产生了适合本民族语言的诗歌形式。在中国，最早的诗歌总集是《诗经》，其中最早的诗作于西周初期，最晚的作品成于春秋时期中叶。

到了战国时期，在南方的楚国华夏族和百越族语言逐渐融合，其诗歌集《楚辞》突破了《诗经》的一些形式限制，更能体现南方语言的特点。

乐府诗是为了配音乐演唱的，相当于现代社会的歌词。这种乐府诗称为“曲”、“辞”、“歌”、“行”等。三国时期以建安文学为代表的诗歌作品吸收了乐府诗的营养，为后来的格律更严谨的近体诗奠定了基础。

到了唐代，中国诗歌出现了四句的绝句和八句的律诗。律诗押平声韵，每句的平仄、对仗都有规定。绝句的规定稍微松一些。

唐代是我国古典诗歌发展的全盛时期。唐诗是我国优秀的文学遗产之一，也是全世界文学宝库中的一颗灿烂的明珠。尽管离现在已经有一千多年了，但许多诗篇还是被广为流传。

唐代的诗人特别多。李白、杜甫、白居易等一些人是世界闻名的伟大诗人，除他们之外，还有其他无数诗人，像满天的星斗一样。这些诗人，今天知名的就有二千三百多人。他们的作品，保存在《全唐诗》中的就有四万八千九百多首。

唐诗的题材非常广泛。有是从侧面反映当时社会的阶级状况和阶级矛盾，揭露了封建社会的黑暗；有的歌颂正义战争，抒发爱国思想；有的描绘祖国河山的秀丽多娇；此外，还有抒写个人抱负和遭遇的，有表达儿女爱慕之情的，有诉说朋友交情、人生悲欢的等等。总之，从自然现象、政治动态、劳

动生活、社会风习，直到个人感受，都逃不过诗人敏锐的目光，而成为他们写作的题材。在创作方法上，唐诗既有现实主义的流派，也有浪漫主义的流派，而许多伟大的作品，则又是这两种创作方法相结合的典范，从而形成了我国古典诗歌的优秀传统。

唐诗的形式和风格是丰富多彩、推陈出新的。它不仅继承了汉魏民歌、乐府的传统，并且大大发展了歌行体的样式；不仅继承了前代的五、七言古诗，并且发展为叙事言情的长篇巨制；不仅扩展了五言、七言形式的运用，还创造了风格特别优美整齐的近体诗。近体诗是当时的新体诗，它的创造和成熟，是唐代诗歌发展史上的一件大事。

词，是按照一定的乐谱而演唱的歌词。它是先有一定的曲调，然后再按照固定的通用曲谱填进词去，故又称“曲子词”或“乐府”。由于音乐的关系，词的句子一般是长短不齐的，但每一词调、句中之字、平仄都有一定的限制，词又被叫做“长短句”。

词，这种体裁，早在六朝便已萌生，敦煌曲子词的牌调也多六朝旧曲。到了唐代既继承六朝以来的乐曲也大力吸收了“胡夷乐曲”和“里巷之歌”又制新曲，词便更加成熟，广泛地为民间所使用。唐代民间也有许多俚曲小调，如《杨柳枝》、《纥那曲》、《竹枝》、《山鹧鸪》、《抛球乐》、《望江南》、《菩萨蛮》、《何满子》等。自盛唐，中唐以至晚唐五代均有，大部分作者是民间各行各业的劳动者，所反映的社会生活面非常广阔。

词在本质上和诗一样同属抒情文体，但是词不仅具有自己独特的形式体制，而且取象造境、传声达情与诗大不相同。王国维在《人间词话》中指出：“词能言诗之所不能言，而不能尽言诗之所能言。诗之境阔，词之言长。”相对而言，诗的言情功能强大，词的言情功能细致些。诗所表现的社会生活广泛的多，所运用的艺术手段丰富的多，而词则比诗更能深入地表达人们敏感而隐秘的内心世界，更加擅长刻画人们悱恻而缠绵的情态。在古代文坛上，词与诗各具风采，相得益彰。

宋代文学是继唐代文学之后的又一座高峰。不仅在作家作品的数量上远超前代，而且词和文的成就甚至超过了唐朝，尤其是词代表了宋代文学的最新成就。

北宋前期的词，大多是酒筵歌席间娱宾遣兴之作，多言男女情事，形式多为小令，风格婉约流丽，代表作家是晏殊、欧阳修。然而，晏欧词比南唐词抒情性更强，风格更雍容秀雅，文人化、诗人化的倾向更明显，显示着词逐渐由娱宾遣兴，转为了言情写志。

自元代开始，中国诗歌的黄金时期逐渐过去，文学创作逐渐转移到戏曲、小说等其他形式。

沉博绝丽：散文

中国古代散文的开端应从先秦历史散文和诸子散文说起。就体裁而言，先秦历史散文的形成，有一个演变过程。早期的《尚书》，除假托的部分，完全是史官所保存的文件的汇编；《春秋》虽相传经过孔子的删定，但仍然保持着史官记录的体式。战国初形成的《左传》、《国语》也利用了大量史官记录，但已经不是严格意义上的官方著作。至于战国末年至秦汉之际形成的《战国策》，其主要来源是策士的私人著作。总体说来，这个过程表现为官方色彩逐渐减弱。而愈是后期和愈是接近民间的著作，其文学成分愈是显著，而相应的，在史学的严格性方面都有所削弱。这也可以说是创作风格的特征之一，亦属于文体的范畴之内。

《尚书》就其体裁而言，是古老的文章汇编。而“春秋”原是先秦时代各国史书的通称，后来仅有鲁国的《春秋》传世，便成为专称。这部原来由鲁国史官所编《春秋》，相传经过孔子整理、修订，赋予特殊的意义，因而也成为儒家重要的经典。《春秋》是一部编年体史书，它以鲁国的纪年为线索，记写了春秋时期的大事，编年体史书之祖。《春秋》最突出的特点就是寓褒贬于记事的“春秋笔法”，这也作为一种写作手法，对后世产生了深远的影响。

《左传》实质上是一部独立撰写的史书。只是后人将它与《春秋》配合后，可能做过相应的处理。《左传》是第一部包含着丰富的这一类文学因素的历史著作，它直接影响了《战国策》、《史记》的写作风格。促成文史结合，这是《左传》对散文的最大贡献。而另一部史书《国语》是我国第一部国别史，它的形式与春秋等书不同，是以国家为记叙的线索，分别记写了不同时期的大事，开国别体史书之先河。

诸子散文与历史散文不同，是春秋战国时代各个学派阐述自己学说的著作，是百家争鸣的产物。其思想各据一端，精彩纷呈。正因为它是随着争辩的风气而发展起来的，其基本趋向，就是从简约到繁富，从零散到严整。愈是后期的著作，篇幅愈宏大，组织愈严密。就本来的意义说，诸子散文是政治、哲学、伦理等方面的论说文，不是文学作品。就体裁来说，可以说历史散文是记叙文，而诸子散文则是议论文。

时至西汉，以单篇的文章而言，文章的风格总体上带有显著的政治色彩和实用性质，同时也讲究文采。这一种文章，受国家政治形势变化的影响很大。直到一部伟大的著作——《史记》的出现。

《史记》是散文体裁的一次变革。全书由本纪、表、书、世家、列传五种体例构成。“本纪”是用编年方式叙述历代君主或实际统治者的政迹，是全书的大纲；“表”是用表格形式分项列出各历史时期的大事，是全书叙事的补充和联络；“书”是天文、历法、水利、经济等各类专门事项的记载；“世家”是世袭家族以及孔子、陈胜等历代祭祀不绝的人物的传记；“列传”为本纪、世家以外各种人物的传记，还有一部分记载了中国边缘地带各民族的历史。《史记》通过这五种不同体例相互配合、相互补充，构成了完整的历史体系。这种体裁叫做纪传体，以后稍加变更，成为历代正史的通用体裁。

散文在魏晋时期没有长足的发展，这种状况一直持续到唐代的“古文运动”。所谓“古文”，是韩愈等人针对唐代的“时文”，即魏晋以来形成、至初盛唐仍旧流行的骈体文而提出的一个概念，指先秦两汉时单行散句、没有规定形式的文体。

古文与时文的区别在于强调的重点不同。时文由于对文章形式的要求过高，力求骈偶，讲究修辞，铺张华丽，是一种诗化的风格。但正是由于这种风格导致了内容的空泛，感情表达的不透彻。韩愈、柳宗元等提倡的“古文运动”正是根据这个特点，欲改革文体，于是发起了声势浩大的古文运动。

古文运动是文学史上一个复杂的现象。就其解放文体、推倒骈文的绝对统治、恢复散文自由抒写的功能这一点来说，无论对实用文章还是对艺术散文的发展，都有不可磨灭的功绩。

我国古代散文的发展大致就是这样一个经过，至后来的宋、元、明、清各朝，散文的体裁没有发生变化，成就上也很难超过前代。

词藻艳丽： 骈文与辞赋

骈文是与散文相对而言的一种文体名称。骈文的主要特点一是讲究对偶，二是协调音律。溯根寻源，这种语句对偶、讲究声韵作为一种技巧特色，在先秦散文中早已有之。汉赋出现后，对偶句趋向增多，到了魏晋，骈体文章已经形成，如曹丕《与吴质书》中就不乏对仗甚精的对偶句：“岁月易得，别来行复四年，三年不见，东山犹叹其远，况乃过之？思何可支”。而曹植的

《洛神赋》的对仗精工，声韵琅琅，更具骈体文字形成之美，如“其形也，翩若惊鸿，婉若游龙。荣曜秋菊，华茂春松、仿佛兮若轻云之蔽月，飘摇兮若流风之回雪。远而望之，皎若太阳升朝霞；迫而察之，灼若美蕖出绿波”。到了南北朝，尤其齐、梁之际，由于封建君壬及贵族士大夫的爱好和提倡，骈文达到鼎盛时期。自东晋末至南北朝以来近二百年间，几乎所有作家都写骈文，不论历史、学术著作，还是书信、奏表，全部骈化，其中大量是些舍本逐末、不顾内容，只求华美的形式主义的东西。当然也有少数作家摆脱束缚，写出了内容较为充实、艺术技巧也很高的骈体作品，如南宋朝之鲍照，他的《芜城赋》被后世誉为“赋家之绝境”，它以夸张对比手法，描绘了广陵城昔时之繁华与今日之荒凉，揭示出由于统治集团之间的战乱造成的巨大破坏，如赋尾的“歌曰：边风急兮城上寒，井迳灭兮丘陇残，千龄兮万代，共尽兮何言!”抒发了浓厚的苍凉伤感之情。此外，他的《登大雷岸与妹书》与《瓜步山揭文》等，均写景抒情，议论纵横，笔底传神，各具特色。宋、齐间孔稚珪的《北山移文》，全篇以拟人法借山中景物之口，淋漓尽致地讽刺那些贪图官禄的假隐士的虚伪情态：

“于是南岳献嘲，北陇腾笑，列壑争讥，攒峰竦诮，慨游子之我欺，悲无人以赴吊。故其林惭无尽，涧愧不歇，秋桂遗风，春萝罢月……请回俗士驾，为君谢逋客”。语言生动优美，抒情味极浓。齐、梁间陶宏景的《答谢中书书》，丘迟的《与陈伯之书》、吴均的《与朱元思书》、江淹的《恨赋》，《别赋》均为这一时期骈文之名篇。或写南方清秀明丽之景，或抒不满现实、失意牢骚之情，多有惊人之笔。如《与陈伯之书》中的“暮春三月，江南草长，杂花生树，群莺乱飞”几句，把南国风光写得亲切动人。

北朝庾信的骈文成就最高，《哀江南赋》是其代表作，这是他由梁入西魏，羁留北周以后的作品。通篇以追叙梁代兴亡和感慨个人身世为主，客观地揭示出梁代统治者的昏庸腐朽，以及江陵陷落后百姓流离之苦。“日暮途穷，人间何世！将军一去，大树飘零；壮士不还，寒风萧瑟”。该赋的起始，迭用典故，气势苍凉，自是不同凡响。迨读至“水毒秦泾，山高赵陉，十里五里，长亭短亭。饥随蛰燕，暗逐流萤；秦中水黑，关上泥青。于是瓦解冰泮风，飞电散，浑然千里，淄渑一乱”一片家国破败流亡在道的景象，令人掩卷而叹。唐代大诗人杜甫《咏怀古迹》“庾信平生最萧瑟，暮年诗赋动江关”之句，就是指此篇而言。庾信的《小园赋》和《枯树赋》小巧纤丽，也是自伤身世的抒情名篇。

尽管骈赋文体中还有上述较好的作品，但终因它在声律、对仗等形式上太

过雕琢，对文学的发展起绊羁作用，所以南北朝之后，就逐渐由盛步入衰微了。

辞赋则是汉代最流行的文体，它的雏形可以追溯到先秦时期的《楚辞》。两汉四百年间，许多散文高手也是辞赋大家。后人以辞赋为汉代文学代表，故有“汉赋”的专称。赋盛于汉，但产生却在战国后期。最早以“赋”作为篇名的是荀子，他为“礼”、“知”、“云”、“蚕”、“针”五者作赋，以通俗的隐语铺写事物，是赋处于萌芽状态不成熟时期。另外，赋的进一步发展又与纵横家散文的特点有关，且直接受新兴文体楚辞的影响。故推究辞赋之祖，应是屈原与荀况。

作为一种文体，赋的主要特点是半诗半文。就它以铺叙手法写事物来看，接近散文；但从它要求句式基本整齐，且一定要押韵看，又近诗歌。古人常常诗赋并称。由屈子楚辞、荀子之赋变而为汉赋，中间自然有着逐步的过渡。如战国末期之宋玉、唐勒、景差等都以赋见称，保存至今的有《九辩》、《高唐赋》、《神女赋》、《风赋》、《登徒子好色赋》，均为宋玉的作品。对汉赋有一定影响。

汉赋的发展可分三个阶段，一是西汉初年的辞赋家追随楚辞余绪，流行骚体。其代表人物有贾谊、枚乘。稍后至西汉中叶，即自武帝起，汉代鼎盛时期，辞赋风行一时，逐渐演变为有独立特征的散体大赋，这是汉赋的主体。据《汉书·艺文志》记载，整个西汉时期共有赋一千零四篇，其中单是汉武帝时期就有四百三十五篇。代表作家有司马相如、东方朔。东汉后期逐渐衰败，辞赋也进入晚期，这时的赋，多是短篇抒情、咏物之作，也兼寓讽世之意。以赵壹、蔡邕、弥衡等为代表。东汉末期，外戚擅权，统治阶级内部争权夺利，军阀混战，杀伐不休，人民反抗斗争如火如荼。尤其是公元一八四年的黄巾农民大起义的爆发，彻底摧垮了东汉王朝。再也没有表面上的升平繁荣可歌颂的了，汉赋已发展到晚期，汉大赋消声匿迹了，代之出现的是抒情咏物，兼寓嘲讽时世的短篇小赋。汉晚期小赋，虽具有一定思想内容和峻峭清丽的风格，但已趋向衰落了。

引人入胜：小说

“小说”一词，在我国是一个不断发展的概念，在不同的历史时期有着不同的内涵。“小说”二字最早出自于战国时期的《庄子·外物》：“饰小说以干县令，其于大达亦远矣”，这里把小说说成是不合大道的琐屑言论，与作为文体意义的“小说”并不相同。

从文体角度提出小说概念的是汉代。东汉初年，桓谭在《新论》中说："若其小说家，合丛残小语，近取譬论，以作短书，治身理家，有可观之辞。"这段话很明确地定性了小说的一个重要价值——治身理家。

在古代神话传说，民间故事、史传文学的肥田沃土上，魏晋南北朝的小说孕育而生。虽然大多是篇幅短小，情节简单，但结构完整、描写细致，已粗具小说的规模。按其内容而论，可分谈鬼神怪异的志怪小说与记录人物轶闻琐事的轶事小说两类。前者以《搜神记》、后者以《世说新语》为其代表作。

《搜神记》保存了许多古代优秀神话传说，赖此书流产而千古不衰，成为我国优秀文化遗产的一个部分，它为唐代传奇的出现准备了条件。

《世说新语》以精炼含蓄的语言，生动地表现了人物精神风貌，往往只言片语就极生动地勾勒出人物性格，表现了记事写人的高超技巧，艺术成就颇高。它是后世笔记小说的先驱。

南北朝的志怪与轶事小说，发展到唐代而为传奇小说，这是小说发展史上的一大演进。唐代传奇就是用文言写的短篇小说。晚唐文人裴铏率先把所撰的文言短篇集命名为《传奇》。后人以为名。

唐传奇小说的艺术手法，也在发展中逐渐完备和提高，它虽源于志怪，但已不仅是"传鬼神、明因果"，而主要在文采与意识上是"有意为小说"。所以它摆脱了志怪粗糙简单、刻板公式，而"叙述婉转，文辞华艳"；人物性格鲜明突出，结构严密，情节曲折，写景、抒情、叙事相结合，已初具长篇规模。另外，它成功地运用了市民口语，生动传神。这些都使它具有极强的生命力，对后代文学产生深远的影响。诸如宋代传奇小说的形式，宋代以后话本小说及元、明、清杂剧作品的取材等，均与唐人传奇有渊源关系。至于在后世诗文中引用唐传奇典故，就不胜其多了。

中国文学发展的各个时期都有一种比较繁荣的文学样式，如同唐诗、宋词、元曲一样，明代小说代表了明代文学的最高成就，呈现出万紫千红的繁荣景象，明代小说为清代小说艺术高峰的形成准备了充分的条件。明代小说的繁荣，首先表现为作品数量多，规模大，众体齐备，反映社会生活面广。从创作主体来看，由积累型转变到了独创型。《金瓶梅》以前的章回小说，均为世代积累，而后由作家写定，因而作家的个人风格不够突出。《金瓶梅》标志着积累型向独创型的转变，布局统一、结构严谨、风格一致的特征反映了作家概括生活、反映生活能力的提高。从此，文人独创的长篇小说大量涌现，如明末清初大批才子佳人小说和艳情小说的出现，直到《儒林外史》和《红

楼梦》，使古代作家独创型小说艺术达到峰巅。

清代是我国最后一个封建王朝，也是我国历史上一个重要的转折时期。在清代数量浩繁、体式众多的文学作品中，以及一些卓有成就的大家，他们力求在继承中有所突破和创新，这在小说中表现得尤为突出，其中，蒲松龄的《聊斋志异》，是历代文言短篇小说发展到极致的代表，吴敬梓的《儒林外史》是我国成就最高的古代讽刺小说，而曹雪芹、高鹗的《红楼梦》作为打破了“传统的思想和写法”的长篇白话小说，就像超拔于中国古典小说群山的一座最高峰，在我国文学史上有着不可替代的地位。

文学奇葩：　戏曲

我国戏曲艺术形成较晚，有一个缓慢而独特的发展过程。原始社会以农牧生活为内容的歌舞，可以说已经包含了戏剧的萌芽，进入封建社会，出现祭祀乐舞，和娱乐性的优舞；西汉封建帝国建立后，又盛行汇总了民间各种表演艺术的百戏；南北朝时期，北朝出现了“泼头”、“代面”、“参军”等具有一定故事性的表演形式。表演艺术经过各代的发展，一步一步地走向成熟。孕育着戏剧的萌芽。但唐代以前我国还没有出现真正的戏曲。

唐代到宋金，是我国戏剧形成的重要阶段，唐代乐舞对后代杂剧的乐调和表演，有很重要的影响。同时变文，以及传奇小说的产生，又为即将出现的戏曲准备了多样的题材。唐代参军戏更加流行，而且有了进一步的发展，一般有两个角色，并出现了伴奏和歌唱。北宋时，在唐参军戏的基础上，发展起了杂剧，杂剧分艳段、正杂剧、杂扮几部分。艳段是起开场引入“正文”的作用；正杂剧演出故事经过，一般又分为两段；杂扮则是属于逗人发笑用的段子，一场有四人或五人演出。和杂剧十分相似的是金代院本，《辍耕录》记载的金院本名目有六百九十种之多，剧目、人物已有很细致的区分。杂剧和金院本构成了我国戏剧的雏形。

诸宫是宋金流行的讲唱文学的一种，内容丰富，乐曲组织多样，有了说白和歌曲的分工。在题材和音乐方面，都为元杂剧准备了条件。此外，宋朝的傀儡戏和影戏已能表现完整的故事，有配合的演唱，这对表演艺术也有积极影响。

我国历史上第一次出现的成熟的戏剧形式是元杂剧。它是在金院本和诸宫调的基础之上，融合各种表演艺术形式形成的。其文学剧本还受到了唐宋以来的话本、词曲、讲唱文学的影响。

元杂剧固然是我国表演艺术步步发展综合的辉煌成果，而它的出现与兴盛又有着必然的社会历史原因。

首先，宋辽金元这一历史时期是充满战争气氛的时期，辽侵北宋，金灭辽，金灭北宋，元灭金，元灭南宋战乱连续，直到元朝确立统治地位之后，又实行民族压迫，也更加剧了阶级矛盾。长期处于灾难与反抗斗争中的人民，要求能够有一种文艺形式，能深刻地反映现实生活、通俗而具有强烈的感染力与抨击力量。于是，元杂剧就应运而生了。其次，元杂剧的产生与兴盛也具有可能性，元初，文化传统遭到一定程度的摧残，几十年不开科取仕，知识分子进仕之途被阻塞，本来社会地位就不高的文人，就更增多了接触下层的机会。出现了许多由文人和民间艺人共同组成的书会，吸收了民间艺术成果，推动了杂剧的创作。另外，宋元经济的繁荣进一步为杂剧的发达提供了可能，城市中有大批的艺人和众多的勾栏瓦肆，表演活动的人力、物力资源空前雄厚。上述种种，都促使元杂剧的产生、并在元代前期就很快地达到了兴盛局面。

元代可以考知姓名的杂剧作家，有八十多人。见于记载的作品，超过五百多种。现存的也在百种以上，声势颇壮。

元杂剧将歌曲、舞蹈、宾白有机地融为一体，是一种综合性的艺术，它具有自己的一套完整的体制，很有规律。从结构上看，一般是一本四折，演出一个完整的故事，个别也有一本五折、六折的。

折，是音乐组织单位，同时又是故事情节发展的一个自然的段落。一折中往往又包括不少场次，有时间、地点的变动。杂剧每折必须使用同一宫调的曲牌组成的一套曲子，演出时，一般都是正末或正旦独唱，而其他角色只是一旁道白。所以一般根据正末或是正旦担任主角，可以分杂剧为末本戏和旦本戏。另外的角色有外末、外旦、净、卜儿、徕儿等，比较灵活，其多少与有无可以根据剧情决定。角色分工比诸宫调要细。

大多数杂剧还有楔子，一般篇幅较短，或出现在第一折之前，起开场引起正文或对故事进行简介的作用。也有些插在折与折之间，起过场衔接的作用。

杂剧的剧本一般由曲词和宾白组成，曲词广泛地吸收了诗、词、民间说唱文学的精华，格律严密，适合演唱，同时又自由流畅，可以添加衬字，是一种新颖的诗体。宾白，一般由白话组成，也有少部分韵语。一般分为对白和独白。剧本往往还规定演员的主要动作、表情和舞台效果，叫做“科”，如“哭科”、“跪科”等。

元杂剧形式严密，别具一格，表演精彩，颇有特色，在群众中影响很大。

第二章

先秦时期的文学

如果把我国文学的发展比喻为一条长河,那么先秦时期的文学,正是处于发源阶段;如果把我国文学比作是一座高楼大厦,那么先秦时期的文学正是它的基石。因此,了解和研究这一时期的文学,对于认识我国文学优良传统的形成,审美意识的历史起源,以及我国文学民族形式和民族风格的发生和发展,都具有特殊重要意义。

第一节 先秦文学的发展

文学的初创

先秦文学形成于中国文化的发生、创造期，对先秦文学的研究，必须纳入到文化的综合动态的系统中来，将它置于最广阔的历史文化背景下来审视。例如，对史传文学、诸子哲理艺术散文的研究，即涉及到“史官文化”、“先秦理性精神”，以及民族精神、思维方式、审美心理等一系列文化问题；对《诗经》、楚辞的研究，亦涉及到南北文化、儒道源流及宗教、民俗等文化问题。而卓绝一世、彪炳百代的《庄》、《骚》的产生，也是一种文化现象，需要从纵深的历史、文化继承和时代精神氛围等与文化因素相关的方面，揭示其由于蓄势久远、积淀深沉从而以包罗万象、气象雄浑的面貌登上时代高峰的原由。可以说，先秦文学中的问题，几乎无一不涉及到广泛的文化问题。因而对先秦文学的研究，离开了文化视角就无从切入和深入。

现代临金文

远古口头文学除原始歌谣外，还有神话传说。古代神话丰富多彩，只因年久散失，未能系统、完整地保存下来。现在所看到的一些零星的片断，大都出于后世的传闻。散见于《山海经》、《淮南子》等古籍中的神话。较著名者如《精卫填海》、《夸父逐日》、《女娲补天》、《鲧禹治水》、《后羿射

日》、《黄帝杀蚩尤》、《刑天与帝争神》和《羽民国》、《奇肱民》等，包括自然神话、创世神话、英雄神话和传奇神话诸类型。神话作为原始的社会意识形态，通过想像和幻想，以一种不自觉的艺术方式，形象地反映了远古人类的社会生活与精神世界，具有不朽的认识价值。神话还是人类永不复返的童年时代的艺术瑰宝。它以自身的壮丽奇伟和无穷魅力显示出高度的审美价值。神话又是我国浪漫主义文学的源头。它以炽热的激情、神奇的幻想，表现了原始人类企图认识和改造自然的愿望、追求美好生活的理想和对英雄主义、乐观主义的赞颂。

大约公元前21世纪时，传说夏禹的儿子夏后启建立了夏朝。有关夏朝的出土文物很少，古文献所载的有关夏代的历史多属传说性质，其诗歌、谣谚和散文可靠的也很少。夏朝是否有文字，以及文字情况如何还不得而知。但自从甲骨卜辞的发现，证明至少在殷商社会中期（约前14世纪），我国已有了初步定型的文字，同时也有了用文字记载的历史文献。殷墟的甲骨卜辞，商代和周初的铜器铭文，《周易》中的卦、爻辞，《尚书》中的殷、周文告等，可以说是我国散文的萌芽。夏、商都是奴隶制社会，当时的文学对阶级社会的某些现实已经有所反映。据《尚书·汤誓》所引，有两句夏代歌谣："时日曷丧？予及汝偕亡！"相传为夏桀时人民大众的呼声，反映了夏朝人民对夏桀暴虐统治的不满和强烈的反抗情绪。

商文化中引人注目的一点，是文字的使用。清末民初，在河南安阳小屯（商旧都所在地）发现了大批刻有文字、用于占卜的甲骨，证明汉字在商代已经基本定型，汉字最重要的特点——在每个单一符号中包含音、形、义三要素——也已经形成。甲骨文并非最原始的文字，在山东大汶口文化遗址的陶器上，就有了简单的文字符号，其年代要早一两千年。但那种文字符号还处在雏形阶段，并且不能表达连贯的意义（不能组句），所以至今难于识别。甲骨文虽然很简略，却是关于占卜结果的完整记录。使用文字是人类进入文明社会的主要标志。从文学角度来说，文字既为书画文学提供了基本条件，也在某些方面决定了文学的特点。譬如，中国文学重骈偶的现象，就是从汉字的特点中产生的。

西周时代的文学，今天所能见到的就是《诗经》的"雅"、"颂"和《尚书》里的一些篇章，这些作品的作者，都是奴隶主阶级的人物；作品的内容也都是写的奴隶主，甚至大都是与奴隶主最高集团有关的事情。它们或者是歌颂某个祖先，或者是歌颂某个帝王，或者是某个有身份、有远见的大臣告诫某个年少的帝王等等。这些作品由于时代久远，所以文字都比较难读；但非常宝贵，因为它们是后代可以真正拿出来讲的我国最早的诗歌与散文。文学产生于劳动，这话不错；最古老的文学应该是口头传下来的歌谣与神话，这话也不错，但是记载那些远古歌谣和远古神话的著作出现得既晚，记载得又极简略，它们只能引发人的某种遐想，说明某种理论，而如果要把它们拿来当成一种作品读，那就不可能了。

百家争鸣

公元前770年，周平王东迁洛邑，历史进入大动荡大分化的春秋战国时代，历史和文学都掀开了厚重辉煌的一页。那是一个动乱的时代、变革的时代，也是一个收获丰硕的时代。

这个时期以诗歌的成就最突出。从西周初年到春秋中叶的五百年间，是四言诗发展的黄金时代。周代的统治者为了制礼作乐和考察民情的需要，通过采诗和献诗的方式，搜集并整理了我国古代第一部诗歌总集《诗经》。《诗经》的内容十分丰富，特别是其中的民歌，题材广泛，诸如人民反对剥削压迫、不满战争徭役、揭露统治者的丑恶，还有婚姻恋爱以及生产劳动等多方面社会生活都有所反映。《诗经》的艺术成就也很高，如比兴的手法、整齐的章句、优美生动的语言、自然的韵律，都是前所未有的。它的进步思想和艺术成就，开创了我国古代文学的写实传统，给后世文学以极大的影响。就四言诗来说，《诗经》一出现便形成了一座高峰，几乎前不见古人，后不见来者。它既标志着四言诗的开创，也标志着四言诗的完成，以后无论民歌还是文人诗的四言，就其总体而言，都不曾超越过它。这时期的散文主要有文告体散文《周书》、编年体历史散文《春秋》、语录体散文《论语》，除了以上三部书外，还有铸在铜器上的西周铭文等。《尚书》是一部古代文告和讲演录的综合集子，包括《虞书》、《夏书》、《商书》、《周书》四部分。《虞书》和《夏书》，只能视为后人追记，《商书》中有部分属于当时文献，而《周书》则可全部视为西周至春秋时期文告的真实记录，语言与《盘庚》一样，佶屈聱牙。《春秋》是孔子依据鲁史编写的一部编年史大纲，它对春秋时期各国历史作了简要记载，是研究春秋历史的重要资料。《论语》是孔子言行以及孔子

同其弟子们对话的记录。《春秋》和《论语》的记事记言，语言都简明平浅，不像《周书》那样古奥难懂。《诗经》、《尚书》、《易经》、《春秋》和汉儒纂辑的《礼记》被后代认定为儒家的经典著作，合称“五经”，在中国文化思想史上产生过巨大影响。

战国时代是一个大混战、大动乱的时代，也是一个思想文化迅猛发展，高度繁荣，英雄辈出，人才辈出的时代。

战国百家争鸣局面的形成和发展，同时也带来文学上散文的勃兴和繁荣。一些著名的思想家、政治家、历史学家的言论，讲学的记录和论著，同时也就是重要的散文作品。由于这些作家们的政治主张、思想性格不同，因此他们散文作品的表现手法和语言风格也各异，这样，在文学艺术上也形成了互相争艳的局面。如《孟子》散文，连譬善辩，气势磅礴；《庄子》散文，汪洋浩荡，想象丰富，极富浪漫色彩。其他《荀子》、《韩非子》在文章结构和说理方面，也各具特色。历史散文，随着社会制度的巨大变革，在总结历史经验的迫切需要下，也长足发展起来。《春秋》还是极简单的历史事件编年纲目，《尚书》语言生涩，只是记言的文告，皆乏文采，而历史专著《左传》的出现，则表现出显著的进步。

在诗歌创作方面，战国后期出现了我国第一个伟大诗人屈原。战国后期，在南方广袤的楚国，以屈原为代表，以宋玉、唐勒、景差等为追随者，创造并兴起了一种与《诗经》不同的新诗体——“楚辞”。

《楚辞》的产生也和战国时代的散文一样，都有革新的意义。它是《诗经》以后的一次诗体大解放。它汲取民间文学特别是楚声歌曲的新形式，把《诗经》三百篇特别是“雅”、“颂”中的古板的四言方块诗改为参差不齐、长短不拘的骚体诗，建立一种诗歌的新体裁，标志着我国文学史上诗歌的新发展。

浪漫主义诗人屈原

爱国诗人屈原和他所创造的新兴诗体楚辞的出现，使《诗经》以后沉寂了

大约三百年的诗坛，又奇文郁起，大放异彩，在我国古代诗歌史上揭开了崭新的一页。在屈原以前，我国诗歌主要是民歌，是口头流传的集体创作，还没有出现把毕生精力和才能完全倾注于诗歌创作上的诗人。而屈原的出现，则改变了文坛上的这一现象，使我国文学史上第一次出现了著名诗人的名字。

楚文化对先秦文学的影响

楚辞，是公元前4世纪，即战国后期，继《诗经》古朴的四言诗体之后，产生于我国南部楚国地方的一种新诗体。楚辞这种新诗体的产生，渊源于独特的楚地文化。

楚国本来是丹阳一带（今湖北西部地区）的一个古老的部族。经历千百年的发展，到春秋时，已成为“五霸”之一。到战国时代，已拥有巴东以下长江南北的广大地区，成为“七雄”中唯一可与强秦抗衡的大国。

楚有江汉川泽山林之饶，物产富足，较之中原，地理环境优越而独特。在长期发展过程中，逐渐形成了独呈异彩的楚文化：楚地风俗，特重淫祀，巫风独盛；楚人服饰，独具一格；楚国官制，自成一体；楚地音乐、语言也富地方色彩。如果说中原文化以典重质实为基本精神，那么，楚文化则以绚丽浪漫为主要特征。

楚地民歌很多，且别具特色。远在周初，《诗经》中收录的《汉广》、《江有汜》等民歌，就产生于楚国境内。其他文献也保存了不少楚地民歌，如《孺子歌》、《楚人歌》、《沧浪歌》等。《说苑·善说》中便记载了一首“越人歌”：

今夕何夕兮，搴舟中流；今日何日兮，得与王子同舟。蒙羞被好兮，不訾垢耻。心几烦而不绝兮，得知王子。山有木兮木有枝，心悦君兮君不知。

楚地诗歌不整齐的句式，以及每隔一句的末尾用一个语气词如“兮”、“思”之类，后来便成为“楚辞”的主要形式。

楚地巫风极盛，民间祭祀，必使巫觋“作歌乐鼓舞以乐诸神”，这些活动，充满原始宗教气氛。祭坛上，女巫装扮诸神，衣服鲜丽，佩饰庄严，配合音乐节奏，歌之，舞之。充满神秘色彩的“巫风”，歌舞时的独特“巫音”，对“楚辞”的产生有很大影响。

楚地的音乐也异于中原。春秋时，乐歌已有“南风”、“北风”之别（《左传·襄公十八年》)。《左传·成公九年》还记载了钟仪在晋鼓琴而“操

南音”，被称为“乐操南音，不忘旧也”。战国时，楚地音乐极为发达，其歌曲如《涉江》、《采菱》、《劳商》、《薤露》、《阳春》、《白雪》等，“楚辞”的作者均曾提及。这种地方音乐对“楚辞”显然有重要影响，不少楚辞中有“乱辞”，有的还有“倡”和“少歌”，这些都是乐曲组成部分的遗留。

楚地方言有特殊的意义，也有特殊的音调。这对“楚辞”词汇，乃至音韵也有一定影响。“楚辞”中方言很多，如“扈”、“汩”、“凭”、“羌”、“侘傺”、“婵媛”等等，在诗中屡屡可见，使“楚辞”具有浓厚的地方色彩。

楚国本有自己独特的文化传统，又接受了中原文化的影响，二者融合为一，汇成文化巨流。正是在这个洪流中，涌现出“楚辞”这种独特的诗歌形式。

“楚辞”，按其名称本义，是指楚地的歌辞。宋代学者黄伯思说：“盖屈、宋诸骚，皆书楚语，作楚声，纪楚地，名楚物，故可谓之楚词”（《校定楚词序》）。鲁迅说它“以原楚产，故称‘楚辞’”（《汉文学史纲要》）。屈原、宋玉等人的作品在屈原时代未有“楚辞”之称。汉成帝时，刘向整理古籍，把屈原、宋玉等人的作品编辑成书，定名为《楚辞》；东汉王逸继作《楚辞章句》，于是《楚辞》又作为总集的书名流传于世。

知识链接

列子射箭

列子，名御寇，又作列圄寇、列圉寇，生活时代大约在老子的弟子尹喜之后、庄子之前，是战国时期著名的道家学派思想家。列子死后，他的后学根据各自的所见所闻，把列子的有关思想、言行收集起来，编辑为《列子》一书。到了唐代，《列子》被尊做《冲虚真经》，成为道教信徒的必读经典之一。

据说列子善于射箭。有一次，他为伯昏无人表演射箭。他拉满弓的时候，胳膊肘上还能纹丝不动地放一杯水；当他发箭时，一箭连着一箭，箭箭射中靶心。此时的列子，就像木偶一般屹立不动。

伯昏无人说："你这种射法，是有心于射箭的射法，并非无心于射箭的射法。假如我同你一起登上高山，站在高耸的石崖上，面临着百丈深渊，你还能射箭吗?"

于是伯昏无人就带着列子登上了高山，站在高耸的石崖边上，面对着百丈深渊。然后伯昏无人背对着深渊，向后退行，双脚有一大半悬在石崖之外。他向列子拱了拱手，请列子朝前走来，而列子早已经吓得趴在地上，冷汗一直流到了脚后跟。

伯昏无人说："那些精神境界达到高远的人，上可以窥测于苍天，下可以潜行于黄泉，他们逍遥自在地奔驰于四面八方，而神色不变。而你现在却头晕目眩，恐惧万分，在这种情况下，你要想射中目标，大概是太困难了吧!"列子由此得到了很深的感悟。

第二节 先秦时期的文学人物

中国首位爱国诗人：屈原

著名的长江三峡，美妙多姿，景色壮观，雄伟瑰丽，气象万千。三峡一带的秭归，幽深，清秀，富有传奇色彩，充满诗情画意。大约在公元前340年的时候，屈原就诞生在这里。

屈原是中国文学史上第一个伟大的爱国诗人。他姓屈，名平，字原。后人为了对他表示尊敬，都称他的字而不称他的名。他出生在战国时代楚国的一个贵族家庭里，与楚王同姓。虽然家居贵族，但已日趋没落，家庭境况并不好；虽然是楚王的宗室，但只不过“五百年前是一家”而已，相距实在甚远。

屈原青铜雕像

屈原家境不好，但有好的家风。他从小就受到严格的家庭教育，自己也不断刻苦学习。年轻时，他的才能就充分表现出来了。“博闻强志，明于治乱，娴于辞令”（《史记·屈原列传》），便是对他很好的概括。事实的确如此。对社会情况，他相当熟悉；在文学方面，他颇有修养；他又很有政治远见，善于外交辞令。《橘颂》是他青年时期的作品，但却是诗人整个一生的自我写照。表面上咏物，实则托物以言志；通过对橘树的描绘和赞美，表现作者高洁的德行和坚贞的节操，寄寓作者对乡土、对祖国的真挚感情。在年轻时就具有这样的品格，是十分可贵的。而对橘树的细致、生动的描写，作品的清新、隽美的风格，也充分表现了诗人的艺术才华。

由于学识渊博，精明能干，20 多岁的屈原就担任了楚国的左徒。这是一个仅次于令尹的重要官职。起初，楚怀王是很信任他的，曾有一个时期，屈原成为楚国内政和外交方面的重要负责人。对内，他参与决策国事，发布命令，对外，他负责接待宾客，应对诸侯。

但是，屈原所处的时代正是楚国由强转弱的时代。当时战国七雄中，楚国版图最大，秦国实力最强，国内外都存在着尖锐复杂的斗争。在楚国，内政上表现为革新与保守的斗争，外交上表现为联齐与亲秦的斗争。屈原是一个有理想有抱负的人，面对这种动乱的形势，他明确提出要彰明法度，举贤授能，改革政治，富国强兵。对内他积极准备改革，对外他坚持联齐抗秦，这就是他的“美政”的政治主张。但是，屈原的政治主张并未被楚怀王所采用。

就在这时，“纵横家”张仪立即搞阴谋诡计。张仪身为魏国人，凭着他的三寸不烂之舌投靠秦国，游说楚国。他到楚怀王面前进行引诱和欺骗，说什么只要楚国和齐国断交，秦国就送给楚国600里土地。他又暗中勾结上官大夫和郑袖等人，叫他们煽动怀王与齐绝交。屈原劝怀王不要相信张仪那一套，怀王却听不进屈原的话。结果张仪食言，怀王受骗，楚齐关系恶化，秦国大为高兴。屈原眼见国家受到侮辱，自己有忠言而不能进，有才能而不能用，心中深感悲痛。《惜诵》正表达了他当时的心情，全诗通过痛切的陈述，反映了诗人关心国家命运前途反而遭到谗言和打击的恶劣处境，表现了他坚定的爱国意志和进退两难的悲愤心情。

不久秦楚交战，楚军大败于丹阳、蓝田，死了好几万人。屈原的《国殇》就是一篇追悼阵亡将士的挽诗，描绘了战争的情景，赞颂了烈士的忠魂。

这时候，秦国又对楚国软硬兼施，一方面继续攻楚，一方面约请怀王到秦国的武关相会，举行谈判。屈原一眼就看穿了秦国的这一阴谋，再三劝告怀王不要去。他说："秦，虎狼之国，不可信。"但是，子兰和其他亲秦派却竭力主张怀王去，他们还说什么不要辜负了秦王的一片好心。怀王终于去了，一去就被扣留，后来竟死在秦国。

怀王的儿子顷襄王继位后，子兰被任命为令尹（相当于宰相），掌管国家军政大权。楚国很多人都纷纷议论和责怪子兰，说他不该劝怀王入秦。屈原也很讨厌他。子兰一听，大发雷霆。他暗中指使上官大夫在顷襄王面前说了许多屈原的坏话。顷襄王比他父亲还要昏庸，一气之下，竟把屈原流放到江南荒僻的地方。《涉江》就是诗人在这次流放途中写成的。在这首诗中，屈原揭露了黑暗的社会现实，抒发了自己满腔悲愤的心情。"世溷浊而莫余知兮，吾方高驰而不顾。"表明诗人面对严酷的现实，即使处境十分艰难，也要无所顾忌地走自己的路。

正是这样，在长期的流放生活中，屈原仍时刻关心着国家的前途和命运。他热爱自己的祖国，热爱祖国的人民，他要把自己满腔的爱国热忱和美好的政治理想充分地表达出来。在这种情况下，他写成了长篇抒情诗《离骚》。全诗373行，3490字，内容丰富，主题鲜明，感情强烈，结构宏伟，充满了爱国主义精神，是古代最富有浪漫主义色彩的艺术杰作。

公元前278年，秦派大将白起带兵再次攻打楚国。秦军占领了楚国的郢都，烧毁了楚国祖先的坟墓。顷襄王逃到陈城。

屈原虽遭到长期流放，但他仍深深地热爱自己的祖国。眼看国家就要灭亡，百姓惨遭祸殃，他感到无比悲痛。

62 岁的屈原来到了汨罗江边。他望望天空，天空一片昏暗；看看大地，大地荆棘丛生；再听听那江水发出的悲鸣哀号，正倾诉着百姓的疾苦，国家的危难。此时，屈原感到万分痛心。走着走着，他终于抱起一块石头，纵身跳入了江水之中。伟大的诗人就这样结束了他宝贵的生命，结束了他坎坷不平的一生！这一天正是农历五月初五。

屈原是一个伟大的爱国者，又是一个杰出的诗人。他一生中写下了许多不朽的诗篇。《离骚》是屈原的代表作品，也是我国古典文学中最长的抒情诗。这首长诗思想性强，艺术性高，表现了诗人为理想而斗争、为祖国而献身的伟大精神，是积极浪漫主义的名篇佳作。《九章》包括《橘颂》、《涉江》等 9 篇，这一组述志诗也具有鲜明的思想性和强烈的抒情性。《九歌》包括《湘君》、《湘夫人》等 11 篇，是屈原在民间祭神乐歌的基础上创作而成的，也富有浪漫主义色彩。其中的《国殇》，是赞颂为国牺牲的将士的歌，充满爱国主义精神。《天问》是一篇奇特的作品，诗人就自然现象、人类历史、神话传说等方面，提出了 170 多个问题，体现出朴素的唯物主义思想。

屈原在中国文学史上地位很高。他爱祖国、爱人民的崇高品质和富有创造性的杰出作品，都深受后世作家的赞赏。司马迁专门为他作传，李白、杜甫都向他学习，古代许多爱国诗人的爱国诗篇都不同程度地受到他的影响。屈原在吸收民间文学艺术营养的基础上，创造出了“楚辞体”这种新形式。后来汉代刘向编辑的诗歌总集《楚辞》，就是以屈原的作品为代表的。屈原的作品不仅丰富了我国古代文化的宝库，而且已被译成多种外文，具有世界意义。屈原高尚的人品和杰出的诗篇，影响广泛而且相当深远。

儒家始祖千年圣人：　孔子

世界历史文化名人的前五名一直有中国的孔子，随着世界文化交流的速度加快，东西方文化的交融，孔子的地位将会越来越高。应当说，孔子并没有有意识的文学活动，但他以及弟子的教学活动以及他们的对话集——《论语》，却对中国文学的发展产生了极为深远的影响。

孔子（公元前 551—公元前 479 年），名丘，字仲尼，春秋时期鲁国陬邑人（今山东曲阜）。孔子少年丧父，家境寒素，自幼好学礼乐，身材魁梧，仪表堂堂。孔子早熟，十几岁时便得到鲁国上层贵族的注意，并取得了一定的

孔子是儒学的祖师

社会声望。17岁时，他已开始教学生。但似乎只是开始尝试，还没有正式公开招生，可视为教学生涯的起点。20岁左右到东周进修访学，期间见到老子，是其进一步提高的关键，回到鲁国后便开始向社会公开招生，真正开始了私人教育事业。35～55岁这20年是其教育事业的巅峰时期，学生人数众多，远近皆至。56～70岁这段时间周游列国，广泛传播自己的学说和主张，是其思想大散播时期。70岁回到鲁国，度过其人生的最后时光，是其教育生涯的总结时期。

由于教学的需要，孔子整理《诗》、《书》、《礼》、《易》，并作为教材讲授，亲自撰写《春秋》，这便是后来流传久远的儒家“五经”，是中国历代考试必考内容，也是古代学生的必修课内容之一。

孔子本人没有专门文学著述，他生前只独自撰写历史著作《春秋》。《论语》是孔子死后弟子及再传弟子集体编撰而成。最后的总编辑当是曾子。因《论语》中有曾子死前语言的记录，曾子比孔子小46岁，孔子死时曾子才27岁。因此，《论语》的编订成书肯定是孔子死后40多年的事。

因为《论语》是孔子弟子以及再传弟子集体编撰，具有回忆的性质，是后代弟子们带着对尊敬的老师或师爷的怀念之情，搜索记忆中最深刻的甚或可以说是刻骨铭心的教诲，这些经过记忆积淀和过滤后的经典语言和典型场景本身就极大地提升了《论语》的经典性，使其语言典雅、凝练，富有哲理韵味，人物形象生动传神，对话场景逼真具体。虽非有意为文学，却有很强的文学韵味。

如人们比较熟悉的《论语·先进》章，记载子路、曾皙、冉有、公西华陪伴孔子坐着聊天。孔子启发道：“平常你们总说没有人了解重用你们，如果有人重用你们的话，都想干什么？”

子路、冉有和公西华都做了回答，只有曾皙一边鼓瑟一边听，没有回答老师的问话。孔子点他的名道：

“点，尔何如?”鼓瑟希，铿尔，合瑟而作，对曰：“异乎三子者之撰。”子曰：“何伤乎？亦各言其志也!”曰：“莫春者，春服既成，冠者五六人，童子七八人，浴乎沂，风乎舞雩，咏而归。”夫子喟然叹曰：“吾与点也。”三子者出，曾晳后。曾晳曰：“夫三子者之言何如?”子曰：“亦各言其志也已矣!”

这段对话的意思是正在鼓瑟的曾晳一听老师点名让自己表态，停止鼓瑟，因此瑟的声音稀疏下来，然后“哐当”把瑟放下，站起来回答道：“我的想法和他们三个人不一样。”孔子道：“没有什么关系，也就是各自谈谈自己的志向罢了。”曾晳这才说道：“暮春季节，已经换上春天的夹衣，和五六个青年，六七个儿童，去沂水里洗澡，然后到舞雩台上吹一吹风，一路唱着歌就回家了。”孔子感叹道：“我赞成曾晳啊!”子路等三个人出去了，曾晳故意在后面。曾晳问孔子道：“那三个人的话如何?”孔子道：“不过是各自谈论自己的志向罢了。”

仔细分析体会，曾晳谨慎、谦虚、淡漠的性格特点很突出鲜明，而听老师点名让自己表态后思索，放下瑟的动作缓慢站起来的神态仿佛就在目前。站起来后并没有立即正面回答老师的提问，而是试探说自己的志向和三名学友不同。在老师的启发下才说出自己的想法。曾晳是曾参的父亲，曾参成为孝子，谨慎的性格，在他的父亲身上可以看到端倪。

《论语》中这样生动的情景描绘很多。同时，《论语》语言的精练、典雅，具有哲理韵味，对后世的文学创作也有很重要的影响。

另外，孔子对于文学的看法和议论也成为后来文学理论的重要组成部分。如孔子曾说：“诗，可以兴，可以观，可以群，可以怨，迩之事文，远之事君，多识于鸟兽草木之名。”(《阳货十七》)对于诗歌乃至于文学的教育功能和抒情功能给予最早的阐释，被后世不断引用。“质胜文则野，文胜质则史，文质彬彬，然后君子。”(《雍也第六》)虽然是指人的气质风度，但也可以理解为是对于文学作品内容与形式关系的恰当阐释。

再如：“志于道，据于德，依于仁，游于艺。”(《述而第七》)“兴于诗，立于礼，成于乐。”(《泰伯第八》)“君子以文会友，以友辅仁。”(《颜渊十二》)等提法都对后世的文学活动产生相当广泛的影响。

心怀仁爱的孟轲

战国中期，天下纷乱，西周初确立的礼乐制度及与之相适应的思想意识形态也失去了光彩，真正“礼崩乐坏”。各种思潮纷纷出现，代表各阶层利益的士人纷纷教授弟子，著书立说，思想界极其活跃，也很混乱。当时最流行的学说有墨家、杨朱、名家、道家，而儒家学说因内部分裂，影响在减小。正是在这样的背景下，孟子登上历史舞台，开始了为弘扬儒学而到处讲解辩论的生涯。

孟子（公元前 372—公元前 289 年），名轲，字子舆，战国中期邹国人。是孔子孙子子思门人的弟子，儒学嫡派传人，孔子之后儒家学派的主要代表。他提倡法先王，主张施仁政，行王道，倡导“民为贵，社稷次之，君为轻”的民本思想，坚决反对战争，反对暴政虐民，积极主张发展经济，保障百姓的温饱生活。认为在此基础上，再加强文化教育，国家便可以发展强大。

孟子被儒家称为亚圣

孟子具有很高的人格魅力。他到处奔波，游说诸侯的目的是想要制止战争，消除纷乱，解民倒悬，使百姓过上安居乐业的幸福生活，并不是追求自己的荣华富贵。正是这种以天下为己任的使命感，这样高尚的精神世界，才使他敢于藐视权贵，刚正不阿，具有伟岸的大丈夫气节，也使他在辩论时气盛理足，非常有气势。孟子的忧患意识、人文关怀对后世影响甚大。

孟子的人物形象和思想，保存在《孟子》一书中。在现实生活中，由于宣传的需要，要阐明自己的观点，就不可避免地要和他人进行争论，因此孟子特别爱辩论，这是不得已的，孟子说：“予岂好辩哉？予不得已也。”（《滕文公下》）于是孟子散文的主要特征之一是善辩。

孟子辩论的一个主要技巧是“欲

擒故纵，引君入彀”，即运用类比推理的方式，先用同类的事例与对方娓娓而谈，使其按照自己的思路思考，将对方一步步引入自己设置的逻辑中，最后得出无可争辩的结论。如《梁惠王下》记载这样一段对话：

孟子谓齐宣王曰：“王之臣有托其妻子于其友而之楚游者，比其反也，则冻馁其妻子，则如之何?”王曰：“弃之!”曰：“士师不能治士，则如之何?”王曰：“已之!”曰：“四境之内不治，则如之何?”王顾左右而言他。

前两个问题的答案是很明显的，因此齐宣王立即回答，而紧接着一问，其实便是齐宣王的责任了，国家治理得不好，不就是国君之责吗？齐宣王没法回答，只好看左右的人而扭转话题。

和梁惠王的一段谈话也是如此，不过比喻更巧妙。话题是梁惠王引起的。梁惠王向孟子咨询，我治理国家尽心尽力，很辛苦，邻国的国君没有我这样尽心的。但是我国的百姓没有增加，邻国的百姓没有减少，为什么？孟子没有直接回答百姓不增加的原因，而是用个比喻道：“王好战，请以战喻。填然鼓之，兵刃既接，弃甲曳兵而走，或百步而后止，或五十步而后止。以五十步笑百步，则何如?”梁惠王立即回答道：“不可，直不百步耳，是亦走也。”孟子马上答道：“王如知此，则无望民之多于邻国也。”既然你知道逃跑五十步嘲笑逃跑一百步是不对的，那么就不要希望你的百姓比邻国的增加了，因为你治国方略与邻国也是五十步和一百步的关系，没有质的差别。

孟子善于运用多种多样精彩的比喻来说明问题，如用“五十步笑百步”比喻梁惠王治国与邻国没有质的区别，形象生动而易于理解。孟子的比喻多数是人们熟悉的浅显易懂的事例，如在批评齐宣王企图用战争来实现自己称霸的错误时说：“以若所为，求若所欲，犹缘木而求鱼也。”因为到树上去捉鱼肯定达不到目的这是最简单的道理，收到很强的效果。在“齐人有一妻一妾章”中描写一个齐国人在妻妾面前炫耀显富，每天回来嘴唇都弄得油乎乎的，说与富贵权势者相交往，但妻妾却始终看不到家中来一个富贵之人，便偷偷跟随，才发现自己的丈夫在大街上没有一个人搭理，最后直接到墓地去向上坟祭祀的人逐个乞讨，回来后还谎称与好友饮酒作乐。(《离娄下》)用漫画的笔法，精妙的比喻辛辣地讽刺了那些在官场中钻营而不顾廉耻之徒。明代中叶孙仁孺创作的戏曲《东郭记》便是借用孟子“齐人有一妻一妾章”之意，画一幅明末官场的“百丑图”。

由于孟子是在为拯救天下而奔波，为百姓而直言，心中充满激情，气盛理足，故行文气势充沛，又常用排比句式，有很强的说服力和艺术感染力，对后世散文发展有深远的影响。

《孟子》7 篇，各分上下，共 14 篇，是孟子与其弟子万章等人所著，是研究孟子事迹和孟子思想的主要资料。宋代起被列入“四书”之一，成为当时小学生的教材，与“五经”并列，是士人必读之书。

知识链接

庄子借粮

庄子家里穷的没饭吃了，于是他就硬着头皮去向监河侯借点粮食。监河侯对他说：“可以。等我把我封地里的钱收起来以后，我就借给您三百金。行不行?”

庄子听了愤然作色，生气地说：“我昨天来的时候，走在半路上，突然听到有人呼喊我的名字，我回头一看，原来是车辙的积水中有一条小鱼在叫我。那条可怜的小鲋鱼说：‘我本来是生活在东海里的。现在您是否愿意给我一升半斗的水救我一命呢?’我告诉他说：‘可以，我将要到吴越一带去见吴王、越王。到那时，我将把浩浩荡荡的长江水引来迎接你，行不行?’没想到那条鲋鱼听了之后愤然作色，生气地说：‘我失去了我无法离开的水，我一天也没有办法生活下去了。现在如果有一斗半升水给我，就能救我一命。而你却说要等到将来把长江的水引来迎接我。到那时，你大概只能在卖干鱼的商店里找到我了’!”

第三节 先秦时期的文学作品

第一部诗歌总集

中国文学有着悠远的历史，而《诗经》是中国文学最重要的源头之一，它是中国最早的一部诗歌总集，收录了自西周初年至春秋中叶（约公元前11世纪—前6世纪）将近500年间的诗歌作品，共305篇。这部诗歌总集的编订者，现在一般都认为是孔子。而诗的来源，大约有以下几种：首先是来自“献诗”，周天子听政之时，公卿列士向天子献诗，起到讽谏或赞颂的作用；其次是来自“采诗”，周王朝或各诸侯国的乐官，摇着木铎，到乡间闾巷搜集老百姓当中流传的诗歌；还有一部分诗歌，是在祭祀、宴飨等仪式中使用的乐歌，是由王朝的乐官或巫、史等“专业”创作者完成的。

相应地，这些诗歌在《诗经》当中有不同的归类：来自民间的属于“风”；献给周天子以讽谏或颂扬的属于“雅”；祭祀、宴飨之诗则属于“颂”。“风”、“雅”、“颂”原只是音乐上的分类，“风”指各诸侯国的地方音乐；“雅”是“正”的意思，雅乐是朝廷上使用的，也可称为“宫廷音乐”；“颂”则是连歌带舞，节奏较为舒缓的舞曲，主要在祭祀的时候用。由于音乐及其用途的不同，《诗经》中的风、雅、颂三个部分在内容、审美风格上不完全一致。“雅”、“颂”庄重繁缛，而“风”，也称

诗经是诗的源头

“国风”，更灵动飞扬，似乎前者属庙堂，后者属民间。不过如果考虑到《诗经》写作的西周时期，当时的政治与文化都还以贵族为中心，非贵族的“民人”，他们还没有多少人身自由，更没有余裕来创作。因此，《诗经》中的“国风”也仍然是贵族的作品，但有时候他们会替田夫野老代言。

普通中国人谈到《诗经》，往往指的是《诗经》中“国风”这一部分，而“国风”当中的爱情诗也颇为多姿多彩，有的一往情深，有的放纵恣肆，有的朴丽清新，都是“天地元声”，而无矫揉颓靡之象。

比起《雅》、《颂》来，《国风》的语言更接近口语，在《雅》、《颂》中凝重呆板的四言重新又变得活泼生动起来。《国风》中还有许多美丽无边、灵动旷达或忧怀深广的诗句。

学者们通常会注意到《诗经》的“史诗品格”，而推崇《大雅》当中的一些篇章。《大雅》当中的《生民》、《公刘》、《绵》、《皇矣》、《大明》等五篇被当做周民族的史诗。

《生民》讲述的是周民族的始祖后稷的生平故事。后稷的母亲姜女原“履帝武敏歆，攸介攸止，载震载夙”，就是说姜女原在野外行走，看见地上有大脚印，就好奇地踩上去，内心受到震动，之后就怀孕生了后稷，而这大脚印实际上是神的足迹。后稷长大之后，擅长稼穑，教会族人耕种，族人于是能安居于邰地。后稷的曾孙——笃厚实诚的公刘又带领族人迁徙到了豳，此后文王出生，周民族此时的实力已经十分强大。《皇矣》叙述了文王伐密伐崇的战争，而《大明》叙述的重点则在武王伐商，写得十分生动。这是一场“以少胜多”的战争，战争的场面在短短的几十个字中得到了渲染铺排——“殷商之旅，其会如林”，写殷朝“正规军”兵士众多，来势汹汹，大有“以大压小”之势；“牧野洋洋，檀车煌煌，驷骒彭彭，维师尚父，时维鹰扬，凉彼武王，肆伐大商，会朝清明”，写武王的对阵，面对大军压力的紧张、警觉，特别是太师尚父如苍鹰般矫健的形象，预示着周民族军队所向披靡，取得最后胜利。

可以说，《诗经·大雅》中的这些篇章，确实构成了周民族英雄创业的史诗。当然，从其体制上与荷马史诗的鸿篇巨制不能相提并论。二者存在很大区别，荷马史诗的叙事性更强，而《大雅》中的这些史诗有着强烈的抒情倾向；荷马史诗由民间行吟诗人在民间传唱，口耳相传，随时增删，而周民族的史诗则是由周朝的史官乐官撰写，在祭祀先祖的仪式上歌唱，基本内容比

较固定。

从诗歌精神追求来看，《诗经》和荷马史诗也存在着不同。荷马史诗充满冒险和探寻精神，《奥德赛》虽以奥德修斯的归乡为情节发展线索，但史诗所铺叙的是奥德修斯的冒险经历，是人与自然的斗争与冒险。而《诗经》所记述的还是周民族如何在与自然的和谐共处中创造自己的文明。人们眷恋的是平静和睦的乡村生活，而并不主动对外扩张，后来的战争也是为了驱逐外敌、反抗暴政。

承上启下的史学著作——《左传》

《左传》是《春秋左氏传》的简称，又名《左氏春秋》，汉人也有称为《春秋古文》的。《左传》之名始见于东汉班固《汉书·艺文志》："左氏传三十卷。"班固自注作者是："鲁太史左丘明。"司马迁说："鲁君子左丘明……因孔子史记具论其语，成《左氏春秋》。"（《史记·十二诸侯年表》）

《左传》与《国语》成书时代较为接近，两者思想倾向也基本一致，然《左传》较《国语》有新的发展，民本思想更加鲜明、突出。首先，《左传》记事表明了民重于天、民为神之主、民重君轻、民为邦本的观点，这比《国语》"民神并重，先民后神"和"论及君民，以民为主"的思想又有进步，而与孟子"民为贵，社稷次之，君为轻"已经接近了。

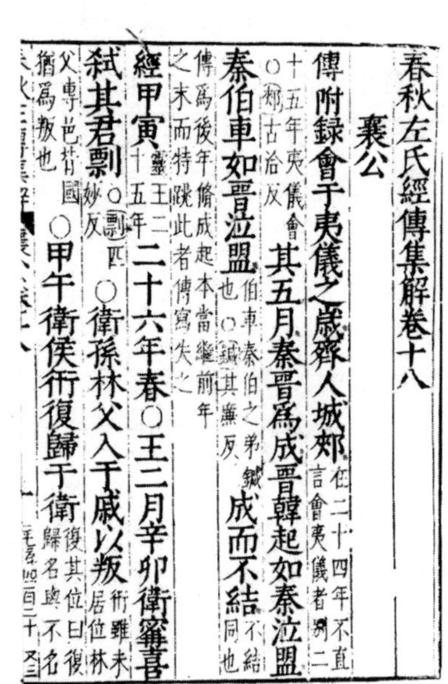

春秋左氏經傳集解卷十八
襄公
傳附録會于夷儀之歲齊人城郟 在二十四年不直言會夷儀者別二
十五年夷儀會 ○郟古洽反 其五月秦晉爲成晉韓起如秦涖盟
秦伯車如晉涖盟 伯車秦伯之弟鍼也 ○鍼其廉反 成而不結 不結同也
傳爲後年脩成起本當繼前年之末而特跳此者傳寫失之
經甲寅 靈王二十五年 二十六年春○王二月辛卯衛甯喜
弑其君剽 ○剽匹妙反 ○衛孫林父入于戚以叛 衎雖未居位林
父專邑背國猶爲叛也 ○甲午衛侯衎復歸于衛 復其位曰復歸名與不名

左传是不朽之作

《左传》在形式上突破了传统的或记言或记事的单一模式，吸收《尚书》记言体与《春秋》记事体的技巧，使记言与记事两者高度地结合起来，做到了在编年体中将记言与记事有机地融合为一体，达到了记言委婉生动，叙事详明有趣。

《左传》中记言记事的完美结合，开创了中国编年体写作的新纪元，梁启超因此称赞道："左丘可谓商、周以来史界之革命也，又秦汉以降史界不祧之大宗也。"左丘明是

史学界的一名革新家，也是史传文学的一名革新家，《左氏春秋》代表了史传文学的最高成就，有人把它奉为文章之祖、叙事之宗，如明代叶盛说："六经而下，左丘明传《春秋》，而千万世文章实祖于此。"《左氏春秋》是上承《尚书》、《春秋》，下启《战国策》、《史记》的最优秀的史传文学巨著。

《左传》描述的是一个纷杂、动乱的社会，因此怎样将矛盾对峙的政治、军事形势，错综繁复的王侯、宗族关系以及诸多异常的变乱表述得条理分明、井然有序，如何使种种不可言告的颠覆活动、密谋暗算昭然若揭，就成为作者行文记事首先力求达到的目标。整个社会的政权变更与政治关系的变化，是《左传》用以描述社会的主要矛盾线索。作者以其敏锐的观察力追寻着这一线索，这使他如掌握了一把利刃，将春秋时代纷繁复杂、牵一动百的社会矛盾作出了极明晰的分析。尤其是在记叙谋杀、行刺、政变及战争一类冲突急剧变化的事件中，作者的叙述才能更加得到充分的发挥。例如齐连称、管至父弑襄公（庄公八年）、晋灵公谋杀赵盾（宣公二年）、郑西宫之难（襄公十年）、齐崔杼之乱（襄公二十五年）、齐人杀庆舍（襄公二十八年）、楚灵王之死（昭公十三年）、吴公子光刺王僚（昭公二十七年），这些重大事件的记叙都证明了《左传》作者的成功。

《左传》尤为出色的是善于描写战争，这集中体现了他高超的叙事艺术。作者生于战乱之世，耳濡目染，习于战事，了解并善于描述战争。对当时一些著名战役，如秦晋韩之战、宋楚泓之战、晋楚城濮之战、秦晋殽之战、晋楚邲之战、齐晋鞌之战、晋楚鄢陵之战、吴楚柏举之战，等等，都有非常出色的描写。《左传》之写战争，结构完整，情节精彩，运笔灵活，并不局限于正面的战斗场面描写，而能着眼于战争的前后左右；重在描述战争的来龙去脉和胜败的内外因素，以历史家的卓越识见，揭示其前因后果、经验教训，因而波澜起伏、跌宕多姿。并且还以简练形象之笔，描写战争中的人物和事件，绘声绘色。这样的战争描写，不仅前所未有，而且后所难及。

《左传》的语言，是历代文人学者推荐的典范。它的语言精炼、婉转、传神，能描摹出符合人物身份与性格的个性化语言，在记言方面远远超过了《尚书》的水平。如同是论战，曹刿发论（庄公十年），委婉尽致，侃侃而谈，充分显示了这位有"远谋"的乡下人虽胸有成竹，然初次涉足上层政治，处处小心谨慎的心理；而子鱼发论（僖公二十二年），坦率直陈，言辞激烈，敢于当面批驳宋襄公的谬论，同时又注意一定分寸，显然符合一个公侯贵族

的口吻。《左氏春秋》中的“记言”，最为精彩的是行人的辞令，所谓“行人”是奔走于政界、应对于诸侯的政治、外交人员，他们凭借十分讲究的言辞来折服对方，推行自己的一定主张，委婉有力的辞令，显示了行人们能言善辩的共同特征。

《左传》的叙述语言词约事丰、意蕴厚实。如《宣公十二年》记晋军败于楚，溃不成军，作者只写道：“中军、下军争舟，舟中之指可掬也。”为夺渡船以求逃路，先上船的人以刀乱砍后来争攀船舷者的手，落入船中的断指竟“可掬”，这么一个小小镜头，晋军仓皇败逃之全状可想而知。作者又记入冬后楚军将士受冷冻，“王巡三军，拊而勉之，三军之士皆如挟纩”。几句体恤的温语暖似披上棉衣，比喻贴切，将楚王慰勉之情与三军将士的愉悦都蕴含其中。以小见大，举轻驭重，“一言而巨细咸该，片语而洪纤靡漏”，“言近而旨远，辞浅而意深，虽发语已殚，而含意未尽。使夫读者望表而知里，扪毛而辨骨，睹一事于句中，反三隅于字外。”

在史学领域，《左传》是中国最早的、叙事详细的完整著作，它发展了《春秋》的编年体，成为第一部完备的编年史。它的创新对后代史学产生深远的影响，为封建时代历史著作的撰写奠定了基础：较之《春秋》和《尚书》，《左传》有长足的进步。汉代《史记》纪传体的开创是继承和发展《左传》记写形式的结果，其“本纪”或“世家”即某国或某人的编年纪事；其“列传”，大多数就是将人物分散的事迹集中起来，按纪年排列成篇。后来各朝的正史多为纪传体。编年体作为正史的补充仍不乏著述，如《左传》之后最早的东汉荀悦《汉纪》，《隋书·经籍志》著录的《后汉纪》、《魏纪》、《晋纪》等30余种，宋司马光《资治通鉴》、清毕沅《续资治通鉴》皆为编年体历史巨著。自《左传》和《史记》起，编年叙事和纪传叙事成为我国历史著作的两种最基本的体裁。

《左传》为后代文学创作提供了丰富的可资借鉴的经验，无论在体制、容量、手段诸方面，它都具备了长篇叙事文学的雏型。这部伟大著作的艺术成就是开创性的，具有重大的奠基意义，因此它在中国文学史上占有重要而突出的地位。正如说荷马史诗之于西方文学，《左传》对后世文学产生的影响，是先秦同时期的其他历史著作无法相比的。

纵横捭阖的《战国策》

春秋以后是战国，这是前后紧密相连的两个时代。《左传》为我们描绘了春秋时期 240 多年间中国大地上发生的丰富多彩的历史故事，《战国策》则为我们描绘出战国时期 250 余年纵横捭阖的时代风貌与瑰丽多姿的人文精神。

《战国策》是一部分国记事的国别体杂史，属于史料汇编。原来有《国策》、《修书》、《国事》、《事语》、《长书》等许多名目。全书分十二策，共 33 篇。十二国是秦、齐、楚、燕、韩、赵、魏、西周、东周、宋、卫、中山。从原来书名杂乱的情况可以推断，该书没有一个统一的作者，当是出自史官之手，具体作者已不可考。现在流传的版本，是由汉代学者刘向整理而成，书名也是他定的。

《战国策》记史，从东周贞定王十七年（前 452 年）到秦始皇三十一年（前 216 年），共二百三十多年。记载这一历史时期中谋臣策士游说各国或互相辩难的言论和行动。所记多信史，很多被司马迁使用，但有夸大虚构之处。本书不但是记载战国历史的重要文献，也是一部优秀的散文总集，文笔优美恣肆，笔锋犀利深刻，语言流畅，善于运用寓言故事和生动的比喻来阐述道理，描绘人物生动传神，文学意味极其浓厚，对后世的史传文学和政论文学都有深远的影响。汉初许多政论家如贾谊、晁错等人都受其影响。北宋的苏洵史论很明显有战国策遗风。

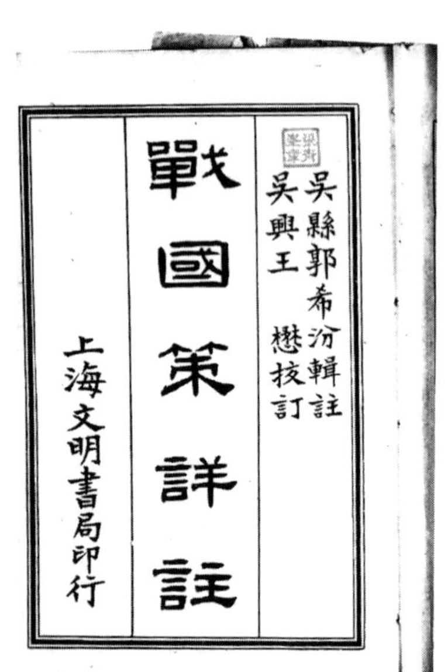

《战国策》

战国时代与春秋相比，社会的动荡更加激烈，儒家思想所提倡的礼教制度已完全崩溃，周天子不但没有任何控制权，而且连他的名义也没有人想用，春秋时还都要利用他来称霸，但到战国时期，连这一点也没有人想了。社会进入一个空前混乱、完全凭借战争实力来决定国家命运的时代。刘向《战国策序录》对这种社会状况进行了精辟的论述：

仲尼既没之后，田氏取齐，六卿分晋，道德大废，上下失序。至秦孝公，捐礼让而贵战争，弃仁义而用诈谲，苟以取强而已矣。夫篡盗之人，列为侯王；诈谲之国，兴立为强。是以传相仿效，后生师之，遂相吞灭，并大兼小，暴师经岁，流血满野；父子不相安，夫妇离散，莫保性命，湣然道德绝矣。晚世益甚，万乘之国七，千乘之国五，敌侔争权，盖为战国。

其实，道德仁义的失落与孔子死没有什么关系，实际是随着铁制农具的出现，生产力水平不断提高，武器制造水平也迅速提高，一些较大的诸侯国便加快扩充领土、兼并周边小国的速度。这一时期，新兴的地主阶级正在悄然取代奴隶主阶级而走上历史舞台，而开始衰败的奴隶主阶级也不甘心退出历史舞台。各国政治变革成功与否，便与改革势力是否占领统治地位有关。周王室的影响已经荡然无存，旧的典章制度已经完全被摧毁，周初建立而孔子极力维护并努力恢复的仁义道德观念在刀光剑影中解体，对于社会和人心失去了影响力，更谈不上主流意识形态了。因此才出现百家争鸣的局面。于是，强调实力，提高军事力量，加强外交，便成为当时各国君主的首要课题。

经过春秋末期的激烈兼并，到三家分晋后，便出现最强大的七个诸侯国，秦、齐、楚、燕、韩、赵、魏。另外还有五个稍大的国家，即西周、东周、宋、卫、中山。按照刘向的说法，七个大国便是万乘之国，而另外五个国家则是千乘之国。其实这只是大体的说法，谁能去考察。甚至我感觉只是因为这十二个国家有历史书籍记载流传下来而已。

在这十二国中，前面七国属于第一集团，后面五国属于第二集团。七国中还有三国最强大，即秦国最强，楚国最大，齐国最富。秦国最先重用商鞅进行变法图强，奖励耕战，军事实力迅速强大，开始采用远交近攻的战略向函谷关以外的山东六国扩张，不断侵占邻近国家的领土，扩展本国的边疆。那时的各国地图处在动态中。

六国不甘心这样被强秦侵略，便经常相互联合，共同抗击秦国。在这种历史背景下，一些以外交能力见长的谋臣策士穿梭来往于各国之间，外交成功与否甚至决定了当时的政治格局。所谓的“横则秦帝，从（纵）则楚王”的说法便可看出当时外交策略和结果的重要。

“纵”和“横”是两种外交策略。“纵”指山东六国联合起来，组成一个政治军事同盟，共同对付强大而有侵略野心和领土要求的秦国，这样，以六国联盟的力量便可以遏制住秦国。因为山东六国大体来看是分布在中原大地

的南北，属于纵向，故称“合纵”。“横”指以秦国为基准，分别和另外六国建立双边关系或多边关系，打乱六国联盟的外交策略，因秦国在西部，六国在东部，秦和六国中任何一国的地理位置基本上都是东西走向，故称这种外交策略为“连横”，即横向联合。这两种策略哪种占上风，则决定当时各国的命运，于是纵横家便成了这一时期历史舞台上最出色、出场也最多的演员。而在众多纵横家中，最著名的莫过苏秦和张仪两人。正是苏秦和张仪的精彩表演，使那段历史增加许多丰富多彩的故事。

传说的坟典

传说中我们最早的散文作品是《三坟》、《五典》、《八索》、《九丘》，这仅是古人传说，谁也不知是怎样的书，不可尽信。所谓《三坟》这类书只在《左传·昭公十二年》有段记载：“左史倚相趋过。王曰：是良史也，子善视之。是能读三坟、五典、八索、九丘。”晋杜预注释说“皆古书名”。它们是什么样的古书？它们之间又有什么相同和不同？各家却有不少猜测的说法。据西汉经学家孔安国说：“伏羲、神农、黄帝之书，谓之三坟，言大道也。”还有人说，《三坟》就是三礼。关于《五典》，孔安国说：“少昊、颛顼、高辛、唐、虞之书，谓之五典，言常道也。”关于《八索》，孔安国说：“八卦之说谓之八索，求其义也。”有的说，索同素，是素王之法，孔子是素王，孔子作的法。关于《九丘》，孔安国说：“九州之志，谓之九丘。丘，聚也，言九州所有，土地所生，风气所宜，皆聚此书也。孔安国及各家的说法都是望文生义，没有根据，不可信。所以杜预不作解释。不过坟典之书在我国古文学中经常提到，但只知它们是些最原始的散文作品而已。

第三章

秦汉时期的文学

秦汉时期是我国古代文学发展的第二个重要阶段。在这一时期,诸如司马相如的赋、汉乐府的诗歌都为人所熟知。也正是在这一时期,五言诗开始形成,为魏晋、隋唐诗歌的兴盛做了铺垫。而被誉为史家绝唱、无韵离骚的《史记》更是秦汉文学最高水平的代表。

第一节 秦汉文学的发展

赋体文学的产生与演变

以赋名篇，始于荀子。其《赋篇》分别咏礼、智、云、蚕、针，是后来咏物赋的开端。又《战国策·楚策》载，荀子作书谢绝春申君的邀请，“因为赋曰：宝珍隋珠，不知佩兮；杂布与锦，不知异兮……”《战国策》所记的“赋”，与世传荀子《佹诗》的后半部分，仅有个别字句不同。可见在荀子的时代，已用“赋”作为这类文体的名称。

到了汉代，赋体之文又有大发展，一为骚体，一为散体。

汉初，文人主述楚辞，骚体赋几乎是当时文人最主要的文学抒情形式。

贾谊的《吊屈原赋》（《史记》作《吊屈原文》）是现存的第一篇骚体赋作品。贾谊远谪长沙，为赋以吊屈原，其实是抒发自己的不平之气。

但贾谊的处境和屈原不同。在战国时代，君可择臣，臣亦可择君，屈原曾有“历九州而相其君”的机会，而贾谊生当天下一统的时代，便只能“沕渊潜以自珍”，“远浊世而自藏”，在污浊世道中洁身自好。

贾谊故居

贾谊之后，贤人失志之赋还有严忌的《哀时命》，它的格调更为低沉。作者慨叹自己“哀时命之不及古人兮，夫何予生之不遇时?”这样的思想情绪在汉代也是很有代

表性的。

以贤人失志为主题的骚体赋在西汉中叶以后，无论内容和形式都出现了规范化、类型化的趋势。但淮南王刘安的门客淮南小山曾作过一篇《招隐士》，试图在句型、用语以至意境的创造方面有所突破，从而形成一种骚赋变体。

这样的作品，体式上虽源于楚辞，但“音节局度，浏漓激昂”（王夫之《楚辞通释》），很有个性色彩，在汉人骚体赋中，别具一格。

到了武帝时期，散体赋是赋体文学的代表性文体。散体赋是一种含有诗、骚、散文等文体因素的综合性文体。

散体赋最有代表性的作家是司马相如。司马相如，字长卿，蜀郡成都（今四川成都）人。景帝时“以赀为郎”，为武骑常侍。后免官游梁，与枚乘等为梁孝王宾客，著《子虚赋》）。后归蜀，临邛富人卓王孙寡女夜奔相如，二人卖酒为生。武帝即位后，读《子虚赋》，“恨不能与此人同时”（《史记·司马相如列传》）。经狗监杨得意推荐，相如赴长安，见武帝，作《上林赋》。武帝大喜，任为郎。曾奉命出使“通西南夷”，著《喻巴蜀檄》、《难蜀父老》。后任孝文园令，因病免官。临终前作《封禅文》称颂功德。

司马相如又有《哀秦二世赋》。前者以胡亥“持身不谨”，“信谗不寤”而终至“亡国失势”，“宗庙灭绝”，实吊古以讽今；后者讽谏汉武晚年之好神仙方术，但因过于铺陈其辞，武帝读后，反倒“飘飘有陵云气，游天地间意”（《汉书·司马相如传》）。

在武帝时代的赋家中，东方朔最富于个性色彩。《汉书·东方朔传》说他“指意放荡，颇复诙谐”，“言不纯师，行不纯德”，他的《七谏》、《答客难》和《非有先生论》大抵抒发牢骚，别有寄托。

洛阳古都

在东方朔的《答客难》之后，效之者有扬雄《解嘲》、班固《答宾戏》、崔骃《达旨》、张衡《应间》、崔寔《客讥》、蔡邕《释诲》、《客傲》等。但东方朔的《答客难》乃是“文中杰出”，扬

雄的《解嘲》“尚有驰骋自得之妙”，后来的模仿者则不免“屋下架屋，章摹句写”（见洪迈《容斋随笔》卷7）了。

扬雄是成、哀之世的又一著名赋家，他年轻时甚推崇司马相如之赋，“每作赋，常拟之以为式”（《汉书·扬雄传》）。他的《甘泉赋》、《羽猎赋》、《长杨赋》、《河东赋》皆因事而作，旨在规劝帝王戒佚猎、绝奢侈、惜民力、崇国本，讽谏的意义较司马相如更进一层。扬雄后期认为辞赋并非文人的安身立命之本，乃立意追踪圣人，仿《论语》作《法言》，仿《周易》作《太玄》，并标榜“诗人之赋丽以则，辞人之赋丽以淫”（《法言·吾子》）的批评标准，而他自己则不再创作辞赋。

东汉前期的班固是散体赋由全盛而走向没落的最后一个有代表性的作家。他在《两都赋序》中曾称赞司马相如等人的赋“或以抒下情而通讽谕，或以宣上德而尽忠孝，著于后嗣，抑《雅》、《颂》之亚也”。在《诗赋略》中，他却批评宋玉、司马相如、扬雄等人“竞为侈丽宏衍之辞，没其风谕之义”。于是他为东汉建都洛阳造舆论而作的《两都赋》（《西都赋》、《东都赋》）便历数汉皇功德，专替朝廷说教。但《两都赋》在叙写苑囿、畋猎、祀仪而外，描绘长安、洛阳的城市布局、建筑风貌，所运用的征实与夸张相结合的笔法，却具有开创的意义。东汉后期的张衡之作《二京赋》，实以此为发端。

描绘性是散体赋最重要的艺术特征。从描绘内容和手法看，散体赋在时空两个方面都倾向于深宏博大，力求构建起一个极富于空间感和时间感的对象整体。

散体赋借助丰富的知识和词采的铺陈，对时空两个方面的各个环节作细密的描绘铺衍，从而使它与讲求对称、节奏、变化、夸张、繁富以及追求时空完整的图案有了相似的特征。司马相如说“合纂组以成文，列锦绣而为质，一经一纬，一宫一商，此赋之迹也”（《西京杂记》卷1），刘勰说赋“铺采摛文，体物写志”，“丽辞雅义，符采相胜。如组织之品朱紫，画绘之著玄黄”，故“写物图貌，蔚以雕画”（《文心雕龙·诠赋》），都是对散体赋的图案化表现手法和图案化艺术特征所作的高度概括。

用字造语的怪异、重沓和同偏旁字的联绵堆砌，也是散体赋的一大特征，后人因此有“字林”之讥。

此外，描状事物，抒发情感，又多用联绵字，它们或双声，或叠韵，或重言，以增强语言的韵律感，加深听觉的印象。其文虽不免于“字体瑰怪”、

“半字同文”（《文心雕龙·炼字》），却能给人以形象性的艺术感受。

东汉中叶以后，汉王朝急剧走向衰落，以颂扬帝国的富强、声威为主的散体大赋失去其存在的现实基础。这时的文人，目睹社会黑暗，传统的道德信念开始动摇，又因为随时可能遭到迫害，他们内心的忧惧、愤懑与日俱增，辞赋乃成为他们抒情写志的工具。

汉末抒情赋的代表作家是张衡、蔡邕和赵壹等人。

张衡（78—139），字平子，南阳西鄂（今河南南阳市）人。年轻时博通五经六艺，才能出众，但从容恬淡，不慕名利。安帝时曾任太史令，后出为河间相。三年后征拜为尚书，不久因病而卒。张衡是汉代著名的科学家与文学家。他的《同声歌》、《四愁诗》在中国五、七言诗发展史上有重要的地位，他的《二京赋》是汉代散体大赋的绝响，其《归田赋》又是汉赋抒情化与小品化的开风气之作。该赋前半部分以情写景，词句清丽，作者的志趣，尽在其间。后半部分写人物活动，笔调超迈，作者从容、淡泊的神态和对人生的领悟，亦在不言之中。这样的文字，与传统的体物写志之赋迥然不同，而更接近于诗。张衡又有《思玄赋》、《髑髅赋》，前者言世事溷浊，黑白莫辨；天不可攀，神仙虚妄；远游劬劳，莫如自守。后者以寓言形式，设主客问答，代庄子立言，又有所发挥。似乎达观，实有哀痛。

在汉末文人中，对现实的批判更为峻直激烈的是赵壹。赵壹，字元叔，汉阳西县（今甘肃天水西南）人。桓、灵间名士，生卒年不详。其人“恃才倨傲，为乡党所摈”。后虽“名动京师，士大夫想望其风采”，以至“州郡争致礼命，十辟公府”，终因其不愿同流合污，一生“仕不过郡吏”（《后汉书·文苑列传》）。又屡触禁网，几乎被杀，为友人所救。曾作《穷鸟赋》，以陷于罗网、机阱的穷鸟自比，悲愤之情，溢于言表。赵壹脱祸之后，又作《刺世疾邪赋》以抒其怨愤。

全赋对封建集权社会弊端的揭露、批判是大胆而深刻的，此赋无论思想性和艺术性都已超过了“怨刺文学”的界限，而接近于“诗人的愤怒”了，这在整个汉赋中都是极为罕见的。

乐府民歌

乐府，是古代官方设立的，专门掌管音乐的机构名称。在先秦和汉初即

有类似机关，但到了独尊儒术、提倡以“礼乐治世”的汉武帝时，才正式定名为“乐府”，并扩大了它的规模和职能。据《汉书·礼乐志》记载：“至武帝定郊祀之礼，乃立乐府，采诗夜诵。有赵、代、秦，楚之讴。以李延年为协律都尉，多举司马相如等数十人造为诗赋，略论律吕以合八音之调，作十九章之歌”。这说明了乐府的任务有二：一是组织力量搜集民歌，即采诗；另一个是组织文人写歌功颂德，祭祀求福用的诗词，配上乐曲演习排练以备用；当然主要的还是搜集民歌，包括歌辞和乐调。据《汉书·艺文志》说，采集歌谣的目的是为了“观风俗，知薄厚”，这是装点门面的说法，究其实质还是为了娱乐宫廷、点缀升平。但是客观上，这个制度的建立，却使汉代许多优秀的民间歌谣赖以保存下来，不能不说是一件大好事。

当时，乐府机构相当庞大，人员多到800。采诗地域很广，包括江南北、黄河流域。《汉书·艺文志》所录的乐府诗已有138篇，这个数字还只是东汉初年班固所能见到的，已接近《诗经·国风》篇数，可见当时“采诗”确是一次壮举。流传至今的有宋代郭茂倩编辑的《乐府诗集》中汉代乐府计40多篇。

乐府诗的内容颇为丰富，都是感于哀乐、缘事而发的来自人民的呼声，真实而深刻地反映了社会生活的各个侧面。其主要内容有如下方面：

1. 反映在残酷的阶级压迫和剥削下，劳动人民的贫困痛苦生活。《东门行》便是一篇写一个贫苦、善良的农民，实在无法生活下去，只有铤而走险的叙事诗；

诗中写的东门外当是男主人公被逼另找出路——“行劫为盗”——的地方，他出而复归，说明心犹不甘就此走险；但一见家中凄惨情景又愤然下了决心；妻子的劝阻，发自内心催人泪下，但男主人公为了让妻儿活下去，还是坚决果断地走上了明知最后不免一死的反抗道路。写的是一个家庭的苦难，但千百万个为了生存揭竿而起的形象却跃然纸上。它如《妇病行》、《平陵东》等，都是诗人们从不同角度，向黑暗的旧社会发出的血泪控诉。

2. 反映战争和徭役带给人民的深重灾难。两汉时期，边境战争极其频繁，这就使本来已经贫困的人民加上战乱、兵役的沉重负担之后，更加无法生活下去了。如《十五从军征》，是写一个老兵从15岁应征到80岁才得返家，他的家人早已在战乱，饥寒中死绝了，家也成了“松柏冢累累”、“兔从狗窦人，鸦从梁上飞”生满野菜的荒地废墟。诗中“舂谷持作饭，采葵持作羹。羹饮

一时熟，不知贻阿谁。出门东向望，泪落沾我衣”的娓娓叙述，令人悲怆，发人深思，它如：《战城南》写出战场的惨状，揭示了战争带来的祸害全部地压在人民身上的不合理现象，发出“禾黍不获君何食？愿为忠臣安可得”的正义斥责。

3. 揭露统治阶级骄奢淫逸的生活。这类作品有《相逢行》、《长安有狭斜行》、《陌上桑》等，而以《陌上桑》为最出色。前两句内容颇相近似，一开始都是说两个贵族少年相逢于狭路间，相互问答，然后夸张其中一家的富贵显赫之状，暴露之中隐含针砭。《陌上桑》是叙述一个太守调戏一位名叫秦罗敷的美丽采桑女子，结果以罗敷的机智多辩、对太守进行挖苦讽刺、使之自讨没趣而去的故事，揭露了统治阶级上层人物的轻薄无耻，歌颂了平民女子的勇敢、坚贞。

4. 反映爱情矛盾和受压迫被离弃妇女的痛苦。在乐府民歌中，这方面内容比较多，一般都蒙上一层令人悲伤的色彩。反映这种现实的作品，以《孔雀东南飞》最为出色。这是一首有 300 多句的叙事长诗，写出了一个家庭悲剧：刘兰芝和焦仲卿是一对恩爱夫妻，兰芝美丽、勤劳、善良，只因为婆母看她不顺眼，终被休弃。兰芝与仲卿约定不嫁不娶，此情不移，等待日后团圆。谁知兰芝又被哥哥逼嫁太守的儿子，于是悲剧进一步酿成，就在兰芝再嫁的当天，两人双双殉情而死。该诗深刻地揭露了封建家长制对青年的迫害，热情歌颂了刘、焦二人忠于爱情、宁死不屈的反抗精神。作品在结构布局上环环相扣，跌宕起伏，极富戏剧性。语言凝练、生动、流畅，句式齐整，均为五言一句。其艺术手法是现实主义与浪漫主义相结合，在悲剧内容上又加几笔理想的色彩，向人们显示出一些光明。《孔雀东南飞》代表了汉乐府民歌的最高成就，在诗歌史上占有相当重要的地位。

乐府民歌的成就与影响，主要表现在以下几个方面：首先，汉乐府民歌和《诗经》一样，均为“感于哀乐，缘事而发”的扎根于人民之中，题材真实、深刻地反映了广阔的社会生活，跳动着时代的脉搏。它继承并发扬了《诗经·国风》所开创的现实主义精神。其次，汉乐府诗叙事性极强。描写人、事均细致入微，善于抓住典型细节、生活片断、场景、对话表现人物思想。不论篇幅长短，均能给人以深刻印象。如《十五从军征》中 80 岁退役老兵、《陌上桑》聪明而美丽机智的秦罗敷、《孔雀东南飞》中反抗封建制度并殉情而死的刘兰芝和焦仲卿等人物形象，都活脱脱地现于纸上。这标志着我

国叙事诗已趋于成熟。再其次，汉乐府多采用人民群众的活语言，极其朴素、自然、精练。如《长歌行》中的“百川东到海，何时复西归？少壮不努力，老大徒伤悲”以民语、俗谚道出千古不灭的哲理，表现出驾驭语言表达思想的高超本领。就乐府诗的句式来看，极具自由，打破了前诗多四言的格式，而以长短无定、错落有致的杂言为主，如《东门行》、《战城南》、《上邪》并有向规则的五言句式发展的趋势。如《上山采蘼芜》、《十五从军征》、《陌上桑》、《孔雀东南飞》等，通篇均五言，无一杂句。这就为文坛带来了诗歌新形式，为五言诗的正式形成奠定了基础。

汉乐府对后世文学发展影响极为深远，从魏晋乐府诗到唐之拟乐府、新乐府运动，都是从思想上、写作手法上、艺术技巧上学习并承继汉代乐府的结果。

五言诗的雏形

《诗经》,《楚辞》中，虽有一些五言诗句，但都属偶然出现的，并非五言诗的萌芽，五言诗起源于五言的乐府歌。文人笔下的五言诗，最早的是东汉明帝、章帝时班固的辞《咏史》。这是一首以孝女缇萦救父，感动汉文帝肉刑的故事为题材的五言诗，共十六句八十言。虽然平板“质木无文”，但毕竟是开文人创五言诗的先河。继后有张衡的《同声歌》，写的是新婚妻子对丈夫的爱慕之情，本意却在表现臣子事君之道，艺术性远在《咏史》之上。恒帝时，文人秦嘉的《赠妇诗》三首，是声情并茂的优秀诗作，如“人生譬朝露，居世多屯蹇。忧艰常早至，悲欢常苦晚”。“独坐空房中，谁与相劝勉。长夜不能眠，伏枕独辗转”之句，均生动、传神，感人至深。标志着五言诗的渐趋成熟。此外，汉末恒、灵时，赵壹在《刺世疾邪赋》中，有一首五言十八句的《刺世疾邪诗》，对当时社会浑浊、是非颠倒的现象，进行了尖锐地揭露，表现了极强的战斗性，如“顺风激靡草，富贵者称贤。文籍虽满腹，不如一囊钱”之句，是指责当时以仁义为富贵之人，虽有满腹学问，也不如口袋里装满钱财的白丁；而“势家多所宜，咳唾自成珠”之句，说那些有钱势之人，就是唾口唾沫，也被视为珍珠，这不是一般的指责，而是辛辣的讽刺了。

东汉文人五言诗的最高成就，当推《古诗十九首》。《古诗十九首》之

名，最早见于梁萧统的《昭明文选》。这些诗的作者已佚名，自非一人一时之作，然而，内容大都是反映失意文人的生活和思想感情的。或直抒胸臆，把朋友之间相思之情、离别之苦、自己的怀才不遇抒发得淋漓尽致；或借题发挥，托以游子、思妇、逐臣、弃妻之口吻，排泄内心的不平。内容虽较单一，但却也能从个人的得失中，片断地反映出汉末社会动乱、危机四伏、人心思变的现实。

还有些诗作是以反映文人家族没落，求官不遂，怀才不遇为内容。其中有以达观态度嘲弄世俗，揭露黑暗发泄出不满，显示出一股豪壮之气；而更多的则是消极苦闷，慨叹人生之短，命运多舛，流露出不胜其悲的哀怨之气。前者如《青青陵上柏》，诗中主人公显然是个没落贵族出身的文人，有着“青青陵上柏，磊磊涧中石”的性格，虽也慨叹人生之短，他却很达观。“人生天地间，忽如远行客，”认为自己以斗酒待客，较之无酒已不算薄；他驾着破车老马，冷眼旁观繁华的洛阳，只见那些顶冠束带的贵人们往来应酬于大街、小巷贵族府第之中，看到那象征着帝王公侯豪华生活的宫阙，他仿佛看到堂上的宴饮正酣，于是主人公不禁以讥刺的口吻发问道：“极宴娱心意，戚戚何所迫”？你们还不满足吧，你们惶惶终日、汲汲以求的到底是什么？诗中流露的是豪放不平的正气。而《西北有高楼》一首，则是抒发失意文人的怀才不遇的，诗中有“一弹再三叹，慷慨有余哀。不惜歌声苦，但伤知音稀”之句，发出了忧伤愤懑，生不逢时之叹。其他如《驱车上东门》、《生年不满百》等诗，则反映东汉末年士大夫及失意文人们的人生及时行乐的思想，诸如“年命如朝露”、“人生忽如寄”、“为乐当及时，何能待来兹”等句，就是颓废玩世思

古詩十九首說

朱筠河先生口授　受業徐昆后山筆述

總說

詩有性情興觀羣怨是也詩有倚托事父事君是也詩有比興鳥獸草木是也言志之格律盡於三者矣後人詠懷寄托不免偏有所着十九首包涵萬有磕着即是凡五倫道理莫不畢該却又不入理障不落言詮此所以獨高千古也

古诗十九首

想的反映了。

《古诗十九首》在艺术上的成就是辉煌的。首先表现在它继承了乐府诗中情景融一的写作技巧，并加以提高，达到自然和谐、出神入化的境界；它使五言诗成为一种更加成熟的形式，刘勰在《文心雕龙·明诗》篇中说它是“五言之冠冕”，它给后代诗人的影响是极深远的。其次，它的语言风格平易浅近，精炼含蓄，没一个难字、新奇字，一切都是顺口说出，而又无一处不生动贴切。正是这两者相互补益，恰到好处，所以《古诗十九首》成为五言诗歌中的珍品。陆时雍《古诗镜》称赞它是“深衷浅貌，语短情长”。

知识链接

乐府的种类

宋郑樵《通志·乐略》把乐府分为十四类，宋郭茂倩《乐府诗集》分为十二类，明徐师曾《文体明辨》分为九类，历代学者的意见各有分歧。陆侃如先生的《乐府古辞考》分为八类，比较合宜，这八类即是：郊庙歌辞；燕射歌辞；舞曲歌辞；鼓吹曲辞；横吹曲辞；相和歌辞；清商曲辞；杂曲歌辞。

这八类按其性质可归纳成三种，即朝廷的、民间的、外来的三种。

第二节 秦汉时期的文学人物

放荡不羁的才子——司马相如

司马相如，字长卿，西汉蜀郡成都人。公元前 179 年出生在一个贫贱的家庭里。因从小就爱读书和击剑，聪明伶俐，勤奋好学，所以父母都很喜欢他，特别给他取了一个表示爱称的小名“犬子”。那时候，人们平时常常摆谈一些春秋战国时代的人和事，其中他最爱听的就是蔺相如的故事。蔺相如有大智大勇，曾为赵国立过功。蔺相如具有善于团结人的高贵品质。这些都使他深受感动和教育。有一次，人们又在讲述蔺相如的事迹。他竟听得入了迷。蔺相如的智勇和为人，给他留下了十分深刻的印象。从此他就更名为“相如”，以表示对这位战国时代著名人物的追慕。

汉景帝的时候，司马相如做“武骑常侍”。这是一种俸禄不低的官职。但景帝不好辞赋，司马相如对这样的官位也没有多大兴趣。这时，恰好梁孝王刘武来到朝中，想找几个文人学士。梁孝王是个好宾客的人，这正合司马相如的心意。于是，他就称病免官，和枚乘等人一起去到梁地（今河南省商丘县东），在那里与诸侯游士一直相处了几年之久。在这期间，他致力于辞赋的写作，著名的《子虚赋》就是这时写成的。

司马相如雕像

梁孝王死后，司马相如离梁回到

自己的家乡。他家里贫穷，无法维持生活。后来通过朋友王吉的介绍，到了临邛（今四川邛崃县）。王吉是临邛县令，他对司马相如以礼相待，非常热情。因此，这件事很快就传遍全城。而临邛这地方盛产盐和铁，酿酒业也比较发达，有钱的商家不少。卓王孙就是一个十分势利的大商人、大财主。

财主们听说县令家来了贵客，都想好好招待一番。有一天，卓王孙在自己家里大摆宴席，专门请了王吉和司马相如，还请了当地其他一些有名望的人。席间，客人们酒兴正酣之时，王吉提议请司马相如弹琴。司马相如曾听说卓王孙有个女儿卓文君，是个美貌端庄、既懂文学又好音乐的女子，不幸年纪轻轻死了丈夫而寡居娘家。想到这里，于是他就应王吉之请弹起了主人家里的绿绮琴。司马相如是个颇有文艺修养的才子，他弹奏时那潇洒的举止，那特殊的表情，那无言的叹息，那优雅的琴声，都被卓文君在门外悄悄地看见了，听到了。卓文君曾经读过《子虚赋》，早就对司马相如有所敬佩。现在，正当她处于苦闷之中的时候，司马相如拨动了她的琴弦。她怎能不被那感人的琴音所动，又怎能不对那弹琴的人倾心而慕呢？她情不自禁地对别人说："他弹着我的琴就好像弹着我的心！"但是，家庭管得很严，旧的礼教是不允许她和司马相如自由相恋的。她父亲卓王孙骂她是逆女，希望她早死。但压力再大，文君也并没有屈服，她要朝生的道路走去。在一天晚上，她终于勇敢地冲破了藩篱，悄悄地跑去会见了司马相如。相会以后，司马相如为向文君表达衷情，特作琴歌二章，其中有这样两句："凤兮凤兮归故乡，遨游四海求其凰。"不久，他俩一道逃往成都，结成了终身伴侣。

司马相如家里贫穷，和卓文君结婚后，生活相当困难。眼看在成都的日子越来越过不下去了，于是二人又返回临邛。卓王孙因为反对他们成亲，虽有钱也不给他们。怎么办呢？二人经过商量，便在市上开设了一个酒店，由文君"当垆卖酒"，相如打杂应酬，这样来过着困窘的日子。卓王孙知道这事后，认为有辱门庭，心中大为不快。但他也没有什么对付的办法。而文君和相如一个善于鼓琴，一个长于写作，虽然受到挫折，却顽强地生活着。后来，卓王孙不得已还是勉强分了些财物给他们，作为给女儿的陪嫁。这样，二人又离开临邛回到成都。据传，而今邛崃的"文君井"，就是当年卓文君临邛卖酒时用过的井。用这口井的水酿出的酒，香味扑鼻，清甜可口，人们把它命名为"文君酒"。现在，邛崃酒厂生产的"文君酒"，已成为四川的一种名酒，受到广大顾客的欢迎。当人们端起"文君酒"互相祝贺干杯而欢度佳节

的时候，自然会想起卓文君和司马相如这段爱情佳话。

汉武帝时，有个主管天子田猎犬的太监名叫杨得意，向武帝推举了司马相如。武帝读了《子虚赋》，极为赞赏，认为司马相如是个有才华的人。不久，武帝就召见了他。在武帝面前，司马相如介绍了自己的《子虚赋》，并说本篇不过是叙述了诸侯游猎之事，不足为观，请赋天子的游猎，于是又写成《上林赋》。作者本来有讽谏的意图，对诸侯、天子迷恋游猎予以规讽，但武帝却看不到这一点，只取其颂扬的一面。武帝读了赋非常高兴，就命司马相如为郎，接着又派他出使西南。当时西南一带有一些少数民族，有的还建立了地方政权，那个“夜郎自大”的夜郎国就是其中的一个。司马相如作为使者，对开发西南、沟通汉族与这些少数民族的关系，做出了一定的贡献。后来他被任命为孝文园令。孝文园就是汉文帝的陵园。因此后人又称他“文园”。他的著作原集已经散失，明代人编辑有《司马文园集》。

司马相如在赋史上是很有地位的。“相如口吃而善著书”（《史记·司马相如列传》）。他学识渊博，文采焕发，是个有代表性的汉赋作家。

汉武帝的陈皇后阿娇被遗弃后，谪居在长门宫。据说她慕司马相如的文名，便拿出黄金请他作一篇赋，希望能感动武帝，使武帝回心转意。司马相如在这篇《长门赋》里，表现了宫廷妇女在失意时那种苦闷抑郁的情绪。作者一方面写女主人公如何受到冷落，一方面又写她总希望着君王的再来。富于想像，善于抒情，语言也相当工丽。《文选》把这篇作品列为“哀伤类”。

司马相如是一个富有文采的作家。他的赋规模宏大，气势宏伟，词汇也相当丰富。他以铺叙为工，有的描写也很细致。如《子虚赋》中郑女曼姬的形象，就写得既生动又深刻，具有鲜明的特色，反映出封建贵族的奢侈生活，对统治阶级的丑恶面目有着一定程度的揭露。

司马相如晚年因病免官闲居，一直住在茂陵（今陕西兴平东）。他于公元前 117 年去世。临死前，他还坚持着进行写作。

身残志坚的史学巨匠司马迁

司马迁，字子长，西汉夏阳（今陕西韩城）人。大约生于公元前 145 年。他从小就受到良好的家庭教育。他的父亲司马谈很有学问，精通天文，熟悉历史。幼年时他同父亲住在乡下，一面学习，一面参加牧羊放牛的劳动。他

司马迁故居

学习很专心，劳动也很认真。在家里读了书，放牧的时候就回忆，就背诵。据说有次他父亲要他读一篇文章，想考考他。谁知他居然熟练地背了出来。他父亲感到十分惊讶，问他是怎样做到的。他告诉了父亲。可他父亲还以为他学习影响了放牧，就暗暗地去看牛羊，没想到牛羊也长得膘肥体壮的。这时，父亲全明白了，不禁连声赞道：“孺子可教！孺子可教！”

司马迁九岁的时候，他父亲到京城长安（今西安市）做太史令（史官）。他也跟着到了长安。这里比乡下当然热闹得多了，各方面的条件也更好了。再热闹，司马迁也不贪玩；条件好，促使他更加努力。他喜欢读书，并力求甚解。由于勤奋和刻苦，到10岁时他便能阅读古代典籍。他还虚心地向当时一些著名学者请教，治《尚书》，习《春秋》，使自己的知识面越来越广。

司马迁从小就有远大的志向，决心做一番事业。到20岁的时候，为了进一步开阔眼界，他便开始了全国性的大漫游。他从长安出发，先后游历了长江中下游和山东、河南等地。他走了许多地方，访问了不少的人，搜集了大量的资料。在屈原被流放过的地方，他专门凭吊了这位大诗人的遗迹。屈原的文学成就和不幸遭遇，引起他无限的赞叹和同情。有一天，当他来到长沙北面屈原以身殉国的汨罗江时，面对滔滔江水，竟痛哭流涕。年轻人哭得那样伤心，忽然被一个老头发现了，对他说：“先生，你把屈大夫的事写下来传出去吧！”听到这感人肺腑的话语，年轻的司马迁该怎样回答才好呢？停了一下，他也没有说什么，只是向老人深沉地以礼告辞。

在长沙，司马迁还考察了贾谊的事迹。贾谊是西汉初期的政论家、辞赋家，也曾受到权贵谗毁，其遭遇同屈原有不少相似之处。贾谊被贬往长沙途经湘水时写了一篇《吊屈原赋》，抒发自己的感慨。后来，司马迁根据所搜集到的材料，把屈原和贾谊纳入一篇之中写传，定名为《屈原贾生列传》。

司马迁又登九嶷，到庐山，上会稽，探禹穴，了解各地的风土人情、神话传说。随后，他来到现今的山东曲阜，参观了孔子的“庙堂车服礼器”，考

察了这位古代教育家的生平事迹。

在这次漫游中，司马迁还经过当年刘邦起兵的地方，看了昔日楚汉相争的战场。他又访问了萧何、韩信、曹参、樊哙的故里，了解到他们的一些事迹。到魏都大梁，他还瞻仰了“夷门”，搜集了信陵君的故事。这些长途跋涉的漫游生活，对他后来记述历史、描写人物，都有很大的帮助。

回到长安后，司马迁做了多年的“郎中”，这是个侍卫之类的官，工作不大固定。好在有时奉命出使，倒给他创造了继续游历的机会。这就是他 30 多岁时的又一次大漫游。这次游历，他曾到过现今的四川西部和云南一些地方。

一系列的外出实践活动，使司马迁的知识更丰富了，视野更扩大了。更为重要的是，使他能够接触广大的人民群众，了解到人民的生活状况，体会到人民的思想感情。这对他以后在史学上和文学上取得巨大成就都有极其重要的意义。

汉武帝元封元年（公元前 110 年），司马迁由西南返回长安途中，得知其父正病于洛阳。他立即前往，见父已病危。临死时，父亲拉着儿子的手，深情地嘱咐他一定要著述历史，实现自己的理想和愿望。司马迁流着眼泪答应了。

司马迁正是这样做的。他父亲去逝三年以后，他就继承父职任太史令。由于父命，由于职务，由于理想，由于事业，他饱览国家藏书处的图书，认真整理各种历史资料，积极准备写作。太初元年（公元前 104 年），当修改历法的工作完成后，司马迁就正式开始史书的著述，这时他大约 42 岁。

事情往往并不是一帆风顺的。在司马迁写作的道路上，他曾遭到重大的挫折、巨大的灾难。原来是这样：司马迁生活的武帝时代，汉朝和北方匈奴经常发生战争。有一年，武帝派他的宠妃李夫人的哥哥为大将出征匈奴。还派了李陵率领五千人从另一路出发。在战斗中，李陵遇匈奴主力数万骑的围攻，兵败而降于匈奴。武帝要治李陵的罪，并问司马迁对这件事的看法。司马迁发表了自己的观点，认为李陵孤军奋战功可抵罪。武帝听了大怒，说他是为李陵辩解，并疑心他是对李夫人之兄的一种旁敲侧击。不久，司马迁被捕入狱，并被判处死刑。

按照当时的规定，被判了死刑的人如果能出钱赎罪，就可免死。但司马迁家贫拿不出多少钱来。没有办法，最后他只有以受“腐刑”才免于一死。“腐刑”又叫“宫刑”，是一种极其残酷的古刑罚。司马迁是从事业考虑而做

出这种选择的。后来，他在给友人任安的书信中说："人固有一死，或重于泰山，或轻于鸿毛。"（《报任少卿书》）这种比较进步的生死观，正表现了司马迁为了理想甘受酷刑的坚韧不屈的精神。

经过入狱受刑，司马迁对生活的体验更深刻了。尽管身体遭到严重摧残，精神受到很大刺激，但他著书写史的决心却没有丝毫动摇。出狱后任中书令，他继续发愤努力。"文王拘而演《周易》，仲尼厄而作《春秋》。屈原放逐，乃赋《离骚》；左丘失明，厥有《国语》……"（《报任少卿书》）从先圣先贤们的经历中，他看到了自己的前途。为了实现自己的理想，他顽强地生活，勤奋地写作。日复一日，年复一年，在忍辱发愤的境遇中，他终于完成了一部一百三十篇五十二万多字的史学巨著、文学特集。

这部书最初叫《太史公书》，又叫《太史公记》，后来才称为《史记》。司马迁写《史记》，可以说耗费了毕生的精力。如果从他任太史令后准备材料算起，到正式写成，花了十八年。如果加上他写作前的搜集资料和写成后的修改加工，这部书竟惨淡经营了三十年的时间。这是何等伟大而艰巨的劳动啊！

司马迁大约卒于武帝末年。在他生前这部书并未问世。到汉宣帝时，经杨恽（司马迁的外孙）宣布，此书才得以流传。

口吃的文学家：扬雄

扬雄（公元前53年—公元18年），字子云，西汉蜀郡成都人，历经宣、元、成、哀、平五帝及王莽新朝。他出身连续四代单传的家庭，家族不兴旺。家有田百亩，宅院一套，属于温饱型家庭，他从小衣食无忧，特别勤奋。《汉书本传》（卷八十七）载："雄少而好学，不为章句训诂，通而已。博览，无所不见。为人简易佚荡，口吃不能剧谈，默而好深湛之思。清静无为，少耆欲，不汲汲于富贵，不戚戚于贫贱。不修廉隅，以徼名于当世。"无独有偶，大才子司马相如也口吃不善言谈。看来这两个人教书都不行，只能当学者，搞学问。

四十二岁前，扬雄一直在家读书，未出蜀郡，他读书刻苦，又有高师指点，有乡里先贤为榜样，故学问渊博。他的老师主要有两个人，一个是临邛的林间翁孺，一个是在成都以占卜为生的严君平。林间翁孺精通小学，多识

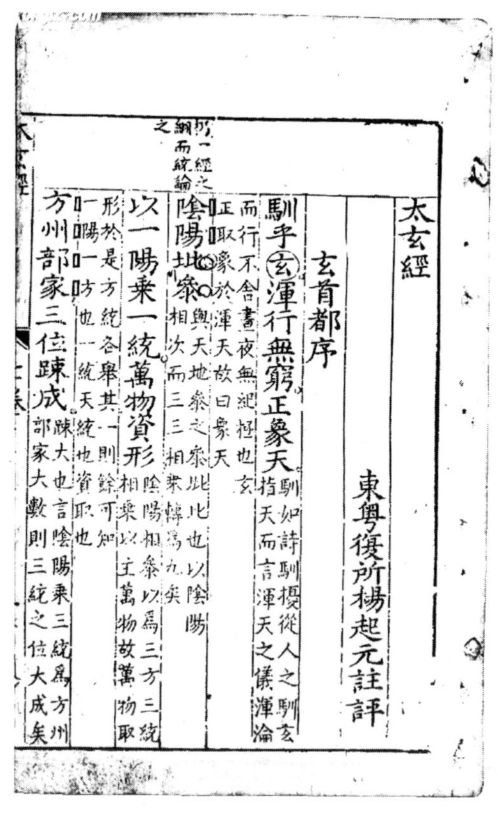
太玄經

東粵復所楊起元註評

玄首都序

馴乎玄渾行無窮正象天（馴如詩馴擾從人之馴玄指天而言渾天之儀渾淪而行不舍晝夜無絕極也玄正取象於渾天故曰象天）

陰陽坒參（所一經之綱而統論之）（坒與天地參之參比也以陰陽相次而三三相乘轉為九矣）

以一陽乘一統萬物資形（陰陽相參以為三方三統相乘以生萬物故萬物取形於是方統各舉其一則餘可知一陽一方也一統天統也資取也）

方州部家三位疏成（疏大也言陰陽乘三統為方州部家大數則三統之位大成矣）

杨雄所著《太玄经》

奇字，掌握许多方言资料，对司马相如和屈原的作品很熟悉，他的教学对扬雄影响很深远。后来扬雄喜欢方言奇字，便与师承有关。严君平名气更大，他通《周易》、《老子》，在成都市上卖卜，即以占卜维持生计，日得百钱就关门读《老子》，是个奇人。扬雄经常前来请教，他的品德和学问对于扬雄影响也非常大。扬雄后来仿易经而作《太玄》，便与这段经历有关。

42 岁时，扬雄到长安，在友人的推荐下被成帝任命为待诏，成为侍臣。次年，成帝先后幸甘泉宫，郊泰畤，进行狩猎活动，幸河东，长杨宫。每次出行，必让扬雄跟随，并要求其作赋，歌功颂德。扬雄不敢怠慢，也想表现自己的才能，于是呕心沥血，创作出《甘泉赋》、《羽猎赋》、《河东赋》和《长杨赋》四篇大赋。正是这四篇大赋将汉大赋创作再掀起一个高潮，成为第二高峰，“扬马”并称，凭借的就是这四篇大赋，从而奠定其在文学史上的地位。

创作这四篇大赋，扬雄确实非常用力。扬雄的好友桓谭在《新论》中记载：“子云亦言：成帝时赵昭仪方大幸。每上甘泉，诏令作赋。为之猝暴，思精苦，赋成，遂困倦小卧。梦其五脏出在地，以手收而纳之。及觉，病喘悸，大少气，病一岁。”

为创作几篇赋，居然梦到五脏六腑都出来了，大病一年，可见其耗费心血的程度。四篇赋受到成帝的高度赞扬，便提拔扬雄为黄门郎。官职不高，但可以接近皇帝，接近最高权力中枢，故很受重视。从此，扬雄在这个职位上做了很多年，一直没有升迁。

扬雄著述丰富，学问渊博。对于他的学术成就，当时就出现褒贬判然的两种情况。另一大学者刘歆认为他的《太玄》和《法言》只能“覆酱瓿”，即盖酱油坛子，而桓谭则认为可以超越诸子，一定传世。扬雄在文学方面的成就还有《逐贫赋》、《解嘲》、《演连珠》等文。《逐贫赋》和《解嘲》都属于自我解嘲，自我开脱，实际是发牢骚。韩愈的《逐穷文》和《进学解》很明显受其影响，甚至可以说有模仿的痕迹。

《解嘲》前承东方朔的《答客难》，后启韩愈的《进学解》。当哀帝之时，攀附佞臣董贤者飞黄腾达，而他当黄门郎已经20余年，毫不升迁。故有人嘲笑他徒有学问而不能使自己发达，他便写作此篇进行反驳，驳斥他人的嘲笑，实际是自我解嘲。

扬雄在中国文学史和思想史上都有一定地位，对后世文人影响也很大。韩愈在《进学解》中说：“子云相如，同工异曲”，将其和司马相如并列，卢照邻的《长安古意》则以扬雄为例抒发文人被冷落的感情。当社会各阶层都在声色犬马，金精美玉中尽情享乐时，“寂寂寥寥扬子居，年年岁岁一床书。唯有南山桂花发，飞来飞去袭人裾。”可见扬雄在后世并不寂寞。

知识链接

汉哀帝罢乐府

汉武帝建乐府机关，组织甚为庞大，据《汉书·礼乐志》所载，工作人员有829人之多。汉哀帝刘欣不好音乐，尤其不好那些民歌俗乐，称之为“郑卫之声”。偏偏当时朝廷上下爱好这种“郑卫之声”成了风气，使刘欣看着不顺眼，便决心由政府来做榜样，把乐府里的俗乐一概罢去，只留下那些有关廊庙的雅乐。裁革了441个演奏各地俗乐的讴员，此后乐府就不再传习民歌了。

第三节 秦汉时期的文学作品

史家之绝唱无韵之离骚——《史记》

《史记》，是一部体例谨严博大精深的历史巨著，是我国第一部纪传体的通史，记载了从轩辕黄帝到西汉武帝太初年间，上下三千年的历史。全书分12本纪、10表、8书、30世家、72列传（包括《太史公、自序》），共130篇（其中《外戚世家》、《三壬世家》、《滑稽列传》等几篇，由西汉元帝、成帝时褚少孙修补而成），共52万多字。

本纪，是按帝王的世代顺序记叙的政治军事等天下大事。有《五帝本纪》、《始皇本纪》、《高祖本纪》、《孝景本纪》等。

表，是排比并列了历代帝王和诸侯国的政治军事大事。有《六国年表》、《汉兴以来诸侯年表》、《高祖功臣侯者年表》等。

书，是有关经济、文化、天文、历法等专门论述。如《礼书》、《律书》、《河渠书》等。

世家，是先秦各诸侯国以及汉朝享有封土的功臣贵族们的国别史、家族史。如《齐太公世家》、《周公世家》,《越王勾践世家》、《留侯世家》等。

列传，是武帝太初年间以前的、历史上成名人物的传记。如《伯夷列传》、《老子韩非列传》、《屈原贾生列传》、《淮阴侯列传》、《李将军列传》等。

本纪、表、书、世家、列传这五种不同的体例，相互补充配合、脉络分明、融会贯通、形成了《史记》全书的整体结构，唐代史学家刘知几概括史书有“二体”，一曰“编年体”如《春秋》，另一个是“纪传体”，而《史

纪》就是纪传体史书的创始。自汉以后的“正史”，尽管名目有改变、门类有短缺，但都有“纪”、有“传”，绝无例外地沿袭了《史记》的体例。

司马迁的写作初衷是遵父志、继《春秋》。严酷的生活经历又深化了他的思想，在《报任少卿书》中他进一步申述了创作《史记》的主张是“究天人之际，通古今之变”，就是要研究“天道”（自然界）和“人事”（人类社会）的关系，继承先秦以来“天人相分”的有唯物成分的传统观念，反对天道可以干预人事的“天人感应”说。如《天官记》记载了星球的运行、星座的位置，这在两千多年前，是极其可贵的。《封禅书》实录了秦始皇迷信方士终不免一死的昏庸愚妄，揭露深刻。更可贵的是，司马迁也实录了汉武帝好神仙的详细情形，并给以大胆的嘲讽，所谓“通古今之变”，就是探讨古今历史变化的原因，从经济着眼分析社会历史现象，《货殖列传》中有这样一段文字：“贫富之道，莫之夺予，而巧者有余，拙者不足。故太公望（姜太公）封于营丘，地泻卤，人民寡，于是太公劝其女功，极技巧，通鱼盐，则人物归之……其后齐中衰，管子（管仲）修之，设轻重九府（掌管财币的九官），则桓公以霸九合诸侯，一匡天下”，反映出司马迁历史观中闪光的思想，即人力可以治天，通过各种变革推动历史前进。司马迁不以成败论英难，不以社会地位的贱贵定人的价值，他为我国第一次农民大起义的领袖陈胜、吴广立了传，作《陈涉世家》，充分肯定了他们“首发难”之功；为秦末楚汉之争中失败自刎了的西楚霸王项羽写了《项羽本纪》，成功地刻划了一位富有传奇色采的反秦反暴的英雄，歌颂了他勇猛过人，也惋惜他“妇人之仁”与匹夫之勇。这反映了司马迁的才识胆略，确能“原始察终，见盛观衰”，早在两千多年前，就能看到农民起义和封建统治者残酷压迫剥削的因果关系，客观地揭示出社会发展的客观规律，确实难能可贵。

史家之绝唱——《史记》

《史记》内容最精彩的部分在

本纪、世家、列传等人物传记上。这里写了各个阶级、阶层的历史人物，通过表现人物的性格特征及其基本政治倾向，展开了广阔的社会生活面，抒发自己独特的历史见解和政治思想，寄托自己的爱憎褒贬。他对封建帝王绝非一味歌功颂德，而是既记其功，又写其过，暴露批评其残暴。就连汉代的开国之君刘邦、司马迁命运的主宰者武帝刘彻，他也是如实描述他们本来面目，对他们的贪婪、虚伪、权诈、荒诞进行了巧妙无情的揭露。如《淮阴侯列传》中写刘邦之无能与权诈之态：当是时，楚方急围汉王于荥阳，韩信使者至，欲求立为代理齐王，汉王大怒，大骂韩信，“张良、陈平蹑汉王足，因附耳语曰”，这时汉王刘邦又一次现出市井无赖的面目。亦悟，因复骂曰：大丈夫定诸侯，即为真王耳，何以假（代理）为!”《汲郑列传》中作者假汲黯之口斥责汉武帝说“陛下内多欲而外施仁义”。类似这些，处处可见，这表现了一个伟大的史学家凛然不可变更的“不虚美、不隐恶”的公正态度。

司马迁把帝王手下的官吏分为循吏与酷吏，分别列传。前者是本法循理之官，曾为人民做过好事，他以极大的热情进行歌颂。如《循吏列传》中的楚令尹孙叔敖“三月为楚相，施教导民，上下和合，世俗盛美，政缓禁止，吏无奸邪，盗贼不起。秋冬则劝民山采，春夏以水，各得其所便，民皆乐其生”，写郑贤大夫子产“治郑二十六年而死，丁壮号哭，老人儿啼，曰：子产去我死乎！民将安归”？对酷吏不仅进行了无情鞭笞，而且写出了官逼民反的真实情景，如写武帝时的酷吏周阳由“最为暴酷骄态。所爱者，挠法活之；所憎者，曲法诛灭之”，又写酷吏张汤“天下事皆决于汤，百姓不安其生，骚动”，写酷吏温舒“温舒死，家直累千金”、“自温舒等以恶为治，而郡守、都尉……大抵尽放（仿）温舒，而吏民益轻犯法，盗贼滋起。南有梅免、白政，楚有殷中，杜少……大群至数千人……小群以百数”。此外，司马迁通过《刺客列

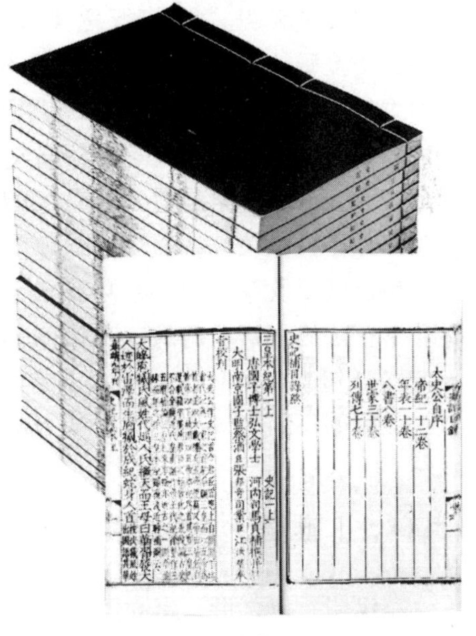

线装古籍史记

传》、《游侠列传》还对一些向来为统治阶级所鄙视的中下层社会人物，所谓“市井细民”立了传记，写他们不畏牺牲、不受礼教制约的傲岸性格，歌颂他们敢于反抗强暴的侠义行为，这都是与正统的思想家、历史家的观点有极大区别之处，也正是他的可贵之处。是他长期接触社会，了解下层人民的生活，而且自己亲身尝受到封建专制制度的残酷之后，所迸发出来的光辉思想火花。

《史记》中更多是记录一系列爱国志士、英雄豪杰的传说，展现了一幅幅绚丽多彩的历史画卷，谱写出一章章可歌可泣、威武雄壮的乐曲。其中脍炙人口的为《廉颇蔺相如列传》、《屈原贾生列传》、《淮阴侯列传》、《李将军列传》等。《屈原贾生列传》中通篇洋溢着强烈的抒情气氛，论述多于叙写，以“悲其志”一语作为贯穿全文的线索，歌颂屈原“正道直行”、“信而见疑，忠而被谤”、“其文约、其辞征微其志絜、其行廉”、“推其志也，虽与日月争光可也”，这饱蘸热情的讴歌，简练而准确地表现了人民对伟大爱国诗人屈原的评价，而我们也恰恰在这讴歌中照见了伟大文学家司马迁的形象。再如《李将军列传》写的是汉名将李广，这是一个善带兵的好将领“（李）广廉，得赏赐辄分其麾下，饮食与士共之”、“乏绝之处，见水，士卒不尽饮，广不近水，士卒不尽食，广不尝食”、“士以此爱乐为用”，李广身经百战，屡立战功，匈奴闻风丧胆。”号曰汉之飞将军，避之数岁，不敢入右北平”但就是这样一位受爱戴的将领不仅不能封爵为侯，反而多次含冤被削职为民，最后被逼引刀自刭而死。“一军皆哭，百姓闻之，知与不知，无老壮皆为垂涕”。作者怀着崇敬、同情和满腔不平，借文帝之口发出“惜乎，子不遇时，如令子当高帝时，万户侯岂足道哉”的感叹，在文章最后引民谚“桃李不言，下自成蹊”给李广以极高、极切当的评价。

鲁迅《汉文学史纲要》中评价《史记》是“史家之绝唱，无韵之离骚”，是非常正确的概括。司马迁和他的不朽巨著《史记》不仅对后世唐宋古文八大家以及其他古文上有成就的作家有巨大影响，就是对后世的诗歌、历史小说、戏剧创作的影响也处处可见。

媲美《史记》的史书——《汉书》

东汉明、章之世，班固的《汉书》是一部可与《史记》媲美的体大思精的著作。

班固（32—92年），字孟坚，扶风安陵（今陕西咸阳县东北）人。班固的家世，素有边疆豪强、慷慨任侠的传统；及其祖父班穉、父亲班彪，又逐渐形成儒学正宗的家世传统。班固幼承家教，博学好文。以著作为郎，数上赋颂，实具有文学侍从的身份。建初四年，章帝诏诸儒讲论五经大义于白虎观，班固受命撰集其事，作《白虎通义》。和帝永元元年（89年）秋，班固随窦宪出击匈奴。后窦宪为和帝逼命自杀，班固亦因此免官。永元四年，又因教诸子、家奴不严被逮，死于狱中。纵观班固一生行事，实与豪强而兼儒学的家世传统有关。

修撰《汉书》始于班彪。彪卒，班固继承父志，续撰《汉书》，未竟而卒，复由其妹班昭及马续奉诏相继完成。《汉书》记事，起于汉高祖，止于王莽末年，计12纪、8表、10志、70列传，是我国第一部纪传体断代史。

《汉书》以史家之笔，记录西汉一代的历史，对汉朝统治集团的昏庸残暴，对上层社会的炎凉冷暖，对社会危机和民生疾苦，对有功于社会的仁人志士，都有较客观真实的反映，其中也寄寓有作者的爱憎与批判。这是《汉书》与《史记》的相同之处。但因为班固生在专制压迫和经学统治严重的时代，经学家与史学家的二重人格，使《汉书》的史学见解和史学精神，又往往不如《史记》。如同是《高帝纪》，司马迁说："三王之道若循环，终而复始。周秦之间可谓文敝矣，秦政不改，反酷刑法，岂不谬乎？故汉兴承敝易变，使人不倦，得天统矣。"班固却说："汉承尧运，德祚已盛，断蛇著符，旗帜上赤，协于火德，自然之应，得天统矣。"对于刘邦所以能够建国，司马迁认为既在人事，也在历史循环，而班固则完全归于天运。可见两人所说的"天统"，有所不同。最能体现《史记》、《汉书》思想分歧的，还在《货殖列传》、《游侠列传》。如司马迁说："仓廪实而知礼节，衣食足而知荣辱，礼生于有而废于无，人富而仁义附焉，"班固却说："四民不得杂处，欲寡而事节，财足而不争，在民上者道之以德，齐之以礼，故民有耻而且敬，贵谊而贱利。"司马迁说："凡编户之民，富相什则卑下之，伯则畏惮之，千则役，万则仆，物之理也，"班固却说："昔先王之制，自天子、公侯、卿大夫、士，至于皂隶，抱关击柝者，其爵禄、奉养、宫室、车服、棺椁、祭祀、死生之制，各有差别。小不得僭大，贱不得逾贵，夫然故上下序而民志定"（以上分别见《史记》、《汉书》）。相比之下，对于礼义道德、社会等级与经济基础的关系，两人的见解是很不相同的。又如《游侠列传》，司马迁说郭解"廉洁退

让，有足称者，名不虚立，士不虚附……”班固却改写为“以匹夫之细，窃杀生之权，其罪不容于诛矣。观其温良泛爱，振穷周急，谦退不伐，亦皆有绝异之姿；惜乎不入于道德，苟放纵于末流，杀身亡宗，非不幸也”。可见班固对游侠的评价不同于司马迁，却与汉代统治思想相一致。

《汉书》中最有生气的文章是《李陵传》（附《李广苏建传》）、《司马迁传》，最有代表性的文章是《苏武传》（附《李广苏建传》）、《霍光传》、《王莽传》等。

一般说来，司马迁著史，寄慨遥深，而班固的《汉书》则近乎“纯史”，不甚动情，如《苏武传》这样“叙次精采，千载下犹有生气，合之《李陵传》，慷慨悲凉”（赵翼《廿二史札记》卷2）的文章，在《汉书》中并不多见。此外，《汉书》沿袭《史记》体例而又有所改易，多用《史记》文字而又有所删省。其体例之改易，得失互见；其文字之删省，则往往失却司马迁的微旨与叙事的生动。程颐说：“子长著作，微情妙旨，寄之文字蹊径以外；孟坚之文，情旨尽露于文字蹊径之中。读子长文，必越浮言者始得其意，超文字者乃解其宗。班氏文章亦称博雅，但一览之余，情词俱尽，此班、马之分也”（焦竑《焦氏笔乘》卷2引）。发愤而作的私史与奉诏修撰的官史，区别盖在于此。

但《汉书》的文章，也有自己的特点。从内容上看，《汉书》的纪传，写了忠奸两种人物类型，如苏武的矢志不渝，霍光的忠心耿耿，王莽的大奸巨滑。《汉书》对忠奸观念的强调，是两汉维护君主集权制度的正统思想在史学上的反映。但《汉书》也写有特立独行之士，如杨王孙之求裸葬，班固甚至评价说：“昔仲尼称不得中行，则思狂狷。观杨王孙之志，贤于秦始皇远矣！”（《杨王孙传》）经历了两汉之际的战乱，异端思想随之而起。班固此语已非纯儒之言，这正反映了当时思想界的特点。此外，《汉书》从学术与文献的角度，不独在《史记》原有纪传中增加了学术与经世的文章，更增设学术事迹纪传，特设《艺文志》讲论学术

《汉书》

源流。把文化学术纳入史的视野，是《汉书》的一大贡献。从语言上看，《汉书》叙一代之史，取材较《史记》为便利，兼之受辞赋的影响，东汉文风已渐趋整丽，故《汉书》虽不如《史记》文气疏宕，富于神韵，但其叙事的详密谨严，语言的整饬赡丽，亦自有特点。刘熙载说："苏子由称太史公'疏荡有奇气'，刘彦和称班孟坚'裁密而思靡'。'疏'、'密'二字，其用不可胜穷"（《艺概·文概》）。《汉书》的文章成就与对后世文章的影响，也是十分深远的。

古今第一长诗——《孔雀东南飞》

五言叙事诗《古诗为焦仲卿妻作》，或用该诗第一句《孔雀东南飞》作为篇名，是我国民间文学作品中的一篇巨制。全诗共353句，1765字，各种版本，稍有出入，作者姓名已无从查考，最早出现在南朝徐陵编的《玉台新咏》一书中。后来在宋朝郭茂倩辑《乐府诗集》、元朝左克明辑《古乐府》、明朝冯惟讷辑《古诗记》，以及其他由明清人编纂的许多古代诗集里，都予以收录。王世贞在《艺苑卮言》中称它是"长诗之圣"，沈德潜说它是"古今第一首长诗"。诗前有个小序即是：

汉朱建安中，庐江府小吏焦仲卿妻刘氏，为仲卿所遣，自誓不嫁。其家逼之，乃投水而死，仲卿闻之，亦自缢于庭树。时人伤之，为诗云尔。

评剧《孔雀东南飞》剧照

这段小序很重要，它不但讲清故事梗概、发生的年代、地点、主角的姓名、身份，并且也记录了这首诗的来源，说是在焦仲卿夫妇死后，当时人们为了哀悼他们而写了这首诗。因这首诗最早见于《玉台新咏》，便断定这个小序是徐陵加的。就序言可以断定这首诗是建安时代的作品。

它的价值在于成功地塑造了两

个中国文学史上最早的光辉的反封建的青年男女的典型人物——刘兰芝和焦仲卿，热烈地歌颂了他们对封建势力和封建礼教所作的不妥协的斗争，在他们身上凝结着广大人民反抗、憎恨封建压迫者的意志和愿望。这是《孔雀东南飞》最重要的特征和最重要的价值。

它不但具有高度的思想性，而且具有高度的艺术性。其艺术性表现在：成功地塑造了典型人物，都具有鲜明的个性，由人物的语言和动作来展示悲剧的矛盾，以精美的语言描绘了人物的精神世界和内心的活动。在结尾处表现了积极的浪漫主义精神，反映了人民对美好幸福生活的渴望。

《孔雀东南飞》是典型的古典悲剧，流传很广，具有震撼人心的艺术力量。该诗太长，因一般读者都熟悉，故不录全诗，也不作面面俱到的分析点评，而集中笔墨主要谈刘兰芝。

刘兰芝是诗中着力刻画的人物形象，她美丽、贤惠、忠贞、善良、明智和具有反抗性格，是古代人民最理想的女性形象。正因为如此，她的最后自杀，才具有震撼人心的艺术力量。诗开篇便写她被迫自请遣归，直接展开矛盾。她之所以这样做，是因为她对于自己的处境有清醒的认识，她深刻感觉到婆母在百般刁难她，她无论如何都无法改变这种现实。为了保持自尊，她主动向深爱的丈夫提出“及时相遣归”，理由是“君家妇难为”。

当焦仲卿质疑母亲“女行无偏斜，何意致不厚”时，得到的答复是“此妇无礼节，举动自专由。吾意久怀忿，汝岂得自由！”可见婆母打发刘兰芝的决心早已下定，因此刘兰芝即使不主动提出，也无法避免被遣归的厄运。焦仲卿反抗母亲要求留下刘兰芝而未果，夫妻只能离别。焦仲卿还心存幻想，以为过一段时间自己能把妻子再接回来。刘兰芝头脑非常清楚，“谓言无罪过，供养卒大恩。仍更被驱遣，何言复来还。”我本来没有罪过，仍然被遣归，怎么可能再回来呢？这种认识是很准确，也很深刻。

刘兰芝回到娘家，母亲悲哀，因为女子被遣回娘家是最丢人的。十多天后，县令派媒人来求亲，刘兰芝向母亲说明丈夫与自己的约定，坚决不答应。母亲同情女儿，为其辞退媒人。几天后，太守又派媒人来。刘兰芝再度拒绝，她哥哥则严厉批评她道：“作计何不量，先嫁得府吏，后嫁得郎君。否泰如天地，足以荣汝身。不嫁义郎体，其往欲何为？”认为太守的儿子比府吏强多了，如果不嫁，那么究竟想怎样？刘兰芝意识到焦仲卿没有能力恢复他们的婚姻，自己也不能长期留在娘家，于是答应婚事。

在迎娶的前两天黄昏，刘兰芝去见焦仲卿，两人约定以死殉情。于是，在迎娶前的黄昏，刘兰芝“举身赴清池”。焦仲卿听说后，“自挂东南枝”。故事以悲剧结局。

从整个悲剧发生的过程来看，刘兰芝没有任何过错，纯粹是封建制度和封建礼教的牺牲者，是最无辜的。焦仲卿也是受害者，从开始他就站在刘兰芝立场上，与母亲争论，替妻子说话。当刘兰芝已意识到婚姻彻底无望时，他依然在做最后的努力。当听说刘兰芝再嫁的消息时，他先提出“吾独向黄泉”，以死殉情。刘兰芝这才约定“黄泉下相见，勿违今日言”。当听说刘兰芝死后，便毫不犹豫地实践诺言，自己上吊而亡。当然，相对来看，焦仲卿反抗的力度不够是造成悲剧的一个原因，但那是封建制度造成的，不应当责怪他。刘兰芝“同是被逼迫，君尔妾亦然”是很深刻的认识，很准确的结论。

制造悲剧的罪魁祸首是焦母，她是罪恶的渊薮，是这一悲剧的直接制造者。至于她究竟为什么虐待刘兰芝，或云恋子情结，或云刘兰芝没有生孩子，其实都难以解释清楚。依我看，焦母就是一个古怪、乖戾、狠毒、不近情理的老太太，是个特殊性格，甚或可以说是有心理障碍的人，而封建礼教及其特殊地位又使这种性格得以膨胀。应当说，是不合理的制度和乖戾性格的结合才使这一悲剧发生。

焦母是真正的元凶。至于其他人则都不必责备，包括刘兄。如果我们不苛求的话，刘兄的做法可以理解。妹妹无任何过错，非常优秀、美丽、贤惠，却遭到无理的遣归。如果能嫁一个更好的，哪个哥哥不尽力促成？而且，刘兰芝和焦仲卿爱情的深度和浓度他也不可能了解，即使了解，对于焦仲卿能否改变现状迎回刘兰芝也不得而知。如果真的那样，妹妹又如何被遣归？故我们应当冷静客观分析，只应当对焦母口诛笔伐。

《孔雀东南飞》是一首思想内容和艺术成就都极其完美的长篇叙事诗，不但在汉乐府中成就最突出，而且在我国文学史上亦有重要地位。其叙事条理清楚，人物形象鲜明生动，语言极富特色和个性，描写细腻。其悲剧效果非常强烈，刘兰芝的形象也一直被读者所关注，具有永久的艺术魅力。

知识链接

四书五经

“四书五经”是“四书”和“五经”的合称，是中国儒家的经典书籍。“四书”是指《论语》、《孟子》、《大学》和《中庸》；而“五经”是指《诗经》、《尚书》、《礼记》、《周易》、《春秋》，简称为“诗、书、礼、易、春秋”，其实本来应该有六经，还有一本《乐经》，合称“诗、书、礼、乐、易、春秋”，但后来亡于秦末战火，只剩下五经。《四书五经》是南宋以后儒学的基本书目，儒生学子的必读书。

南宋光宗绍熙元年（1190 年），当时南宋著名理学家朱熹在福建漳州将《礼记》中《大学》、《中庸》两篇拿出来单独成书，和《论语》、《孟子》合为四书，并汇集起作为一套经书刊刻问世。这位儒家大学者认为“先读《大学》，以定其规模；次读《论语》，以定其根本；次读《孟子》，以观其发越；次读《中庸》，以求古人之微妙处”并曾说“《四子》，《六经》之阶梯”（《朱子语类》）。

“四书五经”详实地记载了中华民族思想文化发展史上最活跃时期的政治、军事、外交、文化等各方面的史实资料及影响中国文化几千年的孔孟重要哲学思想。历代科兴选仕，试卷命题无他，必出自“四书五经”，足见其对为官从政之道、为人处世之道的重要程度。时至今日，“四书五经”所载内容及哲学思想仍对我们现代人具有积极的意义和极强的参考价值。四书五经在社会规范、人际交流，社会文化等产生不可估量的影响，它是人类文明的共同遗产。

第四章 魏晋南北朝的文学

魏晋南北朝是一个充满争夺、篡乱不已的时代，政权更易频繁，多种政权并存，汉族与少数民族政权对峙并互相融合。纵观魏晋南北朝四百年的历史，与两汉的大一统局面迥然不同。剧烈的社会动荡，长期的南北对峙，士族制度的确立，少数民族入主中原，以及由此而产生的极为复杂的民族矛盾、阶级矛盾和统治集团内部的矛盾，无疑会对这一时期的文学发展产生直接的影响。

第一节 魏晋南北朝文学的发展

骈文的滥觞

魏晋南北朝是中国散文又一次发生重大变化的时代。从广义说，“散文”包括了散文、骈文和辞赋。

建安时期是中国散文发展的一个重要历史阶段，也是一个开风气之先的时期。曹操为文不尚华词，多实事求是，无所顾忌。其文章在内容和形式两方面都能突破前代陈规，形成清峻、通脱的文风，成为“改造文章的祖师”，对当时及后世散文产生了重要影响。曹丕、曹植的散文众体兼备，风格自具。曹丕之文，通脱自然之风近于曹操，而其文章之华丽则沿袭了东汉文风。曹植文章意气极盛，文采焕发，文质兼胜。孔融文章以议论为主，辞采典雅富赡，放言无忌。建安后期，文章讲究用事，重视辞藻，表现了由质而文的发展趋势。

西晋时期，骈文兴起，散文成就不高。西晋初年张华之笔札，信手挥洒，文风自然洒脱。东晋的王羲之、陶渊明成就较高。王羲之之文清新疏朗，风神摇曳，风格真挚而自然。陶渊明之文不尚偶俪，不近繁缛，语言清腴，风格淳真而淡泊。

南北朝时期，骈文鼎盛，散文中衰。刘宋时期的鲍照是一位骈体文名家，他写了不少骈体应用文，以及一些骈体写景之作，其文章以整饬的骈句为主，而时杂散句，兼有散文之长。齐、梁时期，时主儒雅，笃好文章，骈文的发展达于极盛。齐代的孔稚硅、竟陵王萧子良，均为骈文作家。齐初文坛的核心人物王俭，其文辞采富丽，骈四俪六，且以数典为工，开齐、梁骈文以博

建安七子

富为长之风，表现了南朝骈文的本色。“永明体”的创建者王融、沈约以及任日方等人，均为骈文高手，他们将声律理论移植于骈文创作，使文章音律谐美，大大提高了文章的骈化程度。

梁朝骈文又有发展。昭明太子萧统的《文选》，对骈文的发展无疑起了推波助澜的作用。而梁简文帝萧纲、梁元帝萧绎均为骈文的重要作家，特别是他们重辞采，重音律，重抒情，对提高文章的骈化水平起到了重要作用。庾肩吾文章传世不多，但颇能代表当时骈文“弥尚丽靡”的风尚，其文骈四俪六，对偶工整，通篇隶事，雕琢字句，标志着骈体文已发展到完全成熟的地步。此外，像陶弘景、吴均、丘迟、江淹、何逊等，都有骈文名作问世。齐、梁时期，骈体文统治了整个文坛，包括许多实用文体，无不骈化。但同时，骈体文内容空虚，形式绮艳，格调卑弱，贵族化和程式化的倾向十分严重。陈朝沿袭齐梁遗风，依旧是骈文主宰文坛。徐陵是南朝最后一位骈文大家，其《玉台新咏序》极尽工巧靡丽之能事。

北朝骈文远逊于南朝。北魏中期的袁翻、常景向南人学习骈文，尚处于学步阶段；北魏后期的温子升、邢邵、魏收等人的骈文标志着北朝文向南朝文的靠拢，但仍多模仿南人，缺乏特色。直至西魏末年，庾信、王褒等人由

南朝北宋，骈文始盛。庾信是南北朝时期最有成就的骈文大家，他能纯熟地驾驭骈四俪六的语言格式，使骈文发展到了无施不可的地步。

骈体文是一种特别讲究艺术性和形式美的文体。用艳丽工巧的形式掩饰贫乏的内容，这是骈文最大的特点，也是其最突出的弱点。骈体文在南北朝时期的畸形繁荣，助长了形式主义文风的泛滥，对后世文学产生了不良的影响，同时也使自己走入了死胡同。

然就在齐、梁骈文鼎盛之时，又有人起而批评骈文。在南朝而反南朝文风者，前有范缜，后有裴子野，他们反对骈俪，不尚淫靡之词，代表了文章由文而质的转变趋势。北朝散文虽受南朝影响，然自有特色。颜之推倡导古今文体合流，其代表作《颜氏家训》质朴无华，别具一格；郦道元的《水经注》骈散相间，以散为主，对后世山水散文的发展影响巨大；杨炫之的《洛阳伽蓝记》，工于描绘，文笔流畅，以散体为主，但表现了较重的骈俪习气。此外，魏晋南北朝时期的史家之文（如陈寿的《三国志》、范晔的《后汉书》），小说家之文（如干宝的《搜神记》、刘义庆的《世说新语》），以及一些传统的散文名篇，也从不同侧面体现了散文发展的成就。

汉赋作为汉代文学的主要形式，在艺术上取得了一定成就。在中国文学史上有一定地位，但汉代大赋也存在明显的弊病与局限。三国两晋时期，出现了不少辞赋作家和优秀作品，并且汉大赋逐渐被抒情小赋所取代，赋的骈化趋势也日渐明显。

建安时期的辞赋多为抒情小赋，题材亦渐趋日常化。曹植、王粲，都是这一时期重要的辞赋作家。王粲的《登楼赋》，曹植的《洛神赋》是这一时期抒情赋的代表作，在抒情赋的发展史上占有重要的地位。

西晋太康年间，赋作颇多，以小赋为主。但多数作品因袭前人，缺乏个性；雕琢太甚，较少情趣，总体成就不高，唯潘岳陆机、木华等人的部分赋作较有特色。

东晋辞赋又趋清新明快，最有成就的是陶渊明，其《归去来兮辞》、《闲情赋》等，平淡自然，一如其诗，风格之独特为历来赋作所少见。总观三国、两晋辞赋，咏物抒情小赋占据主导地位，赋中整饬的偶句大增，辞藻渐趋华丽，骈化趋势明显，对南北朝骈体赋的产生有着直接的影响。

南北朝时期，辞赋转盛，名家名作颇多，而辞赋亦逐渐完成了其骈体化的过程。南朝赋仍以咏物抒情小赋为主。宋谢惠连的《雪赋》、谢庄的《月

赋》，铺排而不堆砌，风格清新明丽，是南朝咏物赋的代表作。鲍照是宋最杰出的辞赋家，其《芜城赋》最为人传诵，是南朝抒情小赋的代表作。齐赋作不多，较有影响的作家是谢朓。他的抒情小赋，由于声律理论的运用，在对偶精工和声律协调方面都更加留意，加速了抒情小赋的骈化进程。

梁是南朝辞赋的全盛时期。宫体诗人以同样的题材和风格来写辞赋，闲情艳语，华靡流荡，萧纳、萧绎为其代表。江淹是梁最有成就的辞赋作家，《别赋》、《恨赋》最负盛名。其辞采精美，声韵和谐，用典繁密，笔墨纵横，将南朝的抒情骈体赋推向了成熟的阶段。陈赋作不多，唯徐陵的《鸳鸯赋》稍有名气。北朝辞赋虽代有所作，然名家名作极少。

南北朝的民歌

这个时期的民歌，一为南朝乐府，一为北朝乐府。南朝乐府民歌多辑入《乐府诗集·清商曲辞》，其余则在《杂曲歌辞》中。南朝民歌可分为吴歌与西曲。吴歌曲目少而歌辞集中，今存326首，出于以建业为中心的江南地区；西曲曲目多而歌辞少，今存142首，出于荆、郢、樊、邓一带。江南好淫祀，巫觋作乐歌舞以娱神，故又有《神弦歌》。人神相恋，形似《九歌》。

南朝乐府民歌的内容与风格迥异于汉乐府民歌。原因在于：第一，东晋长江中下游一带农业发达，城市经济繁荣，并逐渐形成市民的文化。当刘宋之时，“凡百户之乡，有市之邑，歌谣舞蹈，触处成群”（《南史·循吏列传》）。当时生活较为安定，礼教日益松弛，民间情歌，纯真而大胆；商人、官吏与歌儿舞女杂处，以乐歌相娱，亦多言男女之情。到齐永明年间，“都邑之盛，仕女昌逸，歌声舞节，服华妆，桃花绿水之间，秋月春风之下，无往非适”（同上），故南方情歌，情景相谐，婉媚而清新。另外，南朝君臣苟安度日，纵情于感官享乐。采诗目的乃弃两汉的观风察俗，而唯以娱乐声色为务，爱情因此成为今存乐府民歌的唯一主题，少有汉代乐府民歌

花木兰从军

的悲苦之音。南朝君臣又多蓄养歌儿舞女，他们不但有可能对民间乐歌进行修改，而且还大力仿作。如《南史·羊侃传》云："侃性豪侈，善音律，自造《棹歌》两曲，甚有新致。姬妾列侍，穷极奢靡。"又《徐勉传》云："普通末，武帝自算择后宫《吴声》、《西曲》女妓各一部。"梁武帝也自作乐府。今存乐府民歌中不乏露骨的色情描写，与此有很大的关系。

南朝民歌的写作技法也不同于汉代乐府。长于以委婉细腻的笔法，描写所爱者的心理活动，如《子夜歌》："夜长不得眠，明月何灼灼。想闻欢唤声，虚应空中诺。"更长于情景交融，写出悠悠情思，如《子夜四时歌·秋歌》："秋风入窗里，罗帐起飘扬。仰头看明月，寄情千里光。"南朝民歌在语言上的最大特点，是利用汉语谐音的特点，以双关隐语取喻起兴，如《子夜歌》："始欲识郎时，两心望如一。理丝入残机，何悟不成匹?"同音异字如以"丝"双关"思"；同字异义如以布"匹"双关"匹"配。委婉含蓄，曲尽其妙。

《西洲曲》是南朝乐府民歌中一首最长的五言抒情诗，在《乐府诗集》中属《杂曲歌辞》。

诗歌描写一位少女在四季景物的迁移中，对远方情人的苦苦思念，几乎集中了南朝民歌所有的艺术特点，达到了南朝民歌最高的艺术成就。但总的说来，南朝乐府民歌的体制短小，情韵悠远，既是齐梁新体小诗的范本，又是唐人绝句的滥觞。

北朝乐府民歌多半辑入《乐府诗集》的"梁鼓角横吹曲"中，今存约70首。这些民歌多数产生于五胡十六国至北魏时期，作者为鲜卑、匈奴、羌、氐、汉等各族人民。其内容与风格，与南朝民歌迥然不同。"我是虏家儿，不解汉儿歌"（《折杨柳歌》），可见这样的民歌曾用各族语言创作，后来才由通晓双方语言者译成汉语。齐梁时期，南北互通使者，交流文化，北歌为梁乐府所保存，因此被《古今乐录》称为《梁鼓角横吹曲》。横吹曲是军中马上所奏之乐，刚劲质朴，颇不同于南歌的清新婉媚。

北朝乐府民歌的内容较南朝丰富。北魏乐府沿袭汉代制度，采诗以观政教得失，所采乐歌，有写社会的离乱，战争的惨烈，家庭的离析的，如《企喻歌》（"男儿可怜虫"）、《隔谷歌》。有写社会贫富对立的，如《幽州马客吟》。北歌还表现了少数民族尚武强悍的精神，如《企喻歌》（"男儿欲作健"）、《折杨柳歌》（"健儿须快马"）、《李波小妹歌》等。

由于北方少数民族的社会组织、人文风俗原始朴野，不受礼教束缚，其爱情诗歌亦热情奔放，绝无矫饰。如《地驱乐歌》："驱羊入谷，白羊在前。老女不嫁，蹋地呼天!"《折杨柳枝歌》："门前一株枣，岁岁不知老。阿婆不嫁女，那得孙儿抱!"把少女渴望出嫁的心情表达得如此直露，这在礼教的社会，是不可想象的。《地驱乐歌》（"侧侧力力"）、《折杨柳歌》（"腹中愁不乐"）则写热恋中的少女胸襟开朗，热烈主动，洋溢着生命的活力，这又是被礼教扭曲的女子所不可比拟的。北朝乐府民歌在艺术上的最大特点是直抒胸臆，气盛词质，快人快语。其于四、五、七言和杂言的灵活运用，也很能见出北方民族不受形式约束的自由创造精神。像《敕勒歌》那样气象苍莽的草原牧歌，虽已译为汉语，但其视野之开阔，吐辞之刚健，仍然不失北方民族之特色。其生活情调也是和南方民歌大不相同的。

《木兰诗》是北朝唯一的长篇叙事诗。由于代父从军的主人公是一位闺中少女，"事奇语奇"（《古诗源》），很有传奇色彩。

南北朝小说的发展

南北朝文学的又一个突出成就，是出现了志怪小说和志人小说。

小说一词，出于《庄子·外物》："饰小说以干县令。"这里的小说，指的是既无关道之宏旨，亦不可以经世的"琐屑之言"。到了汉代，班固《汉书·艺文志》列九流十家，小说家附于诸子之末，地位有所上升。原因在于，"小说家合丛残小语，近取譬论，以作短书，治身理家，有可观之辞"（李善注《文选》卷31引桓潭《新论》）。班固也认为"街谈巷语，道听途说者"所造的小说，或有"一言可采"（《汉书·艺文志》）。可见汉代人是从有益于教化的角度，来认识和肯定小说的价值的。魏晋南北朝人的小说观念，大致同于汉代。如曹植说："街谈巷语，必有可采"（《与杨德祖书》）；刘勰说"九流之有小说，犹文辞之有谐隐"盖稗官所采，以广视听"（《文心雕龙·谐隐》）。正因如此，在史传叙事文已相当发达的时代，汉魏六朝人视小说为史家的附属，并以史家的实录原则和文学家的教化原则规范小说，大大局限了小说的虚构性、艺术性的发展，从而使小说迟迟未获独立的文学地位。

然而汉魏六朝人的小说观念，并不能涵盖小说全部的来源和内容。神话传说、诸子设譬取喻的寓言故事、先秦两汉史书中记人叙事的精采片段，无

不是小说的源头。小说的内容和形式，也因此往往能逸出传统功利原则的束缚，而表现出独特的审美价值。

魏晋南北朝时期，产生了以干宝《搜神记》为代表的志怪小说。干宝搜求异同，虽然未能摆脱汉人的小说观念，自称未敢“失实”。但因当时佛道流行，直指世道人心的教化内容便不限于儒家。教化内容的扩大，使小说的采撷范围相应放宽，凡“足以发明神道之不诬”者(《搜神记序》)，并皆收入，在这一时期，类似《搜神记》者，至今尚存王嘉《拾遗记》、张华《博物志》等 30 余种。

干宝（？—336 年），字令升，新蔡（今河南新蔡县）人，东晋史学家。著有《晋记》，时称良史。《搜神记》录自传闻，非作者臆造。所录不专言神道，亦有古今“非常之事”（《进搜神记表》)。《搜神记》中，有不少优美的神话故事、民间传说，如《韩凭夫妇》、《董永》、《嫦娥奔月》；也有揭露吏治黑暗的故事，如《范寻》、《东海孝妇》、《淳于泊》；也有歌颂或为父报仇，或为民除害的英雄故事，如《干将莫邪》、《李寄》。通过这类故事，可见作者所言神道怪异，终究不离人间现实。《搜神记》大抵以人物为中心，故事完整，语言疏宕，是典型的史家之笔。一些篇章情节曲折，描写细致，已是较成熟的小说短篇。对唐传奇、元戏曲和宋以后的志怪小说，有较大影响的。

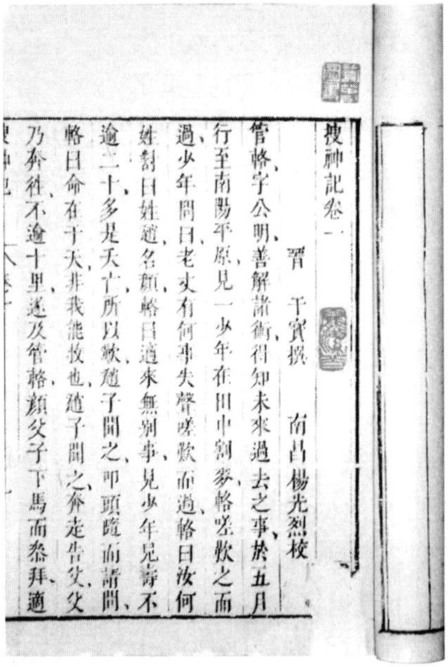
搜神記卷一
晉 干寶撰　南昌楊光烈校
管輅、字公明、善解諸術、得知未來過去之事、於五月行至南陽平原、見一少年在田中刈麥、輅嗟歎之而過、少年問曰、老丈有何事失聲嗟歎而過、輅曰汝何姓、對曰姓趙名顔、輅曰適來無別事、見少年兒壽不逾二十、多是夭亡、所以歎、趙子聞之、叩頭跪而請問、輅曰命在于天、非我能救也、趙子聞之、奔走告父、父乃奔往、不逾十里、遂及管輅、顔父子下馬而恭拜、適

《搜神记》

这一时期志人小说的代表，是刘义庆的《世说新语》。刘义庆（403—444 年），彭城（今江苏徐州市）人。刘宋长沙王刘道邻之子，袭封临川王。《世说新语》原名《世说新书》，简称《世说》，是刘义庆与其门下文士博采众书编纂而成。梁时刘孝标为之作注，引书达400余种，甚为学者所重。汉末以来，清议品评人物，流为士人风习。魏晋玄学兴起，更注重人物风神。其时，以形见神，遗形取神的美学观念兴起，臧否人物，不必全貌，而只在片言只语，一节一行。《世说新语》尤其偏重隽言逸行，以为当时文人谈资，并供文人学习，故鲁迅说

它是“一部名士的教科书”（《中国小说的历史的变迁》）。由于它的作者和对象是当时的知识分子，很能表现出这类人物的人生态度和文化趣味。如戴安道雪夜访友，兴尽而返，并不执着于目的，是当时文人脱略行迹，注重内心体验的典型反映。《世说新语》对于帝王，也只写其文人特性，并不看重帝王之资。如《言语》：“简文帝入华林园，顾谓左右曰：‘会心处不必在远，翳然林水，便自有濠濮间想也，觉鸟兽禽鱼，自来亲人’”；“简文帝崩，孝武十余岁立，至瞑不临。左右曰：‘依常应临’。帝曰：‘哀至则哭，何常之有？’”这里写晋简文帝对自然美的领悟能力和孝武帝的哀乐任情，都是当时文人普遍的特征，帝王概不例外。《世说新语》在写汉晋以来士人、贵族乃至君王言行的同时，客观上也能揭示出一些政治的黑暗和病态的人生，如《尤悔》记曹丕毒杀任城王；《任诞》写刘伶的纵酒放达、脱衣裸形；《汰侈》叙石崇穷奢极欲、嗜杀成性。这类描写对当时的政治、文化、风俗等各个方面也都很有认识的意义。

《世说新语》的记言记行，大抵如史传文的片段，尚未完全脱离史的地位。但其中一些片断语少意丰，隽永传神，有的如散文小品，有的如微型小说，对后世的小说和散文，都有很大的影响。

知识链接

江郎才尽

江淹（444—505年）字文通，济阳考城（河南兰考东）人。少孤贫，好学。初为刘宋建平王景素幕友。齐高帝闻他有才，任为中书侍郎，国子监博士等官。梁武帝（萧衍）伐齐，他微服来奔，因功封为临沮县开国伯，后又进醴陵侯，卒年六十二，谥曰宪伯。他的诗文颇有文采，曾梦见一位丈夫，自称郭璞，说道：“吾有笔在卿处多年，可以见还。”他就探怀中，得五色笔一枝还之，从此以后作诗文，再也没有美句了，时人称为“江郎才尽”。实际上是他晚年才思减退，故才有这种传说。他的诗歌多拟古之作。

第二节 魏晋南北朝的文学人物

才高八斗：曹植

魏晋时期，出现一位在当世备受推崇而在后世也广为赞佩的文坛奇才，他就是曹操的三子，陈思王曹植。两百多年后的文人谢灵运恃才傲物，但却对曹植佩服得五体投地，说：“天下才有一石，曹子建独占八斗，我得一斗，天下共分一斗。”后世常用的“才高八斗”、“八斗之才”成语，便出自此处。

曹植的文学成就毋庸置疑是很突出的，但其政治生涯如何评价，却褒贬不一。我们不对此作分析评价，但需要将其生平的主要情况稍加介绍，因为这决定他在不同时期文学创作的精神面貌和风格特征。

曹植（192—232年），字子建，曹操第三子。在他13岁前，曹操地位不高，生活不稳定，无论到哪里都要带家属，因此，曹植的童年时期是在颠沛流离中度过的。这种生活，使曹植具备一定的军事才能，对后来创作一些这方面的诗歌提供了生活基础。

建安九年之后，曹操地位提高，生活相对稳定，在邺城定居。其后又修建比较豪华的府邸，曹植的生活也安定下来。随着北方的统一和曹操的招揽，天下英才纷纷到邺城来，邺城出现文学繁荣的局面。这种局面对于曹植在文学方面的长足发展有极其重要的意义。文人多而水平高，便经常进行文学活动，诗酒高会，筵饮唱和，曹植的《娱宾赋》、《游猎赋》、《斗鸡篇》等所写都是反映那段贵族公子生活的。

在此期间，曹植曾随军出征三郡乌桓，到达北方海滨，亲眼看到海滨居民的悲惨生活，写下《泰山梁甫行》一诗，道：“八方各异气，千里殊风雨。

剧哉边海民，寄身于草野。妻子像禽兽，行止依林阻。柴门何萧条，狐兔翔我宇。”如此同情贫苦百姓的作品对出身贵族公子的曹植来说是难能可贵的。可惜这样的作品太少。

影响曹植一生的关键是世子之争，即历史上比较著名的“兄弟争王”。曹操的长子曹昂在战宛城时为掩护曹操而死。这样曹植在兄弟间的排位就向前挪了一位。曹操正妃卞氏所生之子有曹丕、曹植、曹璋、曹冲，都是人才，或非常聪明，或勇猛无敌。这样，曹操的接班人肯定要在这几人中挑选。曹操起初最喜欢曹冲，就是称象那位，可惜 13 岁就病死了。曹璋勇猛，便是曹操总夸奖的“黄须儿”，做大将可以，但不适合执政。这样，便只剩曹丕和曹植了。

其实，所谓的争王主要便是曹丕和曹植。这种斗争或明或暗，进行了 10 多年。曹操是个很开通的人，他不在乎传统规矩。按照中国封建社会的传统，嫡长子是法定继承人，只要不是特殊弱智或呆傻。而曹丕符合这个条件，因此曹植在自然方面处于劣势。但他并不是没有机会，而且在开始时具有很大的优势。

曹植本身的实际才能和素质都高于曹丕，无论在文学方面还是在武功方面曹丕都不能与他相比。每有宴会、游猎或军事行动，曹操都让诸子作诗献赋，曹植最有文采。曹操怀疑可能是有人代笔，于是便来一次当场命题当场交卷的测试。铜雀台刚刚落成举行的庆典上，曹操命诸子即席作赋，他亲自坐在台上观看。结果曹植最先完成，辞采绚丽，曹操大喜，暗中瞩目曹植，准备传位给他。曾当属下公开表态道：“吾欲立之为嗣，何如?”但因为曹植当时还年轻，未经过大事考验，因此曹操没有完全下决心，还要对其进行考验。

从建安十九年起，曹操多次出兵远征，留曹植守邺城。这是对人最大的考验。曹植多次饮酒过量误事。更严重的是他酒后驾着王室的马车在驰道奔行，纵情游乐一番。驰道是皇帝专用的，曹操都不能随便上去行走，这在封建时代是僭越大罪。此事令曹操非常生气，心里的天平开始动摇。其后还有类似的错误，便使他离世子宝座越来越远。

曹丕也不甘心失败，而且他有自然优势，符合嫡长子的条件。曹植和曹丕身后都有一批谋士。曹植主要是杨修和丁仪、丁翼兄弟，曹丕主要是吴质。这场争夺继承权的斗争很激烈，但主要还取决于当事人。吴质为曹丕划策，

既然在文学上无法和曹植相比，那么就扬长避短，在仁心和孝心上取得优势，于是曹操每次出征，当曹植兴高采烈歌功颂德时，曹丕跪拜哭泣。曹操问之，则曰儿臣无能，不能代父出征，担心父亲劳苦。这样多次，产生效果，曹操最后决定传位曹丕。曹植一生便以此事为分界成为前后两段。

曹操死后，曹丕登基，从此曹植的地位便一落千丈，备受迫害。曹冲早死，同母兄弟除曹植和曹丕外，还有黄须儿曹璋。曹璋的政治态度倾向于曹植，所以被曹丕毒死。曹植更加孤独悲愤。曹丕死后，曹丕之子曹叡登基，真正的亲王叔只有曹植一人，但他的地位也没有得到根本的改善，始终不能回到朝廷，最后死在贬所东阿。

政治上的失败使曹植后半生备受压抑，满腹才能不能施展，政治上完全赋闲，使他有时间和精力从事文学创作。郁闷痛苦的心情和充分的时间成就了这位旷古奇才的文学业绩。

忘情世外的竹林七贤

魏晋易代之交，政治恐怖，朝廷中布满陷阱，许多士人在几次大的政治变动中遭杀头之祸。一些有见识和骨气的知识分子则远离朝廷，隐居起来，并经常到竹林中去高谈阔论。由于这些人中有很高的文化修养，名气很大，经常相聚的是七个人，故时人称之为“竹林七贤”。

这七位文人分别是嵇康、阮籍、山涛、向秀、阮咸、王戎、刘伶。“竹林七贤”在文学创作上成就不一。成就和影响最大的作家是嵇康、阮籍。

嵇康在文学上的主要成就是散文，代表作品是《与山巨源绝交书》，他还创作有《长清》、《短清》、《长侧》、《短侧》，合称“嵇氏四弄”。嵇康因为是曹氏姻亲，因此遭到司马氏残暴。他耿介刚直，爱憎分明，早年做过太仆宗正、中散侍郎等官，后来司马氏得势，干脆辞官到洛阳郊外打铁去了。他的宅院前面有个水池，池边种了好些柳树，树荫婆娑，摇曳一树斑驳阳光，嵇康汗流浃背，满心的愤愤不平随着铿锵有力的铁锤发泄而出，“七贤”之一的向秀在一旁默默地拉着风箱。有一天，钟会来拜访嵇康。嵇康却旁若无人地继续打铁，头也没抬一下。钟会很无趣，尴尬地站了半晌，挥挥手准备离去。这时嵇康问他：“何所闻而来？何所见而去？”钟会本也聪敏颖通，应声答道：“闻所闻而来，见所见而去。”以此自我解嘲，也在心中记下了嵇康

的仇。

阮籍是曹操书记官阮瑀之子，从小博览群书，他尤其喜好老子和庄子的作品。阮籍的父亲是“建安七子”之一。少年阮籍也有济世之志，有一次来到旧时刘邦、项羽激战过的古战场，他喟叹说：“时无英雄，使竖子成名”，一声浩叹，流传千古。在这个“天下名士少有全者”，在那个充满虚伪、杀戮、威胁的时代，阮籍的英雄志向不但不能得以实现，而且还时时有性命之忧。在喜好品评人物的时代风气下，阮籍为避祸事，从不论人是与非，但是他内心是有自己的价值判断的。阮籍瞧不起满嘴假仁义、假孝慈的当权者，瞧不起趋炎附势的得志小人，常常“白眼”相向，只有见到他赞赏的人才露出青眼。这“青白眼”都翻出了名气，进入了史册典籍。阮籍的主要成就是五言诗，其中以《咏怀》八十二首最为著名。

“竹林七贤”其余五人，只有山涛、向秀、刘伶有作品流传至今，但数量很少，成就远远不及嵇、阮二人。向秀的赋，今存唯《思旧赋》一篇，篇帙短小，感情深挚，堪称名作。刘伶有散文《酒德颂》，风格与阮籍《大人先生传》颇相接近。他的五言诗也有一定水平，但他的作品流传至今的却很少。阮咸精通音律，然而在文学方面没有留下作品。山涛、王戎虽擅长清言，但由于不擅长文笔，留下的作品很少。

“竹林七贤”这一文士集团的出现，有着其特殊的历史文化背景。魏正始十年（249 年），司马懿趁魏帝曹芳和大将军曹爽出城祭扫高平陵（魏明帝墓，在洛阳城南）之机，发动军事政变，夺取京城军权。继而杀掉曹爽，并杀害曹爽集团中的何晏、邓飏、丁谧等名士，史称“高平陵政变”。朝廷中一时“名士减半”，朝野充满恐怖的政治气氛。

司马懿政变虽然成功，但要篡夺政权，还要有一个过程。这期间，名士的态度也很重要，因为他们基本代表社会舆论的力量，故对名士也要收买拉拢或镇压。这样，魏晋易代之际，统治阶级内部两大政治集团的斗争极其激烈。司马氏集团为笼络人心，强调礼法，提倡忠孝，而他们本人却在积极准备废黜原来的皇帝取而代之。“司马昭之心，路人皆知。”想要篡夺政权的野心如此明显，却还要装扮什么忠臣，提倡什么忠孝，怎能不造成整个社会道德的虚伪呢？

统治阶级的思想往往就是整个社会意识形态的主流思想。由于统治阶级极力提倡，对于符合其思想行为的人便大加奖赏赞美，而对违背其思想的行

为则要加以限制。表面大力提倡的行为准则与统治集团自身的行为基本背离，这就造成了道德虚伪的社会风气。上行下效，整个社会出现矫情虚伪，矫揉造作的不良风气。

面对这种虚伪矫饰的社会风气，一批有正义感有个性的知识分子便开始在舆论及行为上对其进行批判和抵制。这便是“竹林七贤”这批文人出现的历史原因和文化原因。

另一方面，由于政治恐怖和司马氏集团的严酷镇压，正直士人的政治理想无法实现，而在精神方面遭受压抑，与建安时期的文人相比，追求理想事业的壮怀没有了，代之而来的是危机感和幻灭感，是人生无常的叹息。自己的性命都难以保全，真实的意愿不敢表达。而当时社会相对平静，只是在上层充满危险和杀戮。因此，正始文人反映现实和抒发豪情壮志的作品很少，抒写个人忧愤和人生虚幻的作品大量涌现。再与当时的玄风结合，诗风便由慷慨悲壮转向寄托深远，苍凉缥缈，甚至有些晦涩，充满苦涩感伤情调，给人带来压抑感，甚或有些颓废。

就在司马氏高举屠刀大肆杀戮朝廷名士时，一批头脑清醒的士人远离政治中心，在山野林下，在翠竹掩映之中，啸傲林泉，高谈阔论，企图以不跻身仕途的方式来保全生命，追求精神生活的自由。

这便是“竹林七贤”名称的由来。竹林七贤是个散漫的群体，没有什么纲领和组织，只是在某一特殊的历史时期，他们在人生态度和追求上大致相同罢了。他们在一起“集于竹林之下，肆意酣畅”的时间并不长，大约就在“高平陵政变”前后的一段时间，他们活动交往比较多一些。我们很难说清楚他们七个人什么时间都在场，也很难说清楚他们当时谈论的话题都是什么。但他们都能清谈，都能饮酒，都蔑视当时虚伪的礼法而追求自然的人生态度，这是没有疑问的。简言之，清谈、饮酒、越名教而任自然是竹林七贤政治态度和生活态度的重要特征。

“三年炼都”：左思

有的文学家，从小聪慧过人，才思敏捷，被人誉为奇才、神童；有的文学家，少时语不惊人，行同凡响，好像智慧之神的灵光照射不到他们身上。西晋著名文学家左思的孩提时代，便是属于后一种情形。

左思，字太冲，晋代临淄（今山东临淄）人。他大约生于公元250年。小时候，他没能赢得父母的欢心，也得不到邻居的喜爱。看模样，不仅是其貌不扬，甚至连端正也说不上；论口才，言语迟钝；说学识，极为平常。他拨弄过一段时间的乐器，可最终一样也没能成功。看来，如果不是天生的低能儿，那他的天赋和才能也只能是这样的平庸无奇。怪不得当父亲的曾经摇头叹气地对朋友们说：“他的学识，不如我少年的时候。”这话不知怎么传到了左思的耳里。听父亲这样说，他心里很难受，先天对他没有优厚，后天对他也并不爱抚。好些天，他都像大人一样地陷入了沉思。他在盘算，应该怎样设计自己；他在计划，重新把生活安排一下。

他走上了自己选定的路子。如同关小鸟一样，他把自己关在屋子里，拼命地读书，勤奋地作文。凡是能到手的书籍，他都爱不释手，不捧读完就不吃饭不睡觉。他和妹妹左芬一起学写诗，学作文，生活过得既充实又愉快。他充满了年青人的热情和自信，即使自己天生愚笨，他相信也能够通过努力，让脑筋开窍，成为一个有学问的人。

功夫不负苦心人。“弱冠弄柔翰，卓荦观群书”，20岁的左思已经博学能文，才学出众了。“著论准过秦，作赋拟子虚”，左思著论作赋，皆以名家名篇为楷模。他对班固的《两都赋》、张衡的《二京赋》，从头至尾不知读了多少遍。他钦佩大师们的手笔。那典雅的文字，写尽了京都的富丽堂皇。但这两篇赋中，对京都的物产、建置的记述，对京都的景物描写不免有虚夸失实之词。左思觉得，真实生动地介绍名都大邑，对后代的读者无疑会是一部很有价值的文献资料。他想起了三国时的蜀都、吴都、魏都，心里萌发起一个愿望，想把它们写下来，合称《三都赋》。在写作中，写景状物，必须有根有据，决不能有虚构夸大之辞。

蓋詩有六義焉、其二曰賦、揚雄曰、詩之賦麗以則、班固曰、賦者、古詩之流也、先王采焉、以觀土風、見綠竹猗猗、則知衛地淇澳之產、見在其版屋、則知秦野西戎之宅、故能居然而辨八方、然相如賦上林、而引盧橘夏熟、揚雄賦甘泉、而引玉樹青葱、班固賦西都、而歎以出比目、張衡賦西京、而述以遊海若、假稱珍怪、以為潤色、若斯之類、匪啻於茲、考之果木、則生非其壤、校之神物、則出非其所、於辭則易為藻飾、於義則虛而無徵、且夫玉卮無當、雖寶非用、侈言無驗、雖麗非經、而論者莫詆訐其研精、作者大氐憲章、積習生常、有自來矣、余既思摹二京而賦三都、其山

写尽繁华的《三都赋》

正当他跃跃欲试的时候，他的妹妹左芬因才学出名被选入皇宫为贵嫔。左思也把家从临淄搬到京城洛阳。喧闹的京都生活对他没有一点吸引力。搬来这里，完全是为写作着想，稍作安顿，他就潜心于自己的计划，积极地着手写作。

动笔之前，他四处奔走，八方询问，一星半点资料，也不惜跑上一天半日，直到得来为止。构思之中，他闭门谢客，天刚亮就起床翻阅资料，晚上夜深人静，洛阳城的人都入了梦乡，他还在伏案苦思。写作起来，他更是专心致志。据说，有一次吃饭时，由于凝眉苦思，竟错把毛笔当成筷子，等到拿入口中，才觉得别是一番怪味，此时，已弄得满嘴黑污，家里人见了捧腹大笑，他自己也忍不住笑了起来。为了随时捕捉诗句，他在院子里、大门边，甚至厕所外面都搁置着纸笔墨砚，得来一句，即刻写上。在修改中，他一边诵读，一边推敲，常常是划了又改，改了又删，直到满意为止。就这样，他花了10年的功夫，写成了《三都赋》。这时，左思已经从青年时代进入了中年。

捧读这部浸透了自己心血的著作，左思有说不出的欣喜。他不是一个自傲的人，可这时，他确信这部著作不亚于前人的京都赋。这部《三都赋》，分赋三国的地理风光，其中写到的山川城邑、鸟兽花木、风谣歌舞等，无不都是依据地图、方志，以及各种风俗习惯而加以考订的。但是，这部书能否得到世人的承认呢？

那些峨冠博带的文人们听说《三都赋》出自一个不知名的人之手，都对《三都赋》报以白眼。更有甚者，吹毛求疵，将此书说得一钱不值。但张华、皇甫谧等几个名士看后，却连声赞好。名人言贵，古今皆然。几乎被打入冷宫的《三都赋》顿时身价百倍，一时间被人们争相传抄。由于抢着抄写的人越来越多，竟使洛阳城的纸张都越卖越贵了，流传至今的成语“洛阳纸贵”，便证实了当时的盛况。

尽管《三都赋》风行一时，左思也因此而得以出名，但并没有给他开辟仕进的道路。在那个社会，并不全是凭才学吃饭的，你有学识，还得出身高贵，否则只能屈居下位，永无富贵的希望。而高门士族的子弟，才能低劣，却能窃居高位，享尽人间的荣华富贵。左思在写《三都赋》时，觉得自己藏书不够，资料有限，曾请求朝廷准许他当秘书郎。由于他出身寒门，父亲只当过小官，在当时那种以门阀势力取仕的社会里，他只有受别人轻视和压制，

仕进却如蜀道之难，所以，他只做到秘书郎那样的小官。世态炎凉，人间不平的现实，使他有了清醒的认识。诗言志，借古抒怀，他的笔转向了诗歌。代表他最高成就的《咏史诗》应运而生了。

《咏史诗》一共有八首。是咏史，实际上是借古人古事来抒写自己的抱负，批评当时的社会，对门阀制度的愤恨，力透纸背，使我们看到了一个有志气、有作为，不畏权势，蔑视达官贵人，但愿意立功、立言的封建社会知识分子的形象。

刘勰在《文心雕龙》里称左思“业深覃思，尽锐于三都，拔萃于咏史。”左思的《三都赋》虽是精心覃思之作，并曾名动一时，但基本上是走汉代大赋的老路；而他的诗作虽不太多，却已足见他志高才雄，胸怀旷达，富有反抗精神。尤其是他的《咏史八首》，更是笔力矫健，风格雄浑，情调高亢，语言刚劲，高出于当时其他诗人。因此，钟嵘的《诗品》称之为“左思风力”，这乃是“建安风骨”的继承和发扬。

恬淡的田园诗人——陶渊明

在中国古典诗歌中，有一种以自然景物和农村生活为题材的诗，这种诗，人们把它叫做田园诗。田园诗发展到唐代，形成了田园山水诗派。但是，这种田园诗体的创始人却是东晋末年的陶渊明。也正因为这样，陶渊明被称为最早的“田园诗人”。

陶渊明，又名潜，字元亮，浔阳柴桑（今江西九江西南）人。他出生在晋哀帝兴宁三年（365 年），卒于南朝宋元嘉四年（427 年），死后世人尊称为“靖节先生”。

陶渊明故居

陶渊明的曾祖父陶侃，官至大司马，封长沙郡公。据说陶侃为了锻炼意志，锻炼身体，曾经每天搬运 100 块砖，早晨从室内搬到室外，晚上又从室外搬进室内，这就是一直传为佳话的“陶侃运砖”的故事。陶侃的确是一个能干而有作为的人，是东晋前期著名的功臣。陶渊明的祖父陶茂做过武昌太

守，父亲陶逸做过安城太守。不幸的是，他8岁就死了父亲，12岁又死了母亲。家庭从此便开始破落了，以至连生活都十分艰难。

家境衰落，生活贫寒，这对陶渊明的成长是不利的；但困难也能使人发愤，少年时代的陶渊明就博览群书，努力学习。当时江州一带“经学”盛行，陶渊明也受到影响。在他后来所作的《饮酒》诗中，他说自己“少年罕人事，游好在六经。”由此可见他对经学兴趣很浓。他年少时就有了“济世救民”的志向，对传说中的“尧舜圣世”非常向往。他有一番雄心壮志，很希望自己能为社会建功立业。但是，那时正是门阀制度的极盛时期，东晋王朝政治上腐败不堪，很多有真才实学的人遭到压抑。家世已经没落的陶渊明，自然是得不到社会重视的。

太元十八年（393年），陶渊明39岁，这时才由别人推荐出任江州祭酒，但不久就因为难于忍受仕途的污浊而辞官归去。从那以后，他迫于生计又任过参军之类的的官职。由于抱负无法施展，仍不免常有失意之感。直到41岁时，他在亲友的劝告下担任了彭泽令，那是晋安帝义熙元年（405年）。有一天，忽然得到通知，说郡里要派督邮到彭泽来。县衙门里有一个小吏，劝陶渊明要认真准备，束带恭迎，以示敬意。小吏满以为陶渊明一定会这样做，不料陶渊明却说：“我不能为五斗米折腰向乡里小人！”并且当天就脱下官服，交出官印，走出衙门，回老家去了。回家以后还写了著名的《归去来兮辞》，表现他对仕宦生活的鄙弃，对重获自由的喜悦，对农村景物和劳动生活的热爱。陶渊明只做了80多天的彭泽令就辞官归隐了。他干了一件很有骨气的事。他“不为五斗米折腰”的精神，长期以来一直为人们所称道。

陶渊明是我国古代一位伟大的诗人，他的诗多半是在池归隐田园后写的。他的不少的诗批判了当时社会政治的腐败，抒发了他的理想和抱负。由于他退隐后亲自参加劳动，接近了下层劳动人民，他写出了不少歌颂、赞美人民淳朴生活的田园诗，为人们广泛传诵。现存诗有120多首，具有丰富的内容和感人的艺术力量。

陶渊明在文学上做出了显著的贡献，然而，他晚年的生活却十分贫困。尽管如此，他人穷志不移。有一次，江州刺史来到陶渊明家，劝他出去做官，还送给他一些粮食和肉。这时他家里正困难，连吃饭都成问题。但他仍婉言拒绝了对方的劝告，送的东西也一点没有收下。他蔑视功名富贵，保持了自己的晚节。

元嘉四年（427 年），陶渊明 63 岁，这时他的身体越来越不行了。贫病交加，他面临着巨大的险境。这年 9 月，他写下了《挽歌诗》三首。其中有一首的最末两句是："死去何所道，托体同山阿。"表现了诗人视死如归、矢志不渝的可贵品格。两个月后，他就逝世了。

陶渊明的一生是不平常的。他的有些作品虽然宣扬了"人生无常"、"乐天安命"的消极思想，应该予以指出；但他在文学上的成就却是很大的，对后世的影响也是相当深远的。只是在当时，他的作品因与贵族文坛的普遍倾向不合，所以他才不被重视。从思想内容来说，陶渊明诗文中进步的思想内容和当时文坛上世俗的观念就是背道而驰的，一些文人并不理解他作品的社会价值；从艺术风格来说，他淳朴淡泊的田园风光也不合贵族们的欣赏口味。陶渊明在南朝文坛不引人注意，这是毫不奇怪的。到了梁陈时期，钟蝶和萧统开始重视他了，但钟嵘的《诗品》也仅仅把他列在"中品"，萧统在《文选》中选录他的作品也很少。直到唐代，陶渊明作品的价值才真正被人们所认识。他的诗文得到传抄、补辑和注释，赢得了人们的喜爱和研究。伟大诗人李白、杜甫、白居易都曾写下热情赞颂陶渊明的诗句，对他作了很高的评价。在宋代，文学家苏轼、诗人陆游都酷爱陶渊明，并直接受到他的影响。元代以后，陶渊明为更多的人所认识，他作品的影响也更广泛。这个伟大的诗人终于在中国文学史上占有了重要的地位。

知识链接

建安七子

建安七子又号邺中七子，是指东汉末年汉献帝年间的七位文学家：孔融、陈琳、王粲、徐干、阮瑀、应玚、刘桢。同时代曹丕的《典论·论文》首次将他们相提并论，七子与"三曹"往往被视作三国时期文学成就的代表。

"建安七子"与"三曹"构成建安作家的主力，对诗、赋、散文的发展，都曾做过贡献。王粲在诗赋上的成就高于其他六人。刘勰《文心雕龙·才略》

提到："仲宣溢才，捷而能密，文多兼善，辞少瑕累，摘其诗赋，则七子之冠冕乎。"王粲的哀思最能表现在作品上，其代表就是"七哀诗"与"登楼赋"。王粲《七哀诗》吟道："出门无所见，白骨蔽平原。路有饥妇人，抱子弃草间。"把在乱世的经历见闻，融入于作品之中，留下最真实的记录。

七人当中，除孔融外，其他六人都依附于曹操父子旗下。建安二十二年（217年）冬天，北方发生疫病，当时为魏世子的曹丕在第二年给吴质的信中说："亲故多罗其灾，徐、陈、应、刘一时俱逝"。除孔融、阮瑀早死外，建安七子之中剩余的五人竟然全部死于这次传染病。曹植《说疫气》描述当时疫病流行的惨状说："建安二十二年，疠气流行，家家有僵尸之痛，室室有号泣之哀。或阖门而殪，或覆族而丧。"

第三节 魏晋南北朝的文学作品

第一首七言诗与第一篇文论

曹丕是一个备受争议的人，他在政治、婚姻方面都算成功，但人品却一直为后世所诟病。说他在这两方面成功，是因为他都达到了目的。政治上他经过处心积虑的权谋，费尽心机，终于在与曹植争夺魏王接班人的过程中胜

出，顺利接班，并逼迫汉献帝禅让，当上皇帝。在婚姻方面，他在建安九年（204 年）趁军队占领袁绍大本营邺城的荒乱时机，将袁绍二儿子媳妇甄氏纳为己有，从此留下千古韵事。这位甄氏比曹丕大 5 岁，当年的曹丕 13 岁，甄氏 18 岁。曹丕请示曹操得到批准才敢将其据为己有。据说曹操后来见到甄氏，也爱其美色，颇有悔意。甄氏后来见到曹植，为曹植的风流倜傥所吸引，更喜欢曹植。因此，曹氏三父子都很中意甄氏，多少有点四角恋爱的味道。后来曹植的《洛神赋》就是为怀念甄氏而写，因此又名曰《感甄赋》。但这些都未见之于正史，不能确信其有，但也无法排除可能性，因为这样的事修史者是不能录入的。

曹丕为后世所诟病，也是这两个方面。政治上，他已经胜利，先当世子，即曹操的法定接班人，本来是个胜利者，是最容易施恩的。但他心胸狭窄，对于曾经威胁他地位的曹植以及其他兄弟都严加管制，在政治上迫害，因此曹氏宗族本身的力量受到削弱，为后来司马氏篡夺政权埋下祸根。在对待甄氏问题上，也显示出他的刻薄寡恩，在建安后期，甄氏便因色衰失宠，曹丕登基，也没有立甄氏为皇后。因为甄氏有怨言而在第二年将其赐死。曹丕赐死甄氏是载入史册的。可见其始乱终弃的恶劣品质。从这两个方面看，曹丕道德有亏缺，这便是他在后世文坛地位不高的重要原因之一。中国对于人的评价，历来把道德评价夹杂其中。但我们应当从客观角度对曹丕的文学成就给予公允的评价。

创新永远是人类社会前进的动力，无论是自然科学还是社会科学莫不如此，一切有成就的科学家、思想家和文学家都有他们创新的地方存在，曹丕在文学上的创新主要表现在两个方面：一个是他的《燕歌行》是中国文学史上最早的完整的文人七言诗；一个是他的《典论·论文》是我国文学史上最早的文学专门论文。

曹丕（187—226 年）字子桓，曹操次子。公元 220 年取代汉朝自立，是三国开端，为魏文帝。其诗歌主要有三类。第一类是宴游诗，如写夜游铜雀园的《芙蓉池作》、纪游玄武池的《于玄武池作诗》等，多写宴游玩赏之乐，模山范水比较细致，文辞华丽，对于山水诗发展有一定促进作用。第二类是抒情言志之作，如《黎阳作诗》三首等。第三类写征人思妇的相思情怀，多感伤情调，最能体现曹丕的诗歌水平，《燕歌行》是这类诗中的代表：

秋风萧瑟天气凉，草木摇落露为霜。群燕辞归鹄南翔，念君客游思断肠。慊慊思归恋故乡，君何淹留寄他方。贱妾茕茕守空房，忧来思君不敢忘，不

觉泪下沾衣裳。援琴鸣弦发清商，短歌微吟不能长。明月皎皎照我床，星汉西流夜未央。牵牛织女遥相望，尔独何辜限河梁！

本诗描写一个独守空房的女子怀念淹留远方的丈夫而彻夜难眠的情愫，感情深婉。采用句句押韵的方式，是中国诗歌史上最早出现的完整而比较成熟的文人七言诗。对后代歌行体诗歌的发展产生深远影响。

魏晋时代是文学开始自觉的时代，主要表现便是文人精神的自觉，文学体裁的独立，使文学从历史与哲学中分离出来而成为独自一家的艺术门类。曹丕在《典论·论文》中高度肯定文学对于治理国家的重要作用。他说："夫文章，经国之大业，不朽之盛事。年寿有时而尽，荣耀止乎其身，未若文章之无穷。"将文章提高到治理国家的伟大事业，认为是不朽的高尚之事，是前此没有过的。文中还说："奏议宜雅，书论宜理，铭诔尚实，诗赋欲丽。"这是最早明确进行文体辨析，概括指出各种不同文体之内容以及形式特点的论述。对于以后文体辨析理论的不断深化有启迪之功。

曹植的诗文

韩愈有"不平则鸣"之说，欧阳修有"诗先穷而后工"之论，都认为社会不公、人生不幸往往成就一些大文人的文学成就。曹植的情况也证明这一点。他的文学精品绝大部分都是后期的。

曹植的文学成就极高，著述为建安文人之最，他生前自编作品选《前录》，收 78 篇。死后曹叡曾为他集录作品 100 余篇。《隋书·经籍志》著录有集 30 卷，其数量是最多的。在质量上，曹植的诗、赋在当时都达到艺术的巅峰，《洛神赋》千古流传，《白马篇》、《赠白马王彪》是五言诗中的精品，为曹植确定了极高的文学地位。

先说《洛神赋》，关于此赋的写作背景和创作动机，历来有不同说法。或云曹植当年曾特别喜欢甄氏，而甄氏也爱恋曹植。但甄氏先成为曹丕的夫人，是曹植的嫂子，曹丕称帝而曹植遭受贬谪。后来甄氏被赐死，曹植对于甄氏非常怀念，恋恋不舍，在其后再从京师返回途中经过洛水时，便假托洛神而抒发对甄氏刻骨铭心的爱恋之情，所以又称《感甄赋》。此事之真实程度难以断言，但有一点是肯定的，即曹植在此赋中刻意描写的洛神形象一定有一个生活原型。我们还是欣赏一下那段描绘洛神最精彩的语言吧！

其形也，翩若惊鸿，婉若游龙，荣曜秋菊，华茂春松。仿佛兮若轻云之蔽月，飘飖兮若流风之回雪。远而望之，皎若太阳升朝霞，迫而察之，灼若芙蕖出绿波。秾纤得衷，修短合度。肩若削成，腰如约素。延颈秀项，皓质呈露。芳泽无加，铅华弗御。云髻峨峨，修眉联娟。丹唇外朗，皓齿内鲜。

这段文字描绘洛神的美貌，神形兼备，语言生动鲜活，色彩艳丽。在描绘洛神行走时的神态时说："体迅飞凫，飘忽若神。凌波微步，罗袜生尘。"这几句成为后世形容女子美貌最常引用的词语，可见其艺术魅力之大。

《白马篇》是曹植的早期作品，表现出少年勇武、英勇杀敌、舍身报国的英雄主义和爱国主义精神。流传较广，诗不长，故全录下：

白马饰金羁，连翩西北驰。借问谁家子，幽并游侠儿。少小去乡邑，扬声沙漠垂。宿昔秉良弓，楛矢何参差。控弦破左的，右发摧月支。仰手接飞猱，俯身散马蹄。狡捷过猴猿，勇剽若豹螭。边城多警急，胡虏数迁移。羽檄从北来，厉马登高堤。长驱蹈匈奴，左顾凌鲜卑。弃身锋刃端，性命安可怀。父母且不顾，何言子与妻。名编壮士籍，不得中顾私。捐躯赴国难，视死忽如归。

这是曹植早年的作品，把侠义精神和爱国主义结合起来，具有鼓舞人心的作用。洋溢着奋发向上的气息。而《赠白马王彪》则风格大变，感情极其压抑或愤懑，艺术表现也出现很大转变。全诗采用章章蝉联、层层递进的结构方式，情景交融，抒发了遭受迫害的极端愤慨和痛苦的心情。我们阅读一下第二章和第三章，全诗的悲愤心情就可以体会出来了。

玄黄犹能进，我思郁以纡。郁纡将何念，亲爱在离居。本图相与偕，中更不克俱。鸱枭鸣衡轭，豺狼当路衢。苍蝇间白黑，谗巧令亲疏。欲还绝无蹊，揽辔止踟蹰。

踟蹰亦何留，相思无终极。秋风发微凉，寒蝉鸣我侧。原野何萧条，白日忽西匿。归鸟赴乔林，翩翩厉羽翼。孤兽走索群，衔草不遑食。感物伤我怀，抚心长太息。

凄凉萧条的秋景，哀鸣孤独或残忍的野兽构成一幅恐怖阴冷的艺术画面，烘托出曹植当时的悲苦心境。另外，本诗采用辘轳体的修辞手法使前后章首尾蝉联起来，内容上前后紧密承接，形式上造成一种连环的感觉，给人以一唱三叹的婉转悱恻的艺术效果。

曹植的诗歌在南北朝时期备受推崇，钟嵘在《诗品》中评价说"骨气奇高，词采华茂。情兼雅怨，体被文质"，并说自己"抱篇章而景慕，映余辉而

自烛”，可见其景仰的程度。曹植对于五言诗的发展有巨大贡献，他是中国文学史上第一位大力写作五言诗的文人。在其现存的 90 多篇诗歌中，有 60 多首五言诗。而且在他的诗歌中，既有《诗经》“哀而不伤”的朴实庄重，也有屈原作品那种深沉婉转和幽怨；而且也继承汉乐府反映现实的传统和《古诗十九首》凄婉悲伤的情调，可谓是对前此各种诗歌风格的集大成者，这对于魏晋时期五言诗迅速发展起了重要的作用。

世情小说鼻祖：《世说新语》

刘义庆在南朝刘宋王朝宗室中是位少有的贤王，他本来是武帝刘裕二弟刘道怜的次子。但因刘裕特别器重的幼弟临川王刘道规没有儿子，便把刘义庆过继给他。这对于刘义庆倒非常有利。因为刘义庆生父刘道怜平庸无能，刘裕并不看重，在刘裕创建天下的过程中也没什么建树，而刘道规少有大志，颇受刘裕喜欢，在刘裕和桓玄决战中，刘道规起了关键作用。这一战是刘裕站稳脚跟最终登基的关键，因此刘裕封刘道规为振武将军、义昌太守。刘裕曾把自己的次子刘义隆过继给刘道规。后来刘道规死，刘裕登基，刘义隆又回到刘裕门下，刘裕这才将刘义庆过继给刘道规，袭封临川王之位。

刘义庆自幼聪明，深受武帝刘裕器重。武帝曾拍刘义庆脑袋夸奖说：“这是我家的丰城宝剑！”意味是宋家的宝贝。13 岁封南郡公，18 岁袭封临川王，为侍中。武帝死后，继位的太子刘义符当皇帝一年多便被大臣杀害，刘义隆登基。这对于刘义庆更加有利。刘义庆看到宗室内部争夺帝位的斗争极其激烈，便自动避嫌，要求离开朝廷。朝廷把他派往荆州。在荆州，他礼贤下士，招募文士，当时著名文人如袁淑、陆展、何长瑜、鲍照等多聚集到他的门下。刘义庆为人简朴谦逊，这在当时崇尚奢侈的时代非常难得。但他晚年热心佛教，为此花费大量金钱，有累清德。刘义庆很迷信，在广陵（今江苏扬州）时，不幸患病，恰好此时白虹贯城，野鹿入府，他感觉是不祥

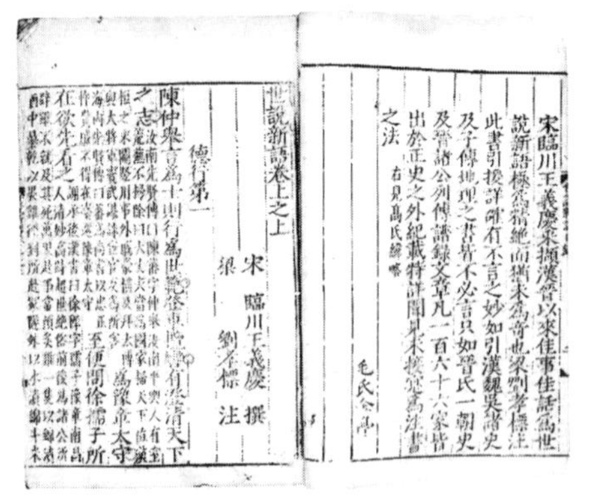
世說新語卷上之上
宋 臨川王義慶 撰
梁 劉孝標 注
德行第一
陳仲舉言為士則行為世範登車攬轡有澄清天下之志

《世说新语》

之兆，十分恐惧，要求返回，刘义隆答应。回到京师后不久，在元嘉二十一年（444 年）病死，42 岁。

据《宋书·刘道规传》载，刘义庆有《徐州先贤传》10 卷、《典叙》、《集林》200 卷、《世说新语》10 卷。除《世说新语》流传下来外，其余都散失了。关于《世说新语》是否为刘义庆所著问题，鲁迅先生在《中国小说史略》中推断说："然《世说》文字，间或与裴郭二家书所记相同，殆亦犹《幽明录》、《宣验记》然，乃纂缉旧闻，非由自造。《宋书》言义庆才词不多，而召集文学之士，远近必至，则诸书或成于众手，未可知也。"鲁迅先生的推断可信，基本可以确定，该书是刘义庆组织人集体编撰的。

《世说新语》最早的注者是刘孝标，其注解学术价值很高。现代善本当首推中华书局版的余嘉锡《世说新语笺疏》。该书共分 36 门，即按照人物的言行、品格等分类，以类相从。该书主要内容是记录魏晋名士清谈、饮酒、任诞等传闻逸事，是赞颂名士风流的故事集。所谓风流，是一种人格之美，按照冯友兰先生的说法，真正的风流需要具备四个条件：玄心、洞见、妙赏、深情。所谓的玄心，指超脱功利世俗之心而追求适意真实的生活，是一种审美的人生。清谈便是表现理性思维的高度，而饮酒和任诞是用自然真情来对抗虚伪名教的方式。

宗白华《论（世说新语）和晋人的美》说："深于情者，不仅对宇宙人生体会到至深的无名的哀感，扩而充之，可以成为耶稣、释迦的悲天悯人；就是快乐的体验也是深入肺腑，惊心动魄；浅俗薄情的人，不仅不能深哀，且不知所谓真乐。"

如果从社会生活实际出发来进行考察，可以说《世说新语》所标榜的名士风流起源于汉末以来的人物品藻，而人物品藻的根源则与当时的政治选举制度有关系。汉代没有科举制度，选拔官吏主要通过"察举"和"征辟"两种途径，而这都要求对于地方人物进行考察评议。于是人物的社会声誉便成为进身官场的重要方面。这种状况促使人们迫切希望自己得到外界较高的评价。到魏晋时期，品藻人物的角度悄悄变化，由政治性人物品藻转变为审美性人格品藻。清谈之风便与这种风气相互作用。

清谈玄理是在追求一种心灵的美、哲学的美、神韵的美，追求超越世俗物质利益和世俗功名以上的生命价值和人格的永恒。这种人生理想为后世知识分子提供了精神生活的家园和典范，因此深受后人的喜欢。这便是《世说新语》之所以流传千古的内在原因。

鲁迅先生评价《世说新语》说："记言则玄远冷隽，记行则高简瑰奇。"该书以及刘孝标注共涉及各种人物1500多人，魏晋两朝的主要人物绝大部分被囊括其中，可谓各类历史名人的言行记录集成。而且语言简洁明快，人物鲜活，隽永传神，具有小说因素，成为世情小说的鼻祖。其后，模仿作品屡见不鲜，也为后世小说戏曲提供了素材。

知识链接

最早的五言诗：《古诗十九首》

《古诗十九首》是组诗名，它是乐府古诗文人化的显著标志，为南朝萧统从传世无名氏《古诗》中选录十九首编入《昭明文选》而成。《古诗十九首》深刻地再现了文人在汉末社会思想大转变时期，追求的幻灭与沉沦，心灵的觉醒与痛苦。艺术上语言朴素自然，描写生动真切，具有浑然天成的艺术风格。同时，《古诗十九首》所抒发的是人生最基本、最普遍的几种情感和思绪，令古往今来的读者常读常新。

《古诗十九首》习惯上以句首为标题，依次为：《行行重行行》、《青青河畔草》、《青青陵上柏》、《今日良宴会》、《西北有高楼》、《涉江采芙蓉》、《明月皎夜光》、《冉冉孤生竹》、《庭中有奇树》、《迢迢牵牛星》、《回车驾言迈》、《东城高且长》、《驱车上东门》、《去者日以疏》、《生年不满百》、《凛凛岁云暮》、《孟冬寒气至》、《客从远方来》、《明月何皎皎》。

《古诗十九首》在五言诗的发展上有重要地位，在中国诗史上也有相当重要的意义，它的题材内容和表现手法为后人师法，几至形成模式。它的艺术风格，也影响到后世诗歌的创作与批评。就古代诗歌发展的实际情况而言，刘勰的《文心雕龙》称它为"五言之冠冕"，钟嵘的《诗品》赞颂它"天衣无缝，一字千金"、"千古五言之祖"是并不过分的。陆时庸则评价说"（十九首）谓之风余，谓之诗母"。

第五章

隋唐时期的文学

隋唐是我国封建社会的繁荣时期，隋唐文学自然也是我国文学史中的辉煌时期，而唐代诗歌更是中国古代诗歌中的巅峰。韩愈领导的古文运动、唐代传奇小说的出现对后世的文学影响甚巨。

第一节 隋唐时期文学的发展

唐代诗歌的繁荣

唐代是中国古代诗歌史上最繁荣最辉煌的时期。据《全唐诗》及其有关补遗所载，现存诗有52000余首，作家2300多人。数量之多，作者之众，内容之广，风格流派之繁，体裁样式之全，均堪称空前。

从题材内容看，唐诗几乎深入到唐人生活的每个领域，大至国家兴衰，政治得失，社会动乱，战争胜负，民生疾苦，诸如盛唐时的对外用兵，盛唐至中唐转折时的安史之乱，以及人民在其间受到的征戍与诛求之苦，中晚唐的三大痼疾——宦官专权、藩镇割据、党争倾轧，无不写入诗中，号称“史诗”的作品，不计其数。小至琴技棋艺，书理画趣，虫鱼鸟兽，亦莫不入诗。至于那些描写自然田园，歌咏日常生活，抒发离情别绪，赞美建功立业，向往渔樵山林等传统题材，更多如雨后春笋。而且形式各异，有纪游体、寓言体、赋体、传记体、传奇体等等。特别值得注意的是唐诗在反映现实的广阔性和深刻性方面大大超过了前代。他们从许多方面接触到当时社会的重大问题，如对统治者的穷奢极欲、横征暴敛、穷兵黩武、腐败无能、拒谏饰非、斥贤用奸，都进行了大胆的揭露和谴责，有的甚至把矛头指向最高

盛唐气象

统治者，以至后人无不感慨道唯唐人方敢如此。同时他们对农夫织妇所受到的种种压迫与剥削充满了深切的同情，描写下层人民的生活已成为诗歌创作的一大内容。他们还提出了妇女问题、商人问题及其他社会问题。凡此种种都是前代诗人没有或很少写到的。

从风格流派看，更是百花齐放。仅就盛唐而言，“李翰林之飘逸，杜工部之沉郁，孟襄阳之清雅，王右丞之精致，储光羲之真率，王昌龄之声俊，高适、岑参之悲壮，李颀、常建之超凡，此盛唐之盛也”（高棅《唐诗品汇总序》）。其中，孟襄阳（浩然）、王右丞（维）等人，高适、岑参等人还被后人奉为田园诗派和边塞诗派的代表作家。在盛唐之后，还出现过以清丽精雅著称的卜才子体，以平易通俗著称的元白诗派（亦称长庆体），以奇警峭劲著称的韩孟诗派，以精深婉丽著称的温李诗派等。

具体而论，唐诗派别虽多，但总体而论，唐诗却有一个共同的特点：即能把充实的内容与饱满的感情，高度的写作技巧与纯熟的表现方式完美地结合起来。而这几个因素本是诗歌的基本因素，唐诗不但能兼而有之，且能将其炉火纯青地融为一体，故而能登上诗歌的顶峰。唐之前的诗并非没有充实的内容和饱满的感情，但苦于表现方法、艺术技巧尚不能像唐人那样随心所欲，作起诗来难免有些板滞拙涩，缺乏活泼流动的韵味与风情；唐之后的诗并非没有高度的写作技巧与纯熟的表现方式，但很多内容和感情早已被唐人表现得淋漓尽致，很难再有所创新，故而作起诗来难免多从形式及人工安排上用力，或摆脱不掉因袭的成分，使诗歌在某种程度上丧失了应有的情韵。但唐诗则不同，历史的机遇使它处于一种最佳的处境。它一方面能保有充实内容和饱满感情，一方面又能在写作技巧上充分发挥自己的聪明才智，因而唐人几乎开口便能写出好诗，如“少小离家老大回，乡音无改鬓毛衰。儿童相见不相识，笑问客从何处来?”（贺知章《回乡偶书》），“葡萄美酒夜光杯，欲饮琵琶马上催。醉卧沙场君莫笑，古来征战几人回?”（王翰《凉州词》），“松下问童子，言师采药去。只在此山中，云深不知处。”（贾岛《寻隐者不遇》），感情真切，情趣盎然，仿佛一切皆从胸中流出，并非在有意为诗，但写出来的却是一派有如天籁的真情神韵，这正是它前无古人，后无来者的不可及处。

盛唐是唐诗的繁荣昌盛期。经过近百年的探索和准备，盛唐诗坛出现了百花齐放，美不胜收的繁盛局面。从内容上讲，此时的诗歌已得到了最充分的解放，唐诗所表现的种种内容，都在此时得到最集中的反映。从体裁上讲，

这时的律诗已走向成熟，蔚为大国，七言歌行和绝句得到了最充分的发展，达到了诗歌史上的最高水平。从风格上讲，现实主义和浪漫主义两大流派在此时都得到了最充分的发展，而其代表人物杜甫、李白可谓登上了中国古典诗歌的两座高峰。其他如壮浪奔放的边塞诗派、优美清新的田园诗派亦达到了极高的水平。

中唐是唐诗的繁衍期。此时的风格流派比盛唐更多：刘长卿、韦应物的山水诗，李益、卢纶的边塞诗，都在一定程度上继承了盛唐诗风；韩愈、孟郊有意发展杜诗雄奇的一面，形成了以横放杰出、排弄瘦硬为特点的韩孟诗派；李贺更融合楚辞、乐府和李白的浪漫色彩，独树诡丽瑰奇之一帜；刘禹锡、柳宗元或发思古之幽情，或借山水以抒幽愤，亦有独到的浑成清峻的特色。值得注意的是他们之中有些人在语言上刻意推敲，如韩愈、孟郊，有些人在意境上着意刻画，如李贺、柳宗元，有些人尤喜以议论或散文入诗，如韩愈，这都不但进一步丰富了“唐音”，而且也在一定程度上开启了“宋调”。

中唐诗歌影响最大的流派，要推以白居易为首的，有李绅、元稹、张籍、王建等人广泛参加的新乐府运动。

晚唐是唐诗逐渐衰落期。最初尚有李商隐、杜牧两位著名诗人，时称“小李杜”。他们的长篇五古《行次西郊作一百韵》、《感怀诗》，题材重大，颇能继承老杜的同类作品。李商隐的七律和杜牧的七绝成就更高。李商隐在七律已被前人多方开掘，几乎难以为继的情况下，异军突起，独树一帜。他对语言、对仗、声律和典故，无不精心的锤炼安排，形成了一种富艳精工和深于情韵的风格，成为唐诗灿烂的晚霞。尤其是几首表现爱情的《无题诗》，如云“春蚕到死丝方尽，蜡炬成灰泪始干”；“身无彩凤双飞翼，心有灵犀一点通”，感情极为缠绵，意象极为朦胧，给人一种别开生面的美感。杜牧的七绝以清新俊逸，流走明快，语浅意深见长，在王昌龄、李白等绝句大师之后犹能自成一家。

李商隐、杜牧之后，不曾再出现有重大影响的诗人。这时作家虽多，但多是中唐以来各大家的学步者，例如方干、李频之于贾岛、姚合，吴融、韩偓之于李商隐、温庭筠，只有皮日休、聂夷中、陆龟蒙、罗隐、杜荀鹤诸人稍有特色。他们的某些作品能继承新乐府运动“惟歌生民病”的现实主义传统和平易流畅的风格，如杜荀鹤的《再经胡城县》曰：“去年曾经此县城，县民无口不冤声。今来县宰加

朱绂,便是生灵血染成”,但气魄才力以至影响都远不及前人了。

文学革新： 古文运动

所谓古文，就是与当时流行的骈文相对称的散文。就形式来说，它是一种奇句散行、文句长短不限的文体。因为这种文体的倡导者主张恢复先秦、两汉时代的散文传统，故称之古文。中唐时期，以韩愈、柳宗元为首的一批作家掀起了一场反对骈文、提倡古文的文学革新运动，为散文的发展开辟了新的天地。

唐代古文运动可以分为四个时期：

第一时期（618—741 年），是古文运动的发轫期。武德、贞观年间，是骈文的一统天下，高祖、太宗出于施政的需要，提倡公文疏奏，实录切用。在一些史书和魏徵、傅奕、马周等人的奏疏谏议中，已出现以散间骈的征兆。

高宗武后之世，四杰的骈文指责朝政，褒贬时事，抒发志向和牢骚，内容充实，气势宏大，有汉赋余响；词藻华丽，仍六朝积习。适应武周改制称帝的需要，一些阿世取容的御用文人（如李峤、宋之问等）所作的文章，从内容到形式，近于南朝文学侍从之词，而陈子昂的直言极谏，则显得不合时宜。他为人任侠使气，又精习纵横，所作论议疏奏，陈王霸之术，揭时政之弊，谠言直论，凌厉风发，行文也多用散体，因此，尽管他的“道”与后世古文家所倡言者内涵不同，文风也有别，而且他的表序颂祭，仍有俳偶陈习，但后世还是尊之为古文运动的先导者。

第二时期（742—805 年），是古文运动高潮的酝酿期，涌现了一批散文改革的倡导者。前有李华、萧颖士、元结，后有独孤及、梁肃和柳冕。他们在理论上主张明道宗经，强调文章救世劝俗的社会作用，不满于骈文的浮靡华艳，推崇陈子昂的斫雕返朴。他们的主张是安史之乱以后欲以儒道重振王纲朝政的社会思想在文学上的反映。但他们的儒道不纯：元结不师孔氏，李华、梁肃兼信儒佛；理论片面：忽视文章的美感和辞章文采对表达内容的功用；又成就有限：未脱骈俪旧习，少有传世名作。其中成就最高者当首推元结。他的散文忧时愤世，风格危苦激切，在山水游记、寓言杂文上有所创新。有“上接陈拾遗，下开韩退之”（全祖望《元次山阳华三体石铭跋》）的重要过渡作用，但也有艰涩古奥、文采韵味不足的缺点。

第三时期（805—859 年），是古文运动盛极而衰的时期。其中永贞至长庆（805—824 年）年间是古文运动的极盛时期。一批文人抱着行道济世、重振唐运的志向，积极参与永贞改革、元和中兴。古文运动高潮的形成，正适应了当时的政治需要。一时人才辈出，既有韩、柳作领袖，又有李翱、李观、李汉、皇甫湜、刘禹锡、吕温、白居易等人为羽翼，他们互相切磋推挹，造成声势。对古文运动的指导思想、创作宗旨，韩、柳都有较明确、系统的论述，提出“文以明道”的主张，阐发了文道相辅而行的关系，克服了前辈重道轻文的偏颇。韩愈的“不平则鸣”说和柳宗元的“辅时及物”说，提倡创作面向人生，干预现实，抒情言志，不仅“明道”而已，而且大大丰富了古文的创作内容。他们对古文的艺术形式也作了具体论述，力主“陈言务去”、“气盛言宜”、“文从字顺”、“意尽便止”，还对作家的道德、文艺素养和创作态度有所要求，这对于规范古文创作，提高艺术水平起了重要作用，他们的古文创作成就斐然，在散文的各种体裁如序、铭、记、说、寓言等，几乎都有突破和创新，并形成各自鲜明的风格。韩文雄深奇崛，柳文精深峻洁，被奉为后世散文的楷模。李翱、皇甫湜分别发展了韩愈“文从字顺”和“怪异奇崛”的特点。

宝历至大中年间（825—859 年）古文运动渐趋衰落，作者人数和成就均不如前。代表人物孙樵、刘蜕，生活经历既不如韩柳那样丰富，才力心志更相去甚远，只能在怪奇峭僻上着力。虽也有些刺世疾邪的佳作，但与皇甫湜相比，已是等而下之了。倒是著名诗人杜牧的散文，论列大事，指陈利病，剀切排界，成就突出。

第四时期（860—907 年），这一时期进入了唐朝季世，古文运动衰微，小品文却异军突起，出现了皮日休、陆龟蒙、罗隐等一批穷愁之士。他们的小品文远绍元结，近承韩、柳。杂文寓言，短篇零章，愤世疾俗，幽默讽刺，深切犀利，被誉为“一塌糊涂的泥塘里的光彩和锋芒”（鲁迅《小品文的危机》）。

小说的成熟期——唐传奇

所谓“传奇”，即传述奇人奇事。唐代传奇，就是唐人用文言写作的短篇小说。因其有曲折奇特的情节，与一般散文不同，故名。晚唐裴铏以“传奇”

题名自己的小说集，宋代以后就以“传奇”作为这类小说体裁的统称。

唐代传奇在六朝志怪小说的基础之上产生，并深受六朝志人小说、唐以前史传散文、诗歌艺术、古文笔法，以及当时流行的变文、话本等通俗文学的影响。它的兴起和日趋成熟，是唐代社会生产力发展、商业经济发达、市民阶层兴起、社会较为开放、知识分子思想活跃的产物。

唐代传奇的发展，大致可分为三期：

初盛唐时期。这是唐传奇初步发展的时期，作品少，内容与六朝志怪小说相似，艺术上也不够成熟，但在人物形象的塑造、环境气氛的渲染，以及细节描写等方面，都比六朝小说有不同程度的进展。代表作品有王度的《古镜记》、无名氏的《补江总白猿传》、张鷟的《游仙窟》。

中唐时期。这是唐传奇的繁荣兴盛期，作家云集，佳作迭出。其题材，虽多是才子佳人、英雄侠士，但现实性大大增强并且触及到社会的某些本质方面。某些篇章虽涉神仙道化、狐妖鬼怪，但也并非专为志怪，而是借以反映现实。这些作品，生活气息浓厚，结构精巧，情节曲折，人物形象鲜明，文笔优美生动，具有较高的艺术性。著名作品有，沈既济的《枕中记》、李公佐的《南柯太守传》、李朝威的《柳毅传》、许尧佐的《柳氏传》、蒋防的《霍小玉传》、白行简的《李娃传》、元稹的《莺莺传》、陈玄祐的《离魂记》、陈鸿的《长恨歌传》等等。

晚唐时期。这是唐传奇数量骤增、专集涌现的时期。主要作品有牛僧儒的《玄怪录》、李复言的《续玄怪录》、牛肃的《纪闻》、薛用弱的《集异记》、袁郊的《甘泽谣》、裴铏的《传奇》、皇甫枚的《三水小牍》等，其内容题材倾向于搜奇猎异、言神志怪，无甚可取。但也有一些描写侠义之士抑强扶弱、伸冤除害的篇章，反映了当时动荡的社会现实和人民的愿望，如杜光庭的《虬髯客传》、袁郊的《红线传》、裴铏的《聂隐娘传》等。总之，晚唐传奇在思想和艺术上都不及中唐时期，显示出逐渐衰落的趋势。

从思想内容上看，唐代传奇题材广泛，从不同侧面揭示了复杂的社会矛盾，具有积极的现实意义。

首先，以婚姻和爱情为主题的作品比较突出，如蒋防《霍小玉传》、白行简《李娃传》、元稹《莺莺传》、李朝威《柳毅传》等，这类作品的女主人公，虽然出身不一，表现各异，但都有着对婚姻自主、爱情自由的渴求。她们以自己纯真的爱情、热烈的追求、大胆的反抗、以及往往是悲剧性的结局，对封建婚姻制度进行了血泪的控诉。

其次，运用现实题材、历史题材和志怪题材。直接或间接地反映当时政治状况，也占了相当比重。代表作品有李公佐《南柯太守传》、沈既济《枕中记》、陈鸿《长恨歌传》等。例如《南柯太守传》中的槐安、檀罗国，正是中唐社会的现实缩影。小说中所描写的官场险恶、庸人当道、任人唯亲、相互倾轧等，具体反映了中唐豪贵专权、党争迭起的黑暗政局；所谓的“南柯一梦”，也正是当时封建士大夫知识分子思想的曲折反映。《长恨歌传》写唐玄宗和杨贵妃的故事，“惩尤物，窒乱阶”，批判的矛头直指封建统治阶级。

从艺术上看，唐传奇在人物描写，情节安排和语言运用等方面都取得了巨大成就，标志着中国古代小说艺术的渐趋成熟。

在人物描写方面，唐传奇善于通过对话和行动的具体描绘来表现人物的性格特征；善于通过对比、烘托，使人物形象更加丰满；善于运用细节描写、肖象描写和心理刻画，更细致深入地展示人物性格的复杂性等等。因此，唐传奇塑造了众多的、栩栩如生的人物形象，如纯真痴情的少女霍小玉、浪荡无耻的公子李益，口齿伶俐的媒婆鲍十一娘（《霍小玉传》），不甘凌辱、自结良缘的龙女，正直善良、勇敢侠义的柳毅，嫉恶如仇、刚烈如火的钱塘龙君（《柳毅传》）等等，便是其中的典型。

唐代传奇的产生，标志着中国小说的发展已渐趋成熟。从此，小说正式形成了自己的规模和特点，成为一种独立的文学式样。而且出现了一些专门从事传奇创作的作家，促进了小说在艺术上的丰富与提高。

唐代传奇多侧面反映城市社会生活的繁荣复杂，把反对封建门阀制度和礼教压迫当做基本主题，从而揭开了中国现实主义小说的序幕。同时，一些优秀作品还兼有积极浪漫主义的精神。这就直接影响到后世的小说、戏曲的创作，如宋元话本：蒲松龄的《聊斋志异》、王实甫的《西厢记》、郑光祖的《倩女离魂》、汤显祖的《邯郸记》、洪升的《长生殿》等等，都可以明显地看到唐传奇的影子。

唐代传奇高度的艺术成就，如完整的情节结构，细腻的肖像、服饰、生活细节、心理的刻划，人物形象系列的生动塑造，以及简洁、准确、丰富、优美的语言，都给予了后世文学创作以积极影响。许多传奇人物和故事，亦成为后世诗文中常用的典故。

唐代传奇对世界文学尤其是日本文学，也有一定的影响。

知识链接

敦煌变文

敦煌变文，是指在敦煌发现的唐代讲唱文学，即当时寺院僧徒和民间艺人用来讲说故事的底本。

变文的内容，可分为宗教“俗讲”的讲经文与讲唱佛经故事的变文，民间讲唱故事的话本、唱词和变文等。这些内容，性质不一，体式不同，但都统称为“变文”。思想意义，则以民间讲唱故事者为优。

变文形式上的主要特点，是诗文相间、说唱结合。散文部分是口述，多为浅近的文言与四六骈语，也有使用白话的；韵文部分是吟唱，以七言为主，间杂三、五、六言。韵散结合的方式一般有两种：一是以散文讲述故事，以韵文重复吟唱讲述内容；一种是以散文作引文，再用韵文来敷衍铺陈。

变文的发现，填补了文学史的空缺。它是后世各种说唱文学的先驱，并且对后世小说、戏曲有深远的影响。

第二节　隋唐时期的文学人物

诗佛——王维

唐代宗喜好文学。有一次，他对宰相王缙说：“卿之伯氏，天宝中诗冠代，朕尝于诸王座闻其乐章。今有多少文集，卿可进来。”王缙回答说：“臣兄开元中诗百千余篇，天宝事后，十不存一……”第二天，王缙就将原来收集起来的400余篇诗献给了代宗。为此事，代宗还专门“优诏褒赏”。那个被唐代宗称之为“天宝中诗冠代”、死后还受“优诏褒赏”的人是谁呢？这个人就是王缙的长兄、和孟浩然齐名的山水诗人王维。当然，代宗未必评得准、褒得对，但王维确实是盛唐时期一位有名的诗人、画家、音乐家。

王维（701—761年），字摩诘，太原祁（今山西祁县）人，出身仕宦之家，“父处廉，终汾州司马，徙家蒲，遂为河东（今山西永济县）人”（《旧唐书·王维传》）。王维21岁时中进士，任大乐丞，因伶人舞黄狮子事触犯皇权而受连累，被贬为济州司库参军。开元二十二年（734年），政治上较有远见的张九龄为相，王维积极拥护，并上书请求引荐，遂被提升为右拾遗。不料三年后，历史上有名的口蜜腹剑的李林甫为相，张九龄被贬，王维也被排出朝廷，以监察御史的身份出使边塞的凉州。直到开元二十七年才应召回长安，此后一直在京供职。历任左补阙、库部郎中、给事中、太子中允、中书舍人、尚书右丞等职。因为职务关系，他曾到过四川和湖北。著作有《王右丞集》。

王维“有俊才”、“博学多艺”（《旧唐书·王维传》）。王维的确是一位有才气的人物。他在青年时期已经显露出惊人的才华。他17岁时作的《九月九日忆山东兄弟》，18岁时写的《洛阳女儿行》，不但在当时文坛上获得了很高的声誉，直到今天也还为人们所赞赏。其中“每逢佳节倍思亲”等，已成为人们普遍传诵的名句。

天宝十五年（公元756年），安史叛军攻陷两都（长安、洛阳），唐玄宗奔蜀。“维扈从不及，为贼所得”。安禄山素慕王维之名，派人把他架持到洛阳，关押在菩提寺里，强迫接受“给事中”的伪职。开始，王维“服药取痢，伪称喑病”，但后来还是接受了安禄山授给的职务。这是王维政治上的一个污点。后来官军收复两都，唐肃宗回到长安，凡做过伪官的按三等定罪。王维一方面有《凝碧诗》在，同时他弟弟王缙因平叛有功，官职已显，“请削己刑部侍郎以赎兄罪”。因此，肃宗“特宥之，责受太子中允”。之后，王维的官职又逐步升迁。

王维先后在终南山和兰田辋川别墅，过着半官半隐的“弹琴赋诗，傲啸终日”的悠闲生活，写下了许多山水田园诗，其中不少是脍炙人口的佳篇。苏轼评论王维的诗说：“味摩诘之诗，诗中有画；观摩诘之画，画中有诗。”（《东坡志林》）这个评论是十分精当的，准确地揭示了王维诗歌的特点。

云台山王维塑像

据《唐诗纪事》卷16记载，安史之乱时，大音乐家李龟年南奔，曾在湘中采访使的筵席上唱过王维的《相思》：“红豆生南国，春来发几枝。劝君多采撷，此物最相思。”这说明王维诗作的又一个特点，即既明白如话，又情意深长，音节响亮，宜于入乐。其他如“渭城朝雨浥轻尘，客舍青青柳色新。劝君更尽一杯酒，西出阳关无故人。”以及《鹿柴》、《白石滩》、《辛夷坞》等诗，语言也非常凝炼，意境都十分优美。王维的山水田园诗，数量多，诗意浓，形成了他独特的艺术风格，对后世颇有影响。但也要看到，王维笔下的田园生活，与当时农村的真实生活相去甚远。它无非表现了诗人自己安适自得的情趣而已。

王维又是一个有名的画家。《新唐书·王维传》说他“画思入神，至山水平远，云势石色，绘工以天机所到，学者不及也”。他善于从客观世界里选择出最具有特征和最富于表现力的事物，描绘出十分和谐的图画。他擅画山水，写山水人物，在深浅浓淡中，显现出大自然的神韵。在前人的基础上，他总结出了“丈山、尺树、寸马、豆人”的理论，改变了过去“人大于山”的表现方法。他的画法，对后来水墨山水画的影响很大。现存传世的作品有《雪豁图》、《伏生授经图》（又称《写济南伏生像》）等。

王维在青年时代就喜好音乐。《唐诗纪事》说他“年未冠……妙能琵琶”。他在进士及第后的第一个官职，就是“大乐丞”。据说，有一次，有人得到一幅画得很复杂的“奏乐图”，大家都争相围着去看，但是没有一个人看出画的内容和叫出画的名字。王维看了之后说：“这就是‘霓裳羽衣曲’第三叠第一拍嘛。”大家都将信将疑。有个好事的人，专门去找了乐队来奏《霓裳羽衣曲》，当乐工奏到第三叠第一拍时，和画面上完全一致。于是大家都佩服王维见多识广，有学问。

王维父早丧，母亲崔氏信佛，对王维影响很大，因此，王维也是一个虔诚的佛教徒。他的名和字就是取自《维摩诘经》中的维摩诘居士。维摩诘是佛门弟子，但过着世俗贵族的豪华生活。王维中、晚年的生活也跟维摩诘不相上下。他一方面“晚年长斋，不衣文綵”，“退朝之后，焚香独坐，以禅颂为事”；同时又半官半隐在辋川别墅里。那儿风景优美，辋水环绕舍下，有“孟城坳”、“华子冈”、“欹湖”、“竹里馆”、“鹿柴”、“柳浪”、“金屑泉”、“白石滩”、“辛夷坞”等专供游乐的名胜。王维经常与裴迪等人乘坐小船，泛游于辋水之中，往返于名奇胜地，以赋诗相酬为乐，过着“啸咏终日”的生活。他“在京师日饭十数名僧，以玄谈为乐”。维妻早亡，没有再娶，所谓“三十年孤居一室，屏绝尘累”。他的书房里没有其他的陈设，只有“茶铛、药臼、经案、绳床而已”。王维和他的弟弟王缙“俱有俊才”、“俱奉佛”，既是同胞，又是同僚，所以感情深厚，关系很好。王维临死时，其弟不在身边而在凤翔。他向人要了纸笔，专门给缙写了遗书，内容是敦促其“奉佛修心”。遗书写好后，他放下笔就咽了气。王维的诗歌中，有一部分就是谈禅说佛的，这是其创作中的糟粕，并不可取。

诗仙——李白

李白号青莲居士，公元 701 年出生于中亚的碎叶城。他的祖籍是陇西成纪（今甘肃秦安附近），他的祖先是在隋朝末年流寓到碎叶的。他 5 岁的时候跟随父亲李客全家迁居到绵州的昌隆县青莲乡（今四川江油县境内）。他的青少年时期是在西蜀度过的，因此他一直把蜀中认做自己的故乡。

李白出身在一个富裕而又具有一定文化修养的家庭。他在父亲的督教下，5 岁就开始诵六甲（计算年月日的六十甲子），10 岁开始阅读诸子百家的著作。年幼时背诵司马相如的《子虚赋》曾引起过他的欣慕和向往。到 15 岁左右，他除了搜寻各种罕见的书籍阅读而外，已经开始从事写作活动，他自己认为这时所作的赋已能与司马相如相媲美了。除了读书写作以外，他还努力学习剑术。由于他从小怀有济世治国、建功立业的远大志向，所以他既学文，又习武，学习是非常刻苦的。

当时有一位官阶很高的文学家苏颋到益州（今成都）来做长史，李白在半路上拦住他请求相见。他看了李白的诗文以后，大为赞赏，曾说：“这个青

年天才英丽，写文章下笔就不必停歇。虽然他自己的风格还未成熟，但他的风骨已经形成了。如果再坚持学习，完全可以赶上司马相如。”李白获得这样的评价，绝非偶然。

在从20岁到25岁这几年里，李白漫游了几乎所有的蜀中有名的山水和名胜。蜀中雄峻的山川景色，与他豪纵的性格是合拍的。他这段游历，一方面是尽兴地欣赏大好的自然风光，一方面也是为未来建立功业做必要的准备：广交游，结名流，陶冶自己阔大豪壮的胸怀。锦城散花楼上远眺，峨眉山幽深景色里听琴，司马相如的琴台，扬雄的故宅，无不在他的诗作中留下动人的形迹。

李白28岁那年到了湖北的安陆。在这里，他和曾经做过宰相的许圉师的孙女结了婚。于是他就在安陆安了家，居住了10年左右。

在这期间，他结识了已经退隐的诗人孟浩然。两人意气相投，一见倾心。他们在襄阳邂逅相逢，虽然孟浩然比李白大12岁，但他们的情谊是深厚的。从李白著名的《黄鹤楼送孟浩然之广陵》一诗中，我们可以领略到他们之间的感情是多么的深挚：友人的船影渐去渐远，已经消失在水天相接的碧空之中了，自己还伫立在黄鹤楼的栏杆旁，望着流向天边的长江水，久久不肯离去。

李白企求从政的活动虽然到处碰壁，但十多年的游历使他的足迹几乎遍布全国，他优美的诗文在各地不胫而走，被人们交口传诵；他的品格风范、才情器度，为极多的人所钦佩赞叹，唐玄宗也必有所闻。于是在李白42岁那一年（天宝元年，公元742年）玄宗接连三次下诏书召他入京。李白当然极为欣喜，认为这样一来，自己的理想、抱负就一定能实现了。但是唐玄宗只给他一个翰林供奉的虚衔，没有给他实授任何官职。每日只是陪侍宴饮游猎，奉命写些玩乐的词赋。加上权佞小人的嫉妒诬谗，使李白郁郁不得志，一切美好的理想愿望都成了泡影。所以他在长安总共只呆了一年多的时间，就向玄宗提出了还山的要求。玄宗也就趁势把他“赐金放还”了。

李白初到长安时，有一位名气很大、年事很高的大臣叫贺知章，在紫极宫第一次见到李白，就惊叹说：“你真是谪仙人啊！”立即解下身上佩戴的金龟，与李白一起换酒喝。所以后来人们常称李白为“谪仙”。

李白虽然在起初难免应命写了一些应景的诗词，但他对自己所充当的这个角色越来越不满意。他又亲睹了上层统治者荒淫无耻、卑鄙阴毒的种种恶

李白醉卧图

劣行径，他极端蔑视这些人物。尽管这些人身居高位，手握大权，而李白只是一个连官职都没有的“布衣”，但李白在精神上比他们高百倍，对他们不但没有丝毫的奴颜婢膝，而且完全不把他们放在眼里，正如李白自己说的：“安能摧眉折腰事权贵，使我不得开心颜。”当时唐玄宗最宠信的宦官高力士，是多么威赫显贵的人物，他权倾海内，连宰相的任命他都起决定性作用，太子称他为“二兄”，诸王，公主叫他“阿翁”，他的财产之富，不是王侯所能比拟的。对于这样一个人物，李白可以在皇帝的酒宴上伸出脚去令他脱靴。对于皇帝最宠爱的杨贵妃，李白写诗时可以令她捧砚。

天宝三载（744 年）春天，李白离开了长安，毅然丢弃繁华舒适的生活，重新踏上了漫游的途程。

李白离开长安刚到洛阳，就认识了唐代的另一位大诗人杜甫，两人结下了深挚的友谊。由于他们都具有高超的诗歌艺术修养和精深的思想、才华，所以一见面就互相被对方的风采所吸引，极为投合。他们在一起饮酒游历，赋诗抒怀，倾心畅谈，越发互相敬佩和爱慕。他们两人又曾在开封与另一位名诗人高适一起度过了一段舒畅愉快的日子。这三个意气相投的挚友，结伴在这座著名古城里寻访古迹，论诗怀古，饮酒打猎，畅抒心怀。以后他们常常怀念这段畅游的日子，杜甫还写了不少的诗来追忆这一段生活。李杜又曾一起游东鲁，访齐州（济南）。他们最后分别是在天宝四载（745 年）的秋天，在兖州（曲阜）的石门山。分别时李白向杜甫赠诗一首，流露了依依惜别的深情：“飞蓬各自远，目尽手中杯!”并表达了重新相会的殷切期望：“何时石门路，重有金樽开?”但现实并不尽如人意，他们从此被命运分开，各自飘泊，再也没能见面。

安史之乱发生后，李白在宣城、溧阳、剡中等地辗转飘泊以后，暂时到庐山隐居。

公元 757 年，永王李璘率师东巡经过浔阳时，派人带着书信和礼品三次

上庐山聘请李白去做他的幕僚。李白也以为这是报效国家民族的一个机会，就怀着高昂的激情参加了李璘的军队。但是很快永王的军队就被他哥哥李亨派兵围歼了。这本是最高统治阶层为争夺帝位而产生的内讧，而李白等一心报国的人却成了牺牲品。李白莫名其妙地被加上了叛逆的罪名，在江西彭泽被捕，关进浔阳监狱，准备处死。幸亏率兵收复长安的中兴名将郭子仪在肃宗面前尽力为李白剖白，情愿拿自己的官爵来换取李白的生命。这样李白才幸免于死，降等定罪，流放夜郎（今贵州桐梓一带）。

758 年，58 岁的李白满含辛酸悲苦，离别了妻子，走上了流放夜郎的长途。从浔阳出发，经江夏溯江而上，直到三峡。一路上写了不少发抒悲愤的诗，也受到人们友好的接待。第二年春天，李白刚到巫山的时候，朝廷因册立太子和天旱而发布的在全国实行大赦的命令传到了。这时他的高兴是无法形容的，立刻回程东下。著名的七绝《早发白帝城》就是描绘当时的心情的。

遇赦后，李白又重新游历江夏、岳阳、洞庭湖，然后到豫章（南昌）。这时他的心情开朗愉快，又恢复了诗酒豪纵的兴致。但兴奋和愉快很快就过去了，李白不得不面对战祸频仍、社会动荡、人民受难、自己生活凄凉的冷酷现实。他为国家民族的危难怀着深深的忧虑。他多么希望能平息战乱，使国家重新走上繁荣昇平的道路啊！所以到了晚年，虽然靠别人周济为生，辗转于金陵、宣城等地，但他豪壮的胸怀仍然未减当年。上元二年（761 年），当他听说朝廷委太尉李光弼为帅，率大兵抗御叛军时，他以 61 岁的高龄，以长年坎坷飘泊残留下来的老弱身躯，竟然要赶往临淮（安徽泗县）踊跃投戎，“请缨杀敌”。结果中途病倒，只好返回金陵。

宝应元年（762 年）十一月，李白去逝。李白临终前曾把诗文稿全部交给李阳冰，李阳冰后来把它们编为《草堂集》10 卷，可惜也未能流传下来。刚即位的代宗曾下诏封他一个左拾遗的官职，但他未来得及接受这项任命就去逝了。关于李白的逝世，我国向来有一种传说，说他月夜游采石江，身穿宫锦袍，傲然自得，旁若无人。酒醉后因见水中明月倒影可爱，就入水捉月而淹死。

这位中国文学史上继屈原之后最伟大的浪漫主义诗人，一生怀着大鹏的志向，但生活道路坎坷难言，在政治上始终未能展翅凌云。也许正因为这样，他才在诗歌艺术上达到了非凡的成就。他存留下来的上千首诗歌，成了中国和世界文化史上的瑰宝。

诗圣——杜甫

唐玄宗先天元年（712 年），杜甫降生在河南巩县瑶弯一个封建贵族家庭里。祖籍襄阳，远祖杜预是晋代名将，曾祖杜依艺因做巩县县令迁居河南巩县。祖父杜审言曾任膳部员外郎，是唐初有名的诗人。杜甫的父亲杜闲任奉天县县令。

杜甫之所以名“甫”，是因为父亲希冀他成为男子之美，因此，还赐给他一个象征贤善德行的字“子美”。生母死后，父亲将年幼的杜甫暂时寄养在洛阳姑母家里，姑母是一个善良的妇女。有一次，杜甫和表兄弟同时染上了瘟疫，她总是优先照顾侄儿，使杜甫转危为安，不久便恢复了健康。

杜甫虽然“少小多病”，貌也不出众，但与同龄儿童比却聪颖过人。他的记意力和摹仿力随着年龄的增长日渐突出，因而常常受到父亲和邻居的夸奖。6 岁那年，他有幸在郾城街上看到当时著名的舞蹈家公孙大娘的剑舞，第一次呼吸到民间艺术的淳朴气息。他起初不解：为什么平平常常一个女子和身躯，能够创造出这样神奇感人的境界？后来，当他听到公孙大娘一些刻苦练功的故事后，便从中发现一个道理：一个人要有志向，有所作为。而这些只要发奋努力学习，就可以实现。从那以后，他开始攻书，仅用了几年时间，即“读书破万卷”，把祖父的传世著作，先圣六艺经文，鲍照、庾信等作家的诗集，凡家中藏书，很快就读完了，并且还四处寻找借读当世作家的作品。七岁时，他就能“缀诗笔”、“咏凤凰”；9 岁临摹虞世南的书法，书得一手好字，14 岁时，他已经能与年纪远远超过自己的文人吟诗作赋，“出游翰墨场”。

杜甫的童年多半是在洛阳度过的。在那里，他得到了老一辈作家的推崇。洛阳名士崔尚、魏启心见了他的诗，都为之惊叹，赞赏他是当世的班固、扬雄。不过，作为诗坛的新秀，杜甫在洛阳还未能引起人们的更大关注。

杜甫在 20 到 29 岁的几年中，有过两次长期漫游，先后到过吴、越、齐、赵的大部分地区，每到一处，便去凭吊古迹，观览胜景，谒拜名人和结识新友。

公元 741 年，杜甫从山东回到洛阳，在洛阳与偃师之间偏北的首阳山下开辟了几间窑洞，作为寓所。他的祖父杜审言和远祖杜预就埋在这里，这是在杜氏先辈中杜甫最推崇的两个人，因而他常常抽时间去扫墓、悼念。这时，已满 30 岁的杜甫，与司农少卿杨怡的女儿结了婚，过着恩爱和谐的生活。第

二年，洛阳姑母逝世，杜甫悲恸欲绝，他将幼年时在姑母家生病的事写进了墓志，使所有看了的人都无不为之含泪欲啼。

杜甫在漫游中结识了不少朋友，但大都属于游猎歌唱的权宜之交。到744年夏，才在洛阳遇到一个能援引他进行一番事业的人物，这就是比他长11岁的唐代伟大的浪漫主义诗人李白。两位风华正茂、文思不凡的伟人一旦相遇，便彼此融洽，肝胆相照。白天，他们携手览景赋诗；晚上，他们举杯畅叙，有时通宵达旦，醉了便共被酣寐。遗憾的是，他俩一生只有短短的两次接触，但却使他们建立了永不衰竭的深情厚谊。最后一次离别时，李白赠给杜甫一首诗作纪念，诗中充满了惜别之情和希望再见的心愿，然而，后来他们一直没能再相会。杜甫非常佩服李白飘逸豪放的诗才，后来在诗中对李白作了高度的评价。此间，杜甫还结识了著名诗人高适以及书法、散文家李邕，他们之间也建立了真挚的友谊。

在封建社会，一个有抱负的仕宦子弟，总希望取得一定的政治地位来施展抱负。公元746年，35岁的杜甫到长安，就是怀着“致君尧舜上，再使风俗淳”的愿望。这时励精图治已渐成为装饰门庭的空谈，玄宗李隆基被过去的成绩冲昏了头脑，成天生活在歌功颂德的迷雾里，大盛唐朝已显露出日趋腐化的征兆。奸臣当道就是这种腐化的表现之一。公元747年，玄宗下令征召有一技之长的文士，杜甫对此寄予了很大希望。但主持者却是宰相李林甫，他口蜜腹剑，忌恨贤能，故意称颂朝廷圣明，已将天下贤才全部任用，并且各得其所，现在已经“野无遗贤”，再不需要拓才选贤了，将玄宗蒙在鼓里。这使杜甫大失所望，政治上遭受到一次沉重打击。不久，杜甫的父亲死在奉天令任上，他家境更穷了，只好又去过游牧式的生活。

公元751年正月，杜甫趁玄宗外出祭祀之机，将预先写成的三篇《大礼赋》进献给他。没想到玄宗看了十分高兴，特让他待制集贤院，命李林甫监考文章，杜甫的名声这才风靡长安。然而，考试后却一直没有下落，使杜甫火热的心再次冷却。由于事业心的驱使，继而又进了两篇赋，但仍无结果。

“安史之乱”发生后，杜甫夹在难民中逃出长安。后来，他在前往灵武投靠肃宗的途中，不幸被乱军所捕，又押往长安。在沦陷的京城，杜甫想到山河破碎的惨状，痛心已极，感慨万端。

四月，杜甫逃到肃宗南迁的凤翔。他鞋破臂赤，衣不蔽体，一路受尽苦辛。肃宗被他的报国热情所感动，任命他为左拾遗，留在身边推举贤良，进

谏忠言。但不久，肃宗就觉得他并不是一个如意的人物。八月，才做三个多月左拾遗的杜甫就被免职了。

十月，肃宗还京，杜甫也携带着家眷回到长安，又做了大半年拾遗，有闲暇之时便与一些诗歌爱好者作些唱和诗。但这里毕竟是个狭窄污秽的地方，正在杜甫惆怅不安之际，金紫光绿大夫房琯遭贬，杜甫受到株连，被贬往华州做司功参军，管理地方的文教祭祀。此行是他对长安的永别，也是他走向人民、成为“诗圣”的重要一步。

人民的诗人，只有当他来到人民的行列之中，笔底才能涌出为民请命、揭露封建统治阶级罪恶的波澜。公元 759 年春天，唐军再遭惨败。杜甫从洛阳回华州，傍晚行至石壕村，目击了一伙差吏强征一位白发老妪的悲剧。次日清晨，又看见一个刚完婚的新夫被绑走，年青的妻子伫立在土阜上，望着远去的郎君心如刀绞，泪似泉涌……到华州后，杜甫将途中的所见所闻写进“三吏”、“三别”六首诗里。这些诗是当时客观现实的反映，是对封建社会罪恶的控诉。从这些诗的字里行间，我们看到了诗人和人民一起跳动的脉搏。

同年秋天，杜甫放弃了华州司功参军职位，以表示对当时政治的失望。

公元 770 年，在年底的一个风雪漫天的傍晚，59 岁的杜甫悄悄地离开了人世。

杜甫死后，宗武无能为力，只得将他的灵柩暂时厝在岳州。43 年后，杜甫的孙子嗣业才将他的灵木迁回偃师首阳山安葬。路经荆州时，请诗人元稹写了墓志。元稹对杜甫作了充分的肯定。

韩愈也在《调张籍》一诗中将杜甫与李白并称“李杜”，给了杜甫以高度的评价。

后人誉杜甫为“诗圣”，称他的诗为“诗史”，这是十分公正的。杜甫用他全部生命所酿造的精神果实，滋补了世世代代的作家和人民，他的光焰已经穿透一千多年的历史，并将永远留驻人间。

诗豪——刘禹锡

唐代诗人以诗之特点得名者有“诗佛”王维、“诗仙”李白、“诗圣”杜甫、“诗鬼”李贺，但一般人都不太知道刘禹锡的“诗豪”之称。“诗豪”之名，恰恰是刘禹锡诗友白居易对他的评价。白居易在《刘白唱和集解》中说：“彭城刘梦得，诗豪者也，其锋森然，少敢当者。”《新唐书》本传也说：“素

善诗，晚节犹精，与白居易酬复颇多，居易以诗自名者，尝推为‘诗豪’。”

刘禹锡之所以得名诗豪，应当从两个方面考虑，如果单从白居易的评价来体会，是说他的诗来得快，有锋芒，很少有人可以抵挡。因为两人经常唱和，故白居易才有此评价。但后人对于“诗豪”的理解，也有内容方面的因素。即其性情豪爽旷达，敢于直言而不向邪恶势力妥协。柳宗元和他的遭遇几乎相同，也同样不妥协，但柳宗元内向郁闷，没有刘禹锡豪放旷达，故柳宗元不到50岁就去逝了，而刘禹锡在“二十三年弃置身”后却高歌着“前度刘郎今又来”回到朝廷。活过了古稀之年。其豪迈的情怀真的令人肃然起敬。

刘禹锡（772—842年），洛阳人。贞元九年（793年）进士及第。贞元末与柳宗元同时参加“永贞革新”，失败后遭到严厉打击，被贬为朗州（今湖南常德）司马。10年后，被招回京师准备大用。刘禹锡创作一首《元和十年自朗州至京，戏赠看花诸君子》道：“紫陌红尘拂面来，无人不道看花回。玄都观里桃千树，尽是刘郎去后栽。”诗中用玄都观里栽种桃花的道士比喻执政者，桃花比喻新提拔起来的新贵，而看花的众人便是趋炎附势的势利之徒，讽刺的意味太明显，口吻太辛辣，得罪执政者，便将他们几人再度贬出京师，成为远方刺史。官虽然升了，但工作环境没有根本改善。而柳宗元没有能够熬到回来便死在柳州。

14年后，刘禹锡再度回到长安，他依旧不服气，又写一首《再游玄都观》的七绝道：“百亩庭中半是苔，桃花净尽菜花开。种桃道士知何处，前度刘郎今又来。”讽刺意味更加辛辣犀利。诗前小序道：

余贞元二十一年为屯田员外郎，此观未有花。是岁出牧连州，寻贬朗州司马。居十年，召至京师。人人皆言有道士手植仙桃满观，如红霞，遂有前篇，以志一时之事。旋又出牧。今十有四年，复为主客郎中，重游玄都观，荡然无复一树，唯兔葵、燕麦动摇于春风耳。因再题二十八字，以俟后游。时大和二年三月。

刘禹锡像

这段小序对于理解两诗至关重要，也可看出刘禹锡豪迈乐观旷达的性格。而在被贬23年返归途中，在扬州遇到老朋友白居易，两人在酒桌上当即唱和一首七律，也能表现刘禹锡的豪爽旷达。白居易诗曰："为我引杯添酒饮，与君把箸击盘歌。诗称国手徒为尔，命压人头不奈何。举眼风光长寂寞，满朝官职独蹉跎。亦知合被才名折，二十三年折太多。"对于刘禹锡被贬谪23年表示同情和愤慨。刘禹锡当即和诗道：

巴山楚水凄凉地，二十三年弃置身。怀旧空吟闻笛赋，到乡翻似烂柯人。沉舟侧畔千帆过，病树前头万木春。今日听君歌一曲，暂凭杯酒长精神。

这就是著名的《酬乐天扬州初逢席上见赠》，其中颈联"沉舟侧畔千帆过，病树前头万木春"表现出一种历史永远前进，并不因为某个人的不幸遭遇而停止的观点。他把自己比喻为"沉舟"、"病树"，但沉舟的旁边是千帆竞过，"病树"的前面是万木逢春，一片生机盎然。

在长期的谪居生涯中，刘禹锡向民间诗歌学习，从其中吸收丰富的营养，深受民间俚歌俗调的浸染，创作许多具有民歌特点的优秀诗章。如：竹枝词二首（其一）："杨柳青青江水平，闻郎江上踏歌声。东边日出西边雨，道是无晴却有晴。"谐音双关手法的运用，深得南朝民歌的神韵。

刘禹锡思想比较深刻，因此他的诗中往往体现出哲人的睿智与诗人的激情结合。竹枝词九首（其七）道："瞿塘嘈嘈十二滩，人言道路古来难。长恨人心不如水，等闲平地起波澜。"用瞿塘峡水流湍急危险来反衬人心的险恶。但他的诗格调不悲观，往往有振奋人心催人向上的鼓舞力量。《浪淘沙词九首》（其八）道："莫道谗言如浪深，莫言迁客似沙沉。千淘万漉虽辛苦，吹尽狂沙始到金。"表现出藐视困难，苏世独立横而不流的伟岸精神。而其秋词二首（其一）道："自古逢秋悲寂寥，我言秋日胜春朝。晴空一鹤排云上，便引诗情到碧霄。"一反传统的悲秋情调，而对秋天大唱赞歌，赋予秋空一种高远明净的意境，给人以追求高远自由境界的遐想，胸怀高远，骨力劲健，豪迈旷达。

刘禹锡的咏史怀古诗也很有成就，最著名的便是《西塞山怀古》，是对于藩镇割据者的警告和对于中央集权王朝的向往。

刘禹锡的诗歌从内容和形式方面都表现出豪迈的特点，《唐音癸签》评价道："禹锡有诗豪之目。其诗气贯古今，词总华实，运用似无过人，却都惬人意，语语可歌，其才情之最豪者。"他的这种风格对后世影响很大，南北宋各有一位大诗人直接受到他的影响。"昔人论刘梦得为诗豪，其体为东坡七律所

自出，固不得而轻议之也。”（《桐城吴先生评点唐诗鼓吹》）“陆放翁七律全学刘宾客，细味乃得之。”（《初白庵诗评》）苏东坡和陆游的七律都是从刘禹锡那里学来的，可见其影响之大。

知识链接

大历十才子

大历，是唐代宗李豫的年号。这个时候的诗坛，王维、岑参、李白、杜甫等一批盛唐时期的大诗人相继离世，而韩愈、柳宗元、白居易等人年龄尚幼。活跃在诗坛的有韦应物、刘长卿、李益和“大历十才子”等。据《新唐书·卢纶传》，他们是卢纶、吉中孚、韩翃、钱起、司空曙、苗发、崔峒、耿湋、夏候审、李端。此外，郎士元、李益、李嘉佑等也是同时的诗人，也有人说他们也在“十才子”之列。他们的诗歌风格和创作倾向十分相近，但诗歌创作成就高低不一，各自所擅长的题材领域也大不相同，他们的作品流传下来的极少。

十才子中公认成就最高的是钱起，他与刘长卿并称“钱刘”。钱起善于写景、摹物，诗风与王维相似，但尚有差距——这样说吧，同样的意境，王维不加斧凿信手拈来，钱起则要用十分之力费心雕琢。钱起最有名的是他的试帖诗《省试湘灵鼓瑟》，其中的“曲终人不见，江上数峰青”两句，堪称绝妙。此外，十才子中比较特别的是卢纶，他的诗有英武之气，《塞下曲》一首：“月黑雁飞高，单于夜遁逃。欲将轻骑逐，大雪满弓刀。”颇具盛唐人的豪情壮志。

大历诗坛也不都是冷寂颓唐的调子，李益就以其边塞诗的创作独树一帜，他有多年军旅生活的体验，他的作品在盛唐边塞诗特有的昂扬奋发、一往无前的气质之外，多了些感伤与悲凉的调子。《夜上受降城闻笛》：“回乐峰前沙似雪，受降城下月如霜。不知何处吹芦管，一夜征人尽望乡。”关于这一点，我们仍可以从整个大历时期的时代风貌中寻找答案。

第三节 隋唐时期的文学作品

流传千古的《长恨歌》

白居易死后，唐宣宗李忱写诗《吊白居易》道："缀玉联珠六十年，谁教冥路作诗仙。浮云不系名居易，造化无为字乐天。童子解吟长恨曲，胡儿能唱琵琶篇。文章已满行人耳，一度思卿一怆然。"可见《长恨歌》在当时已经传遍海内外，白居易的大名也广为人知。确实，给白居易带来最高诗名的并不是那些讽喻诗，而是两篇感伤诗，即《长恨歌》和《琵琶行》。然而，《长恨歌》的创作动机和主题一直有不同看法，见仁见智，是允许的。而且，文学作品历来有"形象大于思想"之说，即作品所提供的艺术形象往往可以暗示或者说读者可以体会出很多种思想意蕴。何况《长恨歌》这样的长篇巨制呢？

元和元年（806 年），白居易任盩屋（今陕西周至）县尉，与好朋友陈鸿、王质夫同游仙游寺，三人谈起唐明皇和杨贵妃的爱情故事，于是决定白居易写诗，陈鸿写传奇，这便是创作缘起。对于创作主题，白居易曾明确说

《长恨歌》浮雕

是“惩尤物，窒乱阶”，即用诗歌形式批判惩戒女祸，从而为统治者提供借鉴，避免荒淫骄奢造成社会混乱。因此，如果体会白居易自己的说法，讽喻的因素肯定是很大的。而诗歌的前半部分确实表现出很深刻的批判精神。

从开头到“尽日君王看不足”是第一层，批判的力度很强。首句“汉皇重色思倾国”成为全诗的提起和总纲，是悲剧的起始。而“回眸一笑百媚生，六宫粉黛无颜色”两句则是讽刺杨玉环主动向玄宗献媚，在寿王李瑁失宠后另攀高枝，也不是个安守本分的女人。一个求美，一个献媚，两个人的沉溺爱情才造成政治的腐败而导致战乱的发生。批判意义是非常明显的。

后面虽然还可以分层次，但总的便是悲剧发生的过程以及凄凉的结局。中间描写马嵬坡兵变，“宛转蛾眉马前死。君王掩面救不得，回看血泪相和流。”再写玄宗入蜀相思，回到京师更加相思，昼夜相思，才引出“临邛道士鸿都客”为其寻觅杨玉环魂魄的举动。而这一细节是大有深意的，老道经过一番上天入地的搜索，才从海上的仙山中找到了杨玉环。杨玉环热情接待了这位来自大唐的方士，并说她也很想念唐明皇，但无法回到尘世。拿出玄宗给她的信物金钗和金钿，各留一半，另一半让老道带回证明他们确实见面了。这一细节有三点要注意：一是老道是肃宗身边的奸臣李辅国派来的；二是拿出信物证明确实见到了杨玉环的魂魄；三是杨玉环表示也特别思念唐明皇，并希望“但教心似金钿坚，天上人间会相见”，即迫切希望与唐明皇团圆。既然双方如此思念，渴望相见，那么为什么不尽快团圆而还在两处苦苦相思呢?然而，杨玉环无法回到尘世，团圆的唯一方式就是唐明皇到仙界去会杨玉环。而要去仙界则必须离开凡间，唐明皇是什么人，这点伎俩早已勘破，这不是寻觅杨玉环魂魄，是来追索他的魂魄，暗示他快点死，好去与贵妃团圆。于是唐明皇不再吃喝，三日而亡。不但无法保护爱妃，最后连自己也无法保护。这便是更深的悲剧。因此，诗的后半部分已经由批判转向同情，是对于李杨爱情悲剧结局的深深同情和悲悯。

这里还有一点应当指出，即临邛道士带回的“钗留一股合一扇”是怎么回事，如果老道没有见到杨玉环的魂魄，钗股和钿片是哪里来的?白居易在诗的前半部分已经埋下伏笔，即当杨玉环死的时候，“花钿委地无人收，翠翘金雀玉搔头”，杨玉环的首饰散落满地，没有人收拾。唐明皇就带领御林军仓猝离去，而太子和部下即李辅国等人是最后离开的。那么，金钗和金钿的来历便可想而知了。所以，白居易的《长恨歌》前后逻辑缜密，仔细推敲，韵味无穷。

这样，当我们将以上思路理清的话，便可以大致概括出《长恨歌》的主题是：杨玉环的献媚邀宠，唐玄宗对于杨贵妃的迷恋溺爱，导致对于朝政的怠惰荒疏；对于朝政的怠惰荒疏，导致朝廷政治的昏庸窳败；长期的昏庸窳败，导致安史之乱的爆发；安史之乱的爆发，导致马嵬坡爱情悲剧的发生。他们是悲剧的制造者，同时也是悲剧的受罚者，自己吞食自己酝酿的苦酒，这便是长恨的真正含义。

有人认为，白居易此诗中的大部分情节是模仿《欢喜国王缘》变文写成的；也有人认为，白居易创作此诗有借前人故事之酒浇自己心中块垒的动机，即白居易早年与少女湘灵热恋，但最终被迫分手，故借李杨爱情故事之悲剧抒发自己不能与湘灵结合之长恨。这两种说法对于我们理解《长恨歌》的艺术创作是有启发和帮助的，但与创作动机和主题思想没有直接关系，是两方面的问题。应当说，白居易与湘灵爱情的悲剧对于他创作此诗在心理感受上的帮助是巨大的，甚至可以说是决定性的。我敢说，在白居易刻画唐明皇思念杨贵妃最精彩的段落里，即从“蜀江水碧蜀山青，圣主朝朝暮暮情”到“悠悠生死别经年，魂魄不曾来人梦”这段文字中，融进了他本人对于湘灵的刻骨相思，是以自己思念湘灵的感受来揣测模拟唐明皇思念杨贵妃的。而《欢喜国王缘》变文为其提供一些借鉴而已。

哀怨凄艳——李商隐的诗歌

李商隐是晚唐学习杜甫诗才力最大、成就最高的诗人。他的诗歌具有“秾丽之中，时带沉郁”的特点，特别是抒写爱情、意绪的无题诗，历来为人们所称道，其中一些优美精炼的句子还被编入乐曲，广为传唱。如脍炙人口的“春蚕到死丝方尽，蜡炬成灰泪始干”，“身无彩凤双飞翼，心有灵犀一点通”，常常被用做热恋中的青年男女互通心意的表白之辞。“心有灵犀”更是成为表明彼此心息相通的俗语。

李商隐自称与李唐皇室同宗，但他的家族这一支早已没落，祖上几代只做过县令一类的小官。他 10 岁丧父，跟母亲一起过着清贫的生活。李商隐自幼聪颖，“五岁诵经书，七岁弄笔砚”，16 岁时因擅长作古文而声名初振。他几次参加科举考试都没有成功，后来虽得中进士，却始终没有得到重用。李

商隐关心现实政治，有匡国用世之心，作过100多首政治诗，对历史和现实的许多社会问题作出了深刻的揭露和批评。他年轻时得到古文大家令狐楚的赏识，但进入仕途不久就卷入了唐代著名的“牛李党争”，受到权臣的排挤，一生不得志，仕途坎坷，沉沦下僚，长期过着辗转漂泊的幕僚生活，甚至有“十年京师寒且饿”的凄凉经历，不足50岁便郁郁而终。

李商隐诗集中的大部分篇章都侧重于吟咏怀抱、感慨身世，有着“玉盘进泪伤心数，锦瑟惊弦破梦频”的凄艳之美。与盛唐诗人的外放气质不同，李商隐注重向自我内心世界的探寻。他善于把哀婉的意绪融入朦胧瑰丽的诗境，敏感细腻的气质和落寞不振的身世遭遇在他的诗歌中交融成一种低回感伤的意绪，营造成一种纤细幽约、绮密瑰妍的美感。例如人们所熟悉的《登乐游原》：“向晚意不适，驱车登古原。夕阳无限好，只是近黄昏。”“意不适”的哀怨从起笔便笼罩在心头，乘车登上古原去欣赏落日，却因“近黄昏”触发了茫茫不尽的感伤。最后两句后来成为人们慨叹时间流逝、美好事物已经接近尾声时常用的词句。

他所写的无题诗，是继盛唐诗歌高峰后的一个卓越创造，其中抒写爱情的篇章，更是哀感凄艳、惊绝千古。如：

相见时难别亦难，东风无力百花残。
春蚕到死丝方尽，蜡炬成灰泪始干。
晓镜但愁云鬓改，夜吟应觉月光寒。
蓬山此去无多路，青鸟殷勤为探看。
昨夜星辰昨夜风，画楼西畔桂堂东。
身无彩凤双飞翼，心有灵犀一点通。
隔座送钩春酒暖，分曹射覆蜡灯红。
嗟余听鼓应官去，走马兰台类转蓬。
飒飒东风细雨来，芙蓉塘外有轻雷。
金蟾啮锁烧香入，玉虎牵丝汲井回。
贾氏窥帘韩掾少，宓妃留枕魏王才。
春心莫共花争发，一寸相思一寸灰。

这三首诗是他无题爱情诗中最具代表性的作品。他运用比兴象征的手法，大量使用典故和迷幻幽约的意象，使诗境朦胧虚化。“相见时难别亦难”一句领题，写尽春尽花落、情人远离的凄艳。“春蚕到死丝方尽，蜡炬成灰泪始干”是千古传唱的名句，春蚕吐丝直到死亡、蜡烛燃烧殆尽才不再有烛泪，用此比拟相思的痛苦，同时“丝”字与“思”谐音，语意双关，真有“一寸相思一寸灰”的凄楚。李商隐用优婉的诗笔将青年男女的恋情表现得既美好又辛酸，而通篇含蓄蕴藉，意境幽约凄美，思维跳跃性很大，读者往往不知其所指，正合命为“无题”。

此类也有以诗的句首词语作为题目的，如《锦瑟》一诗，比上面几首更显辞意缥缈、朦胧难懂，却具有强烈的艺术感染力：

锦瑟无端五十弦，一弦一柱思华年。
庄生晓梦迷蝴蝶，望帝春心托杜鹃。
沧海月明珠有泪，蓝田日暖玉生烟。
此情可待成追忆，只是当时已惘然。

锦瑟是有二十五弦的乐器，但现在都断掉了，成为五十根弦，怎么能像诗人说的那样是“无端”的呢？此中的原由是我们猜不透、说不清的。下面毫无逻辑关系地罗列了四种景象：庄子在梦中变成蝴蝶，醒来忽觉不复人物之别；望帝冤魂化成杜鹃鸟，日夜哀鸣；明月映照沧海中的蚌珠，似有泪涌；日光照耀蓝田美玉，好像升起烟雾。每一句都绮妍瑰丽，但我们只是被这种凄艳浑融的意境吸引，并不能确切地知道诗人要表达些什么。“此情可待成追忆，只是当时已惘然”，恐怕只有他自己知道追忆的是什么情感，我们只能从诗中体味到一种惘然哀怨，感动于这种异样的沉博凄艳之美。

杜牧的咏史诗

杜牧的诗歌风华流美而又情致高远、神韵疏朗，具有俊爽峭健的特征。其中最广为人知的作品是《清明》：“清明时节雨纷纷，路上行人欲断魂。借问酒家何处有，牧童遥指杏花村。”描绘出一幅烟雨之中的行路图，生动而朦胧。清明是中国农历二十四节气之一，是春天时祭奠先人的特殊日子，这天所特有的阴沉低落情绪在杜牧的这首诗中得到了含蓄而准确的表达，至今读来仍能引起人们的强烈共鸣。

杜牧自少致力于经世致用之学，有出将入相的政治抱负，但是晚唐衰靡的社会现实已经不能为这种抱负提供机会。杜牧 26 岁参加科举考中进士，却同李商隐一样长期沉沦下僚，“十年为幕府吏”，中年以后虽然官位高升，却

也未能有什么实际的作为。他郁郁不得志的苦闷和对社会时局的忧患都在诗歌中得到体现。

杜牧的祖父是中唐有名的宰相和历史学家杜佑，他所著的《通典》是中国第一部记述典章制度的通史。杜牧自少耳濡目染，也对历史、政治有颇为深广的认识。他的诗歌中最出色的是咏史、议论时政的作品，或者借题发挥表现自己的政治感慨与识见，或者讽刺现实社会问题，这些作品通常笼罩着一种面临末世的忧患与哀伤。如《泊秦淮》：

烟笼寒水月笼沙，夜泊秦淮近酒家。

商女不知亡国恨，隔江犹唱《后庭花》。

这首诗起笔用“烟笼寒水月笼沙”营造了一种凄冷迷茫的氛围，夜晚诗人将坐船停泊在岸边，听见酒家的歌女在唱着《后庭花》之类的曲子。《玉树后庭花》是唐五代时期陈后主制作的乐曲，陈后主耽于享乐、荒淫误国，在朝廷灭亡前夕还在与嫔妃饮宴作乐，是中国历史上有名的亡国之君，《玉树后庭花》也就被后世称为“亡国之音”。“商女不知亡国恨，隔江犹唱《后庭花》”，并不是批评卖唱的歌女不懂国家危亡，而是隐斥朝廷上下面对颓败的政治局面不思进取、寻欢一时，用历史教训讽刺时政，犀利沉痛。后世中国人每当国家衰落、风雨飘摇之际，常以这句诗作为警示之辞。清代文人沈德潜更把此诗推为绝唱（《说诗晬语》），认为是唐人绝句的“压卷之作”。

《过华清宫》（其一）则没有借助历史，直接批评当朝的腐败：

长安回望绣成堆，山顶千门次第开。

一骑红尘妃子笑，无人知是荔枝来！

这是杜牧经过骊山华清宫时有感而发之作，说的是唐玄宗与宠妃杨玉环的故事。唐玄宗统治后期沉溺声色，挥霍无度，他在骊山修建华清宫，用来与杨玉环寻欢作乐，因为杨玉环喜欢吃岭南的水果荔枝，就命人千里快递，甚至累死人马。唐代有许多诗文作品赞美他们的爱情，杜牧却直笔指斥本朝皇帝的荒淫无道，痛惜百姓的艰苦。

还有一些反映社会现实尤为深刻的作品，如《早雁》：

金河秋半虏弦开，云外惊飞四散哀。仙掌月明孤影过，长门灯暗数声来。

须知胡骑纷纷在，岂逐春风一一回。莫厌潇湘少人处，水多菰米岸莓苔。

这首诗用早雁比喻流离失所的难民，他们遭受外族侵扰困苦不堪，朝廷却无法平定动乱，不能保护自己的子民。百姓被迫像受惊的哀鸿，妻离子散，四处奔逃。诗人深切谴责了朝廷的无能，对难民的不幸遭遇寄予深切的同情。

杜牧也有许多以爱情为题材的诗歌。他个性风流，不拘小节，纵情声色，在繁华的扬州做官时更是喜欢饮宴狎妓，还有一些风流韵事流传民间。他写作过一些送给相好歌妓的爱情诗，如《赠别》（其一）：“多情却是总无情，唯觉樽前笑不成。蜡烛有心还惜别，替人垂泪到天明。”拟人化地将蜡烛写成替人流泪，写出与情人告别时依依不合、彻夜不眠的心酸，与李商隐的爱情诗有着相似的情韵。不过这种眷恋思念的诗句也总是与杜牧自己的身世感怀相联系的，他自称“落魄江湖载酒行”，表明放荡不羁的行为是出于政治失意的苦闷，痛苦于多年辗转的幕僚生活，才干不得施展，年少时的理想一无所成，只剩下“十年一觉扬州梦，赢得青楼薄幸名”。(《遣怀》)

刘熙载在《艺概》中把杜牧和李商隐的诗风加以比较说：“杜樊川诗雄姿英发，李樊南诗深情绵邈。”而作为晚唐诗人的共同之处是，他们处身于衰落动乱的时代，作品多悲伤而少雄壮，浸染着凄凉的秋意，这也正是没落王朝的昏暗投影。诗歌到了这时，也难以在意境上再有大的开拓了。

《花间集》

晚唐落日前的余晖依然很美丽，诗坛上出现小李杜的诗歌。和李商隐同时的另一位文人温庭筠在作诗的同时也大量创作当时风行的曲子词。在诗歌方面他和李商隐齐名，时称“温李”，他们俩和当时另一位文人段成式齐名，因三个人行第均是“十六”，故又称为“三十六体”，在当时很响亮。但平心而论，诗歌以李商隐成就最高，曲子词则温庭筠独占鳌头，段成式的笔记《酉阳杂俎》影响颇大，是我们了解中晚唐文人生活情景最主要的文献资料之一。

温庭筠（812—866 年），太原祁（今山西祁县）人，本名岐，字飞卿。少负才华，才思敏捷，在考场中押官韵时也不起草，一叉手则成一韵，八叉手则成八韵，因得号“温八叉”。他形象不美，面相很威猛，因此又被称为“温钟馗”。他不肯摧眉折腰于权贵，因作诗讥讽 得罪宰相令狐绹，屡次参加科举均落榜，沉沦下僚。温庭筠行为不检，是典型的浪子型文人，经常出入于烟花柳巷，狎妓宴饮，放荡不羁。傲岸的性格和丑陋的外貌使他在官场和情场都极其不得意。这种人生际遇和生活方式对于他文学创作产生了很深的影响。他的曲子词多写女性的感情生活，香软绮艳，细腻隐约，多用比兴手

法。温庭筠早期词可以看出其对于词的推动，他的《新添声杨柳枝》道："井底点灯深烛伊，共郎长行莫围棋。玲珑骰子安红豆，刻骨相思知不知。"本词可以看出浓厚的民歌特点，运用谐音双关的手法表现女子对于爱情的执著。从"新添声"三字可以体会出是对于原有的《杨柳枝》词的增添，明确了曲子词的特点。《梦江南》也很有名："梳洗罢，独倚望江楼。过尽千帆皆不是，斜晖脉脉水悠悠，肠断白蘋洲。"但最能代表他词作风格的是十六首《菩萨蛮》，其一曰：

小山重叠金明灭，鬓云欲度香腮雪。懒起画蛾眉，弄妆梳洗迟。照花前后镜，花面交相映。新帖绣罗襦，双双金鹧鸪。

词中描绘一位美人早晨醒来时的慵懒情态，微微皱眉，发式散乱，妆饰已残，于是懒懒起来，懒洋洋化妆。化妆最后一道程序是在鬓角上插花，"照花前后镜，花面交相映"的画面有潜台词，是这位美人在顾影自怜，是美人迟暮的微微感叹。最后的"双双金鹧鸪"用鸟的成双成对反衬人的形单影只。虽然没有明说美人的春情相思，但通过对外在形貌和动作的描画，通过感官刺激表现出人物内在情怀的空虚孤独。作者用直接作用于感观的密集而艳丽的辞藻，通过描写女人生活的环境和形象，如同精工刻画的仕女图，具有工艺妆饰的效果。

还应指出，温庭筠得罪令狐绹就是因为《菩萨蛮》词。据说唐宣宗特别喜欢《菩萨蛮》，百听不厌，但教坊演奏的《菩萨蛮》都是旧词，于是宣宗让宰相令狐绹创作新词。温庭筠在令狐绹家当清客，令狐绹便将创作《菩萨蛮》新词的任务交给温庭筠。温庭筠很快创作出20首，令狐绹大喜，告诫温庭筠不要泄漏是他创作的。温庭筠创作的新词很快唱红，后来温庭筠不小心将真相说了出去。令狐绹大为恼怒。可知，温庭筠当时一次便创作20首，但流传下来的只是保存在《花间集》第1卷里的14首，另外6首失传。

斜晖脉脉水悠悠

温庭筠死后不到半个世纪，唐朝灭亡，中国历史进入五代时期。在西蜀和南唐形成两个词的中心。五代词的发展主要在这两个地方性国家。

西蜀建国早，与中原其他各国相

比，政权相对稳定，又有从中原入蜀的著名词人韦庄等人的示范，西蜀词比南唐词发展就早了很多。后蜀赵崇祚在广政三年（940 年）编辑成《花间集》，这是中国词史上流传下来的第一本文人词总集。《花间集》十卷，选录 18 位词人的 500 首词。作者中温庭筠、皇甫松属于晚唐而未入五代者，孙光宪同和凝属于五代时人，但不在西蜀，其余都是蜀人。因为南唐二主李璟、李煜以及冯延巳等词人此时还没有成就，故没有被收录其中。

《花间集》是最早的文人词总集，实际等于向曲子词创作者提供一个范本，集中代表词在格律方面的规范化，标志着在辞藻、意境、风格方面的进一步确立，奠定了曲子词在其后一个世纪左右的发展方向。一直到南唐李煜出现，花间词风才受到强烈的冲击。

知识链接

放荡不羁的诗人品性

唐代那些出身于庶族地主阶层的文人，思想上狂傲豁达，不拘儒学正宗，行为上纵情酒色，放浪不羁，被世族讥笑为“落魄无行”（《旧唐书·骆宾王传》）。他们这种放浪不羁的品行，在不同时期有不同的表现。

初唐、盛唐时期，大批庶族出身的文人们，带着冲破传统的反叛精神和开拓者的铮铮铁骨，进入了上层社会，已经表现出狂傲豁达、放浪不羁的思想和生活作风，只是被他们那种“济苍生”、“安社稷”的政治理想和对边塞军功的热情向往所掩盖。中唐时期，“进士自此尤盛，旷古无俦。仆马豪华，宴游崇侈”（《北里志》）。时代精神已不在大漠风尘，而在花前月下；已不在马上拼杀，而在闺房画眉；已不在世间进取，而在心境解脱；已不是对人世的征服，而是从人世的逃遁。人数日多的文人学士：带着他们所擅长的华美词章和聪敏应对，在繁华的都市中纵情酒色，舞文弄墨。

晚唐文人在政治理想破灭后，出入于酒肆歌楼，在醇酒妇人中寻找精神的寄托。

第六章 宋元时期的文学

宋元时期的文学呈现了一个新的特征：诗歌的衰落、词与戏曲的兴盛。这一巨大的转折与宋元的政治经济有很大关系。

第一节 宋元时期文学的发展

词的盛行

词产生于唐，而大盛于宋，作品如云，名家辈出，派别繁昌，风格各异，被后人尊奉为能和“楚之骚、汉之赋、六朝之骈语、唐之诗、元之曲”并驾的“一代之文学”。

宋代社会秩序的安定和大都市的繁荣都为宋初士大夫供给了享乐生活的条件，而词正是适宜于描述这种生活的歌唱文体，是五代以来一向用来摹写风流绮艳的情事的。李煜亡国后所写的作品“眼界始大，感慨遂深”（王国维《人间词语》）。由于宋初士大夫的生活与南朝不同，词风酝酿着新变化。宋仁宗时，词的创作步入盛期，市井间竞逐新声，词的发展经历了又一次重要的乐曲变动。短调小令逐渐有了定型；长调慢曲占有主要地位；令、引、近、慢，兼有众体，词调大备。柳永采用教坊新腔和都邑新声，“变旧声作新声”，创作大量慢词，是词的发展。晏殊、欧阳修，主要承南唐余绪，多做小令，然而也表露出某些新变化，写恋情，写欢宴游乐，也写得情思婉转，风格清丽。苏轼扩大了词的题材，开拓了词境界，而且把变革与刷新词调，也作为转变词风的一个重要方面，成为豪放词派的代表。周邦彦精通音律，创制慢曲，去俗多雅而又音节谐美，是格律派的代表。李清照主张词要铺叙、典重、故实，则“别是一家”。她的词当行本色，工于写情，被称为婉约派之宗。辛弃疾把苏轼开拓的词的境界再扩大，以文为词。苏辛词派的确立，进一步奠定了宋词在文学史上的地位。姜夔又用江西诗派瘦硬峭拔的风格写词，并打开“自度曲”的新路，又把慢词表现技法推进一步。唐五代词，在艺术上已

很成熟，宋词不仅在内容方面有所开拓，艺术上也有发展，使词的创作达到最高峰。

宋词发达的原因是多方面的。从历史上讲，唐五代文坛以诗歌最为发达，而词远逊于诗，这就给宋人留下了广阔的余地。而且词改进了诗的句式过于严格以至死板、节奏过于整齐以至单调的不足，用各种长短句来表达深长、细腻、丰富的情感，因而“要眇宜修，能言诗之所不能言。”从题材上讲，词在初起时多被当做言情的诗体加以应用，这逐渐成为一种传统。而且城市经济的发展也促进了词的繁荣。

宋代繁华再现

宋词的繁荣和成就有多方面的表现。其一，是在全社会的普及，上至皇帝填词谱曲，下到“凡有井水处，即能歌柳词。”其二是新创词调大量出现，多达千余种，且形式非常多，令、慢、近、犯、歌头、摊破、增减、偷声，无不齐备。而随着长调慢曲的增加与普及，词的表现容量亦随之加大，为词体的解放与革新打下了必要的基础。其三是较之唐五代，词的思想内容也有了根本性突破，填写技巧也有了很大提高。特别是像苏轼、辛弃疾这样的大作家更是“无意不可人、无事不可言”，彻底突破了狭义的言情范围。为了与长调相适应，宋词还特别讲究技巧方法，把诗、文、论、赋中的种种手法都移植到词中。以致出现了以诗为词、以论为词等现象。其四是流派的众多。以作者创作而论有“柳永体”、“东坡体”、“易安体”、“稼轩体”、“白石体”等；以总体风格而论有婉约、豪放、旷达、骚雅等。

宋词成就虽大，但较诗内容又差一些。宋诗受了道学的影响，“言理而不言情”，结果使抒发爱情和描写色情变成了词的专业。一方面，这是继承了唐、五代词言情的传统。同时另有一个理由：古人不但把文学分别体裁，而且把文体分别等级，词是“诗余”，是“小道”，比诗和散文来得“体卑”。

在宋人的心目中，词从民间文学里兴起的时间还不很长，只能算文体中的暴发户，不像诗是历史悠久的门阀士族，因此也不必像诗那样讲究身份。有些情事似乎在诗里很难出口，有失尊严，但不妨在词里描述。假如宋代作家在散文里表现的态度是拘谨的，那么在诗里就比较自在，而在词里则简直放任和放肆了。当然，谈情说爱有时是“寄托”或“寓言”，因为宋词惯用“香草美人”的比兴手法，借情侣的“燕酣之乐、别离之愁”来暗指国家大事或个人身世，以致作者的影射方法鼓励了读者的穿凿习气。不过，这种象征的爱情仍然在宋诗里很少出现。

宋人的创作实践充分表示他们认为词比诗“稍近乎情”，更宜于“拨弄风月”。这样，产生了一个现象：唐代像温庭筠或韦庄的词的意境总和他们的一部分诗的意境相同或互相印证，而宋代同一作家的诗和词常常取材于绝然不同的生活，表达了绝然不同的心灵，仿佛出于两个人或一个具有两重人格的人的手笔。例如欧阳修的“浮艳之词”弄得后人怀疑是“仇人无名子所为”，而能作《煮海歌》的柳永在词里只以风流浪子的姿态和读者相见。

苏轼以后，宋词在内容上逐渐丰富，反映了许多唐、五代词所没有写过的东西，好些事物变成诗和词的公共题材，但是言情——不论是写实的还是寓意的——依然让词来专利。在形式上，词受了苏、黄以来诗歌的熏染，也讲究格律，修饰字句，运用古典成语，从周邦彦的雅炼发达至吴文英的艰深。不过，宋词和民间文学始终没有完全脱气，典雅雕琢的风尚并未完全代替运用通俗口语的倾向。例如欧阳修的词是浅易的，但是他也写了比他的一般词更通俗，更接近口语的东西；黄庭坚的词跟他的诗一样，都是“尚故实”的，但是他也用俗语、俚语写了些风格相反的词。这两种词风在许多宋人的作品里同时而又不同程度地存在。

由于宋代封建文化的高涨，妇女知书能文的渐多，词的传统风格又有利于抒发“闺情”，因此宋代还出现了一些女词人。生在南渡前后的李清照，既在词里描写她深闺孤独无依的生活，同时还抒发她南渡以后国破家亡的痛苦心情，在两宋词家中取得了杰出的成就。

宋代话本的进一步发展

宋代“说话”不仅职业化，而且进而发展到了专门化，分为了小说、讲史、讲经、合生四家。四家之中最主要和最受欢迎的是小说和讲史，《武林旧事》中说小说者有 52 人，说史者 23 人，说经者 17 人，合生者仅 1 人。足见小说影响最大，观众最多。《都城纪胜》说讲史者“最畏小说人，盖小说者能

以一朝一代故事顷刻间提破”，反映了它因短小灵活、便于取材现实生活而取得了竞争优势。

“说话”多用诗词韵文开头结尾，起安定听众、加深印象的作用。小说一家在正文故事之前一般还有简短的“入话”，其内容与正文故事相似或相反，用以引出正文，目的可能是等候听众和集中听众的注意力。由于“入话”内容相对无关紧要，故又叫“笑耍头回”或“得胜头回”。

话本中小说话本是最活泼最有生气的一类。它在宋元时期是极繁荣的。但因后世文人的歧视，散失相当严重。现存小说话本约 40 篇左右，包括《京本通俗小说》、《清平山堂话本》之大部分和《喻世明言》、《警世通言》、《醒世恒言》之小部分。

现存“小说”话本描写较多的是爱情问题。这类作品中，市民已成为主要人物。小说表现了他们对封建势力的反抗，尤其突出了妇女们的坚决勇敢。如《碾玉观音》中咸安郡王府的“养娘”璩秀秀爱上碾玉匠崔宁，并与崔双双逃至潭州安家立业。后因告密，秀秀被抓回处死，但她的鬼魂也要和崔宁在一起。小说中的璩秀秀不止是要求爱情自由，而且要争取人身自由，这就带上了市民阶级的色彩。小说将一对下层社会青年男女的爱情婚姻悲剧跟统治阶级的享乐生活联系起来，具有很强的控诉力量。又如《闹樊楼多情周胜仙》中的周胜仙在金明池遇上范二郎，借和卖水人吵架主动向范二郎介绍自己的身世，表示对他的爱慕。她爱情的热烈大胆同样带有市民的色彩。此外如《快嘴李翠莲记》中的李翠莲，也是一个泼辣勇敢，敢于向既定统治秩序挑战、敢于蔑视封建礼教、争取独立人格的女性形象。

公案类作品是小说话本较常见的又一题材。《错斩崔宁》是这类作品中的优秀之作。崔宁和陈二姐被卷入因十五贯钱而引起的凶杀案中，结果崔宁在昏官的严刑拷打之下，招供诬服，被判死刑。作品揭露了官府的草菅人命，反映了市井民众要求公平明允的愿望。又如《简贴和尚》通过一个还俗和尚写假信骗取皇甫殿直妻子的故事，批判了官吏昏聩残酷、动辄严刑逼供、置人死活于不顾的黑暗现实。

个别小说话本还反映了民族矛盾，表达了反对民族压迫的情感。《杨思温燕山逢故人》便是这样的一部作品。

由于市民阶级自身思想复杂性和封建统治思想的影响，不少小说话本也包含着封建性的糟粕，如宣扬封建伦常、因果报应、神怪迷信等。

从艺术成就看，也是小说话本成就最高。总体上看，它们的创作方法是现实主义的，有的作品还体现了现实主义和浪漫主义相结合的因素，前所述《碾玉观音》、《闹樊楼多情周胜仙》等作品都有此特点。这些作品都能从现实中汲取题材，有浓烈的生活气息，它们的故事性都很强，情节曲折动人，并且开始运用具有典型意义的细节来刻画人物性格，还出现了人物内心活动的描写。

小说话本是一种俗文学，由于听“说话”的人是文化素养不高的市民群众，所以话本的语言都通俗、生动、朴实、活泼。从话本起，市井白话才第一次进入小说领域。小说中人物的对话都富于生活气息，富于个性，如《闹樊楼多情周胜仙》中周、范二人的对话便是极好的例子。话本小说还大量运用市井俗语、流行语，如说金钱万能是“火到猪头烂，钱到公事办”，说求人的难处是“将身投虎易，开口告人难”等等。

此外与“俗”相应，小说话本还体现出市民的审美趣味。例如它重视情节的曲折离奇甚至“巧”，《错斩崔宁》便是由一连串很巧的事件构成情节的。

讲史话本虽也一定程度上反映了民众的爱憎感情，但受正史的影响更大，从现存讲史话本看，它们在艺术上都还很粗糙，如结构散乱，人物性格模糊、语言文白夹杂等，所以，其地位是不及“小说”的。

现存宋元讲史话本主要有《新编五代吏平话》、《大宋宣和遗事》以及《全相平话五种》。其中《大宋宣和遗事》对《水浒传》的成书，《全相平话五种》中《三国志平话》对《三国演义》的成书、《武王伐纣平话》对《封神榜》的成书有较重要影响，其地位是不应低估的。

此外，说经话本《大唐三藏取经诗话》为《西游记》的创作提供了最早的依据，其文献史料价值也是很高的。

中国古代文学的转折——辽金元的文学

辽是契丹族统治者建立的国家，和北宋对峙了166年。辽国初建时，崇尚武勇，轻视文学。建都燕京后，受汉民族文化的影响，写诗作文的风气渐浓，君臣多能作诗，如辽兴宗有《日射三十六熊赋》，道宗皇后萧观音有“威风万里压南邦”的七绝诗，但成就并不显著。相对而言，萧观音后来抒写宫

中生活苦闷的10首《回心院词》，较为流传。

金建国之初，统治尚不稳定，文学的作者主要是辽宋旧臣。他们在诗歌中流露故国之思和仕金后内心的矛盾苦痛，吴激的词《人月圆》“南朝千古伤心事”是这类作品中很有代表性者。到金世宗、章宗之世，金与南宋议和，局势相对稳定，北方各民族逐步融合，统治者也日益接受汉民族文化，金国于是也出现了不少文学侍从之臣，如蔡硅、党怀英、赵秉文、王庭筠等。不过他们偏于模拟，成就并不很高。但金代中期却出现了一位很有见地的文学批评家，他便是《滹南诗话》的作者王若虚。王若虚反对当时“雕琢太甚，经营过深”的文风，主张“文章自得”，“浑然天成”；他还反对江西诗派，推崇苏轼，这反映了金代一般诗人的观点。

金代后期面临蒙古旗的威胁和南侵，民族矛盾日益突出，优时伤乱逐渐成为诗歌的主调。如赵元《修城去》写百姓被皮鞭驱赶去修城的苦楚，《邻妇哭》写蒙军侵扰带来的灾难，宋九嘉《途中出事》描绘兵荒马乱中流民的悲惨生涯，都是很有现实性的动人之作。而此时出现的元好问，更是一位文学史上杰出的现实主义大文学家。

金国的俗文学有很高成就。在北宋杂剧基础上发展起来的院本，已是比较成熟的戏剧形式，它虽然已失传，但对元杂剧却有直接的影响。金代的说唱文学也极为重要，董解元的《西厢记诸宫调》不仅本身成就高，对后来的戏剧文学也有很大影响。

中国古代文学发展到元，出现了一个巨大的转折：诗词散文等封建社会正统的文学样式衰落了，而杂剧与散曲这样的俗文学却兴盛起来，占据了文坛的主流。

元代诗文作家固然很多，不少作品孤立地看也写得很美或很深刻，但作为一代文学样式，它们却是不景气的。这一则因为诗文经过唐人的大开拓和宋人的再开拓后，要做守成之主已经不易，要想超越就更困难；一则这个时代有才气、有生活感受的第一流作家被压在社会下层，他们的趣味精力都转向了俗文学。而诗文作者相对说来还保持着传统文人的气质和审美趣味，带有较浓的闲适气、隐逸气，境界比较窄，艺术上亦缺乏个性。所以元代诗文纵不能和唐宋媲美，横不足与元曲抗衡。

元曲兴盛的标志，是出现了一大批作家作品，其中很多是优秀作家作品。根据《录鬼簿》、《录鬼簿续编》、《太和正音谱》等文献统计，元杂剧作家有姓名可考的达200来人。今人揖《录鬼簿》等各文献考证统计，元杂剧有目可考的达600来本。由于元曲是俗文学，后世封建文人多不屑于整理保存，所以资料散失极为严重。以剧本为例，今天所能读到的只有明臧懋循《元曲选》中的100种和今人隋树森所辑《元曲选外编》中的62种了。

元杂剧的发展，可分为前后两期。前期从金末到元大德年间（1300年左右），后期从大德年间至元末。前期是元杂剧的鼎盛期，此时的杂剧以大都为中心，优秀作家关汉卿、白朴、马致远、王实甫、杨显之、高文秀、康进之、纪君祥、石君宝等都是前期人。无论从题材的开拓，内容的深广，艺术性的高下来看，这一时期都是杂剧的顶峰期。后期杂剧中心南移到杭州，剧作家有名可考者仅20余人，有作品传世者不过10余人，而且除郑光祖外，其余诸人的成就均不如前期作家。

散曲是金元时期产生的一种新诗体，它在元时也很兴盛。据隋树森《全元散曲》，元散曲家有名可考者212人，今存的作品包括小令3853着，套数457套，另有残曲若干。考虑到散失严重这个因素，其数量也是很大的。散曲发展大体与杂剧同步，也分为前后两期，同样是前期成就高于后期。不过，后期散曲并未呈现衰惫之态，就数量讲，还超过前期，并且还有张可久、乔吉这样的优秀散曲家。

除元曲外，宋南渡以后在温州杂剧基础上发展起来的南戏，经过一度衰微，到元末也兴盛起来，产生了《琵琶记》等影响深远的作品。

知识链接

唐宋八大家

唐宋八大家是唐宋时期八大散文作家的合称，即唐代的韩愈、柳宗元和宋代的苏轼、苏洵、苏辙（苏轼、苏洵、苏辙父子三人称为三苏）、欧阳

修、王安石、曾巩（曾经拜过欧阳修为师）。（分为唐二家，宋六家）。

明初朱右最初将韩愈、柳宗元、苏轼、苏洵、苏辙、欧阳修、王安石、曾巩八个作家的散文作品编选在一起刊行的《八先生文集》，后唐顺之在《文编》一书中也选录了这八个唐宋作家的作品。明朝中叶古文家茅坤在前基础上加以整理和编选，取名《八大家文钞》，共160卷。“唐宋八大家”从此得名。

第二节 宋元时期的文学人物

一代文豪——苏轼

苏轼，字子瞻，别号东坡居士。他是宋代文坛上极负盛名的一个全能作家，特别是对我国词的发展有着特殊的贡献。

宋仁宗景祐三年（1037年）十二月十九日，苏轼出生在四川省眉山县一个极富文化教养的知识分子家庭。在这个家庭中，不仅他的父亲苏洵、弟弟苏辙都是当时有名的文人，就是母亲和妹妹，也是有较高文化水平的妇女。苏轼从幼年时代起，就在这样的环境中接受了丰富的文化知识和文学修养，为他以后的创作打下了良好的基础。

苏轼21岁举进士，22岁参加礼部考试，他的论文《刑赏忠厚之至论》

千里共婵娟

使主考欧阳修大为惊异，认为这是一个很不平凡的人，想取他为第一名，但又怀疑论文不是苏轼所作，而是门下文人曾巩代写的，就只取为第二名。随后苏轼又在春秋对义中获得第一，殿试中乙科。于是得到欧阳修、韩琦、富弼等大臣的召见。过后，欧阳修对人说："有了苏轼这个人，我便应当回避了。"人们听到这个说法，开始都很惊异，不以为然；后来，大家都信服了。

苏轼虽然博学多才，但在当时变幻莫测的政治浪潮中，却并未得到重用，反而一生坎坷，几遭贬谪，受尽颠沛流离之苦。

苏轼自中进士后，做过主簿、签判一类地方官。1069 年，他服父丧期满后还朝，正值王安石实行变法，推行新政。他出于比较保守的政治立场加以反对，于是受到新党的排挤。

从 1071 年开始，苏轼便离开当时的京城汴京（现河南开封），过着长期的宦游生活。这期间，他做过杭州、密州、徐州、湖州等地的地方官。在地方官任上，苏轼能够根据社会的情况和需要，认真地为人民做些有益的事情。

在徐州时，一次涨大水，河水淹至城门下，眼看城门将被冲毁。在这紧急的时刻，城内的有钱人争相出城避难，苏轼面对这种情况，果断地说："有钱人一走，致使民心动摇，我们还怎么守城呢？只要有我在，水决不能冲毁城门。"把那些出城的人又赶了回来。然后，他来到武卫营，动员禁军尽力抢救，并亲自率领他们，在城东南筑一长堤，指挥官吏分段把守。这样，尽管连日大雨，全城终于平安无事。事后，他又请求朝廷调来伕卒增筑故城，修堤岸，避免再发生水患。

在杭州时，苏轼领导人民疏浚河漕，修复六井，淘浚西湖，并在湖中修筑一道长堤，以利通行；堤上种植芙蓉、杨柳，美化环境。杭州人民为了纪念他，将此堤命名为"苏公堤"。直到如今，"苏堤春晓"仍为西湖美景之一。

在湖州任上，苏轼万万没有想到祸从天降。那是宋神宗元丰二年（1079

年），谏官李定等人摘出苏轼平时所写的诗句加以弹劾，定以讽刺新法的罪名，制造了有名的“乌台诗案”。此后，苏轼被当做严重的政治犯投入御史台监狱，日夜受审。他平时所写诗词都被一一加以追查审问，其中的只言片语更被摘出，指控为“讥讽朝廷”、“讥讽执政大臣”、“讥讽新法”等，企图以此定他重罪。这种情景正如同狱苏子容丞相诗中所写：“遥邻北户吴兴守（吴兴守即苏轼，被捕前知湖州，即无兴），诟辱通宵不忍闻。”由此可见苏轼在狱中是很吃了点苦头的。尽管受尽各种折磨和辱骂，苏轼始终从容辩对，使审讯他的狱吏也无可奈何。

苏轼在狱中时，他的长子苏迈给他送食物，并在外打听消息。他们相约一般情况只送菜和肉，如有凶信，则改为送鱼，并守在狱外等候消息。不久，苏迈有事去陈留，委托一个亲戚代送食物，但忘了告诉这个暗号。一天，亲戚就只送了鱼，没送其他食物。苏轼一看大惊，以为自己将不免一死，乃作诗二首给其弟苏辙，并请狱吏代转。后来，神宗皇帝知道了这件事情，因爱其才，将其释放出狱。

苏轼出狱后，被贬为黄州团练副使，名义上还是作官，实则一言一行都受到严密的监视。

这段时间，苏轼不仅在政治上受到严密监视，生活上也极端困窘。在黄州时，他的薪俸少得可怜。为了节省开支，他规定每日用钱不得超过百五十文，每月取四千五百文钱，分为三十块挂于屋梁，每天用叉杆挑下一块，放在竹筒内取用。有积余时，即用来招待客人。同时，他又亲率家人在东坡开田种稻，还自养了一只耕牛。一次，这只牛生病几乎死掉，王夫人说：这只牛是发豆斑，当用青蒿煮稀饭喂它。结果这条牛真的被治好了。以后，朋友们相见，苏轼谈起这事，有人还开玩笑地称他为“牛医儿”。

面对这样的环境，苏轼仍然非常豁达坦荡，对生活充满了热情。就在开田种稻的第二年冬天，苏轼又亲率家人在东坡盖了一所房子，取名“雪堂”，迁居其中，自号“东坡居士”。遇有亲朋好友来访，大家一起游览胜景，饮酒赋诗，倒也自得其乐。

苏轼常说：“我平生没什么快意的事情，只有做文章。我的思想感情，都能用笔尽情地加以表达，我感到世间再也没有比这更使我高兴的事了。”

苏轼还是宋代著名的书画家。在书法方面，他善于吸取各家所长，并加以大胆地发展创新，形成了自己的独特风格，成为宋代四大书法家苏（轼）、黄（庭坚）、米（芾）、蔡（襄）的首领。对于这点，他曾谦慰地说："吾书法虽不甚佳，然自出新意，不践古人，是一快矣。"苏轼在书法上的成就是他长期勤学苦练的结果。从很小的时候起，苏轼就坚持每天练字，从不间断。据说他有一方非常珍爱的砚台，每天写字后，都要拿到书房旁边的一个小水凼里去洗，这样天长日久，这个水凼里的水就浓如墨汁，后人便把这水凼叫做"东坡洗砚池"。与书法紧密相连的绘画，苏轼也下过相当的功夫。他最喜欢绿竹，"宁可食无肉，不可居无竹"，所以又最喜欢画竹。他在谈到自己学画竹的体会时说过，他为了把握竹的特征，早与竹交游，晚与竹为友，休息在竹林间，吃饭在竹阴处，这样，他就"了然于心"，"存竹于胸中"，然后才"了然于口与手"，画出千姿百态的秀竹。这个故事后来就成为一个精辟的成语"胸有成竹"，被加以广泛地运用。

宋徽宗靖国元年（1100 年）苏轼以 66 岁的高龄在遥远偏僻的儋州遇赦北归，不料第二年就死于常州。

苏轼一生为我们留下了丰富的文学艺术遗产，他的诗、词、散文以及书画，都是我们民族的宝贵财富。

一生忧国的诗人——陆游

在中国文学史上，爱国主义是重要内容之一，历朝历代都有重要的诗人和诗篇。但在所有爱国主义诗人中，感情之专一，感情之炽烈，感情之持久者恐怕非陆放翁莫属。他以 85 岁的高龄，在临终前所想的依然还是"王师北定中原日，家祭勿忘告乃翁"。想到此情此景，就令人肃然起敬。

陆游（1125—1210 年），字务观。自号放翁，山阴（今浙江绍兴）人。陆游的祖父陆佃是王安石的学生，道德高尚，在北宋后期激烈的党争中始终坚持正义坚持真理，刚正不阿，是一代名流。父亲陆宰在金兵第一次逼近京师的时候，担任京西转运副使。金兵撤退后，陆宰被弹劾落职，携带家属回绍兴原籍。就在回家途中，陆游诞生。

陆游出生就逢战乱，童年和少年一直处在宋金两国的交战状态中，因此洗雪国耻，收复中原，统一天下便成为他的志向和抱负。"早岁那知世事艰，中原北望气如山"（《书愤》）可以想见诗人年轻时意气昂扬，踌躇满志的精神状态。

抱着这样的理想，陆游在绍兴二十三年（1153 年）到京师临安参加科举考试，省试第一名。次年参加礼部试前，秦桧借故取消其资格，主要罪名是“喜论恢复”。更深层的原因是陆游名列第一，第二是秦桧孙子秦埙，秦桧要为孙子中状元扫清道路，于是黜退陆游。陆游怀着愤怒忧伤的情怀回到山阴。在这年春季一个春光明媚的日子，陆游在沈园遇到前妻唐婉，爱情的不幸和科举的落第使这位年轻诗人感慨万千，写下那首流传至今的爱情绝唱《钗头凤》。

陆游一生最振奋的时期，是乾道八年（1172 年）春天到秋天，他出任四川宣抚使司干办公事兼检法官期间。这一时期，朝廷暗中积极准备收复中原。四川宣抚使王炎是位精明干练的大臣，颇有政治经验和军事才能，他将自己的幕府设置在南郑，是抗金最前线。陆游在春天三月二十七日到达南郑，他第一次得到可以实现自己理想的机会，于是，积极投身到收复中原的伟大事业当中。以南郑为中心，除东面外，其他三个方向 300 里内的地方他几乎都去过。他曾经带着卫兵骑马掠过敌人的前沿阵地，也曾经在大散关参加过一定规模的战斗，他在为解放中原拼命地准备着工作着。这一年，陆游 48 岁，正是人生精力最旺盛，也最成熟的时期，他已在长安找好内应，准备宋军一到，里应外合，首先解放长安，那是关中心脏，是汉唐故都。正当陆游精神抖擞，非常振奋的时候，突然传来消息，王炎被调回朝廷，王炎幕府解散，陆游回成都听从新的任命。

这仿佛是泼来的一瓢凉水，陆游心灰意冷。当时他是在嘉川铺听到的消息，在他返回南郑途中所作的《归次汉中境上》最后两句道：“良时恐作他年恨，大散关头又一秋。”而当他离开南郑回归成都途中，在经过剑门的时候，作《剑门道中遇微雨》诗道：“衣上征尘杂酒痕，远游无处不消魂。此身合是诗人未，细雨骑驴入剑门。”诗人内心的痛苦完全可以理解。从此，陆游再也没有直接接触军事生活的机会，在地方任上也是屡遭罢黜。60 多岁曾经在山阴隐居 20 多年，很多年以行医为职业。将近 80 岁的时候再度被起用，到京师出任中大夫，直华文阁，兼实录院同修撰、兼同修国史。如此高龄还被起用，作为起用他的人来说，是借助他的名望，作为陆游来说，是因为抗战。此时，宰相韩胄独掌大权，积极谋划抗战。正是这一点，使两人合作。陆游进京工作一年左右时间，因年事太高，不能做实际工作，请求退休，得到批准。回到山阴第二年，朝廷召辛弃疾进京，陆游作诗《送辛幼安殿撰造朝》

诗道："古来立事戒轻发，往往谗夫出乘罅。深仇积愤在逆胡，不用追思灞亭夜。"提醒辛弃疾以抗金大局为重，不要计较以前的政敌。

嘉定二年的腊月，85 岁的老诗人陆游怀着不能亲眼看见国家统一的遗憾离开了多灾多难的尘世，临死的时候，留下《示儿》一诗道："死去元知万事空，但悲不见九州同。王师北定中原日，家祭无忘告乃翁。"老诗人临终前唯一想到的依然是国家没有统一，可见其爱国志向的坚定和始终如一。这种坚定执著的爱国主义永远都是我们的宝贵财富。南宋灭亡后，林景熙《题陆放翁诗卷后》诗道："青山一发愁蒙蒙，干戈已满天南东。来孙却见九州同，家祭如何告乃翁。"语更沉痛。

巾帼不让须眉

在中国文学史上，有一位杰出的女词人，她就是李清照。

李清照，号易安居士，生于北宋神宗元丰七年（1084 年），大约卒于南宋高宗绍兴二十一年（1151 年），一生经历了北宋末叶——南宋之初两个时期。她是山东济南人，出生在一个上层士大夫家庭。父亲李格非，既是学者，又是作家，母亲也能诗善文。在这样的家庭环境的熏陶之下，李清照从小就爱好文学，尤其以诗词见长。

李清照 18 岁的时候，嫁与太学生赵明诚。赵明诚是吏部侍郎赵挺之之子。当时赵挺之依附权奸蔡京，李清照对他深为不满，所以在献给公公的诗中有"炙手可热心可寒"之句。可是，李清照与赵明诚夫妇之间感情却是很好的。当时，政治局势虽已危机四伏，但社会是安定的。他们夫妇经常在一起唱和诗词，搜集、鉴赏金石字画，较勘古书。两人志趣相投，生活洋溢着浓厚的学术文艺气息。

有一次，有人持五代南唐画家徐熙的《牡丹图》出售，要价 20 万。李清照看了，爱不释手，连忙将此人安顿在家中过宿，自己四处去筹钱。但价钱实在太贵了，他们想尽办法也无力购买，最后只好又将《牡丹图》退还。为此，李清照夫妇惋惜、慨叹了好几日。

后来，李清照随赵明诚自汴京回到故乡诸城，一住 10 年。在 10 年乡居生活中，"仰取俯拾，衣食有余"，生活仍旧是安定的。他们和往常一样，仍然搜集金石刻辞、古物和字画。得到一本书，就"摩玩舒卷，指摘疵病"，每

夜都要到一支蜡烛燃尽为止。他们将搜集来的书画等物收藏在归来堂。归来堂里，一排排书橱上，书籍陈列得整洁有序，几案上书画也“罗列枕籍”。吃罢晚饭，他们坐在归来堂里烹茶的时候，常常指点着堆积的古书，说某事在某书某卷第几页第几行，“以中否决胜负”，谁得胜谁先饮茶。李清照资质聪慧，博闻强记，往往言中。但一说中了，就不免举杯大笑，以致于弄得“茶倾复怀中”，反而喝不成。他们俩觉得这种生活别有一种乐趣。

当时，李清照的词脍炙一时。清代李调元《雨村词话》中就说：“易安在宋诸媛中，自卓然一家。”又说：“不徒俯视巾帼，直欲压倒须眉。”当然，作为封建社会的一位女作家，在诗词中这样伤离惜别，抒发真情挚意，必然会遭到某些封建卫道者的攻击。与她同时代的王灼在肯定她“若本朝妇人，当推词采第一”之后，就批评她的作品“轻巧尖新，姿态百出”，并诋毁她说：“闾巷荒淫之语，肆意落笔，自古缙绅之家，能文妇女，未见如此无顾籍也。”

靖康二年（1127 年），金人南侵，陷汴京，掳徽宗、钦宗北去。高宗在建康（南京）建起了南宋小朝廷，而把淮河以北的国土拱手出卖给金。李清照夫妇也逃往江南，他们留在故宅珍贵的金石书画大部分毁于战火。民族危机直接影响了李清照的生活，也激发了她的爱国意识。这时，赵明诚曾起复为建康知府。在建康时期，每值大雪，李清照就“顶笠披蓑，循城远览以寻诗”，来抒写自己的忧愤，并且每得诗句就邀赵明诚一起唱和。

南渡之后，李清照曾作诗说：

生当作人杰，死亦为鬼雄；

至今思项羽，不肯过江东。

李清照通过对不肯忍辱偷生的项羽的赞美，讽刺了南宋统治者可耻的逃跑主义行径。她又作诗说：“南来尚怯吴江冷，北狩应悲易水寒。”讽刺宋高宗一味妥协，忘记了被掳北去的宋徽宗、宋钦宗，忘掉了国家残破的耻辱。她还作诗说：“南渡衣冠少王导，北来消息欠刘琨。”借晋朝历史，说明当时南渡大臣中缺少王导那样的能够稳定江南、建立政权的人物；北方又缺少刘琨那样的在中原坚持抗战的人物。这两句诗讽刺了满朝大臣。李清照这些诗作，有力地鞭挞了贪生怕死的南宋统治者，所以清人俞正燮赞誉说：“忠愤激发，意悲语明，所非刺者众。”可惜这类作品流传下来的不多。

在兵荒马乱的生活中，更大的不幸降临到李清照的头上。1129 年，赵明诚在移知湖州的途中，感受大暑，一病不起。李清照怀着深沉的悲痛埋葬了

易安故居

丈夫，自己也得了一场大病。当时形势危急，她只好先去洪州投靠赵明诚的妹婿。不久，洪州失陷，她又南逃，投靠弟弟李迒。此后，她辗转避乱于台州、越州（今绍兴）、杭州、金华等地。李清照就这样在颠沛流离、孤苦无依中度过了她的晚年。

尽管李清照作品的内容还有所局限，但在妇女身心被禁锢的封建时代，她能勇敢地发挥自己卓越的才华，大胆地抒发自己的内心感受，并能在一定程度上触及了国家民族的现实，这些，都是十分难能可贵的。

关汉卿

关汉卿，号已斋叟，大都（今北京市）人。大约生于金末（1230 年左右），卒于元成宗大德年间（1307 年左右）。他出身士族家庭，曾做过太医院尹。关汉卿从小志向不凡，常刻苦攻读，博览群书，擅长诗、文、词、曲、剧的写作，又会“围棋”，“蹴踘”、“打围”、“双陆”等娱乐技艺活动，还对戏曲有关的吹弹歌舞，插科打诨等也特别擅长。元末熊自得所编的《析津志》里说他“生而倜傥，博学能文，滑稽多智，蕴藉风流，为一时之冠。”尽管他多才多艺，但他一生却总是郁郁不得志。这是历史的悲剧。

关汉卿所处的时代，正是元蒙贵族暴力统治的黑暗时代。在这个是非贤愚颠倒、民族矛盾和阶级矛盾空前尖锐激烈的富于悲剧性的历史时代里，广大人民群众政治上深受压迫，生活上穷困不堪。但富有傲骨气节的关汉卿，既不愿卖身投靠，向元代统治者摇尾乞怜而侧居庙堂，又不愿遁迹山林，去做当时的“酒中仙”、“尘外客”，而是面对严酷的现实，“不屑仕进”，走上了与“勾栏”（戏剧演出场所）、“瓦舍”（娱乐场所集中的地方）的倡优艺人为伍的道路。当时，年青刚直的关汉卿，不顾世俗的嘲笑，以寄生于社会最下层的倡优艺人同伍为荣，为他们编写杂剧剧本，并不惜粉墨登场，参加演出，成了一个伟大的职业剧作家、导演和演员。臧晋叔在《元曲选序》中说

他“躬践排场，面傅粉墨，以为我家生活，偶倡优而不辞。”这就是他当时在勾栏、行院戏剧生涯的真实写照。

元世祖至元十四年冬，关汉卿则走出大都，南游杭州、苏州和扬州。当时这些城市也和大都一样，聚集着许多著名的杂剧作家和演员。关汉卿的这次南游三州，大大地鼓舞和推动了南国杂剧事业的蓬勃发展。

关汉卿以一生的心血，辛勤地培植与浇灌了元杂剧这朵清新的奇葩。“八倡、九儒、十丐”的卑微地位，使他更加了解和同情那些最下层人民的悲惨境遇。当时的大都，是元代政治、经济、文化的中心，也是杂剧创作与演出的重要据点。他成天生活在“书会才人”之中，是当时京都最大的杂剧创作团体“玉京书会”的领袖人物。他和当时与他处于同样厄运的剧作家们交谊甚深。杨显之不仅是他相互评改作品、商酌文辞的亲密朋辈，而且还是他的“莫逆之交”。散曲家王和卿也是他最亲密的书舍挚友，他常因斟酌作品而与王和卿“抬杠”争执，并常相互善意地讥虐、玩笑，从未伤过朋友的和气。特别是当时著名的杂剧女演员朱帘秀，更和他有着亲密无间的友谊关系，他们不仅有共同的理想和爱憎，而且常在一起研讨剧本，甚至一起排练与同台演出。“玉京书会”、“玉仙楼”便是他们经常出入的活动场所。据传，他们为演出新编剧本《窦娥冤》，还被当时的烂官佞臣阿合马以“恶言犯上”的罪名捕入狱中，遭受了严刑拷打，不是书会的朋友打救，险些丢了性命。

据钟嗣成的《录鬼簿》说，关汉卿一生以自己的愤激与血泪，共写了 63 个杂剧和不少散曲。今存小令 50 余首，套曲 10 余套，但可惜流传至今的杂剧却只有十几个了。尽管如此，关汉卿仍不失为元代作家中产量最多、质量最高，影响最大的优秀剧作家。可是在我国的封建“正史”中，根本没有戏曲家的一席地位，关汉卿的生平事迹也多湮没在历史风雨的长河中了。但权衡一个作家的“全人”与贡献，最可靠的还是他以全部心血凝铸出来的作品。

舞台上的窦娥冤

关汉卿从纷繁复杂与波澜壮阔的现实生活中，获得了取之不尽、用之不竭的创作源泉。他的剧作，不仅题材广

阔多样，主题深刻鲜明，而且很能切中时弊。不管他是写贪官污吏，权豪势要，或是写英雄豪杰与才子佳人，都始终贯穿着这样的精神，就是以极大的义愤反抗元王朝的血腥统治，赞扬受迫害的广大人民英勇顽强的斗争精神。

他的《鲁斋郎》、《望江亭》、《蝴蝶梦》等优秀剧作，深刻地揭露了豪权显贵的残暴凶狠与贪婪腐朽，对弱小人民寄予了深切的同情。

此外，关汉卿还把他那犀利的笔锋投向了元王朝吃人的社会制度的各个方面，广泛地触及了社会的本质。《拜月亭》通过王瑞兰与蒋世隆在战乱中的邂逅相逢以及曲折复杂的爱情描写，猛烈地抨击了封建礼教与不义的战争。《金线池》与《救风尘》既反映了妇女失身的不幸与痛苦，对黑暗的娼门制度进行了血泪的控诉，又激励了他们的反抗斗争。《单刀会》通过关羽只身过江赴宴，以英雄的胆识与气魄战胜阴谋诡计，最后安然而返的动人故事，迂回曲折地鞭笞了邪恶，伸张了正义。

这些名垂千古的优秀剧作，充分地表现了关汉卿杰出的创作才能与独具一格的艺术特色。他的作品，情节真实生动，很富于戏剧性；人物形象鲜明，结构安排富有匠心。因而具有经久不衰的艺术生命力。

元成宗大德初年（1307 年左右），关汉卿在写完了小令《大德歌》10 首以后，便从此离开了人世。

历来的反动统治者及其御用文人们，总是力图贬低关汉卿及其作品的崇高地位和深刻影响。但关汉卿的光辉作品，却深为人民所喜爱。远在 100 多年以前，他的优秀剧作《窦娥冤》就已译成法文，流行欧洲，影响国外了。他不愧是中国文学史上伟大的剧作家，也不愧是千古不朽的世界文化名人。

知识链接

苏门四学士

苏门四学士是北宋文学家黄庭坚、秦观、晁补之和张耒的并称。苏轼是继欧阳修之后主持北宋文坛的领袖人物，在当时的作家中间享有巨大的

声誉，一时与和他交游或接受他指导的人很多，黄、秦、晁、张四人都曾得到他的培养、奖掖和荐拔。

在苏轼的众多门生和崇拜者中，他最欣赏和重视这四个人。最先将他们的名字并提和加以宣传的，就是苏轼本人。他说："如黄庭坚鲁直、晁补之无咎、秦观太虚、张耒文潜之流，皆世未之知，而轼独先知之。"由于苏轼的推誉，四人很快名满天下。

第三节 宋元时期的文学作品

陆游的爱国华章

陆游生在北宋将亡之前，死在南宋唯一一次大规模抗战失败之后，他终生都以收复中原为己任，他最大的愿望是"上马击狂胡，下马草军书"，文武兼备，为国家贡献自己的全部。但是他所生活的朝代恰恰是个软弱无能的王朝。南宋皇帝中孝宗赵昚稍微好一点，也正是陆游壮年时期。但高宗没有死，他要有所顾及，而投降派始终占据要职，当然这种局面是执政皇帝造成的。

孝宗是赵匡胤的后裔，就是小说中经常出现的"八千岁"或"八贤王"赵得芳的直系骨血。因此孝宗刚刚登基时，全国军民都很振奋，而且孝宗确实连续做几件鼓舞人心之事，恢复胡铨官职；追复岳飞官职，发还财产；起

用坚定的抗战派大将张浚，赐被秦桧压制的陆游同进士出身等。隆兴抗战虽然失败，最后以签订屈辱的“隆兴和议”收场。但到了乾道五年时，朝廷成立专门机构筹划收复中原事宜，接着就是乾道七年到乾道八年秋天一年多积极准备北伐作战，才给陆游提供一试身手的机会。陆游虽然没有取得什么实际的功绩，但却成为他终生回忆的材料和实践感受的来源。应当说，南郑前敌指挥部办公室半年的生活经历，对于陆游的一生产生了重要影响。他把诗集命名为《剑南诗稿》，文集命名为《渭南文集》，都是为了纪念这段如火如荼的战斗经历。

陆游爱国诗篇的创作，是从他在南郑那段经历以后开始大量出现的。在由主战到主和，从前线回到后方的第二年，陆游写作《金错刀行》一诗：

黄金错刀白玉装，夜穿窗扉出光芒。丈夫五十功未立，提刀独立顾八荒。京华结交尽奇士，意气相期共生死。千年史册耻无名，一片丹心报天子。尔来从军天汉滨，南山晓雪玉嶙峋。呜呼！楚虽三户能亡秦，岂有堂堂中国空无人。

本诗表达了坚决抗敌收复中原的强烈愿望及壮志难酬的愤懑之情。那把锋利无比而不得一试锋芒的金错刀便是作者主体精神的化身。“楚虽三户能亡秦，岂有堂堂中国空无人。”多么坚定的信念和果敢的精神。

由于壮志难酬，陆游心情不好，而且官场黑暗，难以实现抱负，诗人便经常借酒浇愁，结果遭到政敌弹劾，罪名是“燕饮颓放”，将即将任命的嘉州知州的职务也撤销了，安排个什么也不能做的闲职，诗人哭笑不得，这算个什么罪名？既然说“放”自己干脆就“放”吧，于是自号“放翁”。

到淳熙四年（1177 年），陆游离开前线已经五年，朝廷再也没有任何抗战的迹象，文恬武嬉，一派歌舞升平的景象，陆游十分悲愤，写下最感人的《关山月》：

和戎诏下十五年，将军不战空临边。朱门沉沉按歌舞，厩马肥死弓断弦。戍楼刁斗催落月，三十从军今白发。笛里谁知壮士心，沙头空照征人骨。中原干戈古亦闻，岂有逆胡传子孙。遗民忍死望恢复，几处今宵垂泪痕。

本诗是陆游在成都时所作。诗采用乐府旧题，抒发现实感慨。全诗揭露投降政策造成的腐朽局面，戍卒报国无门的幽怨以及沦陷区人民恢复无望的伤痛。淡淡的月光不但使三个各自独立的场景统一起来，而且也增加了诗的哀婉情调。

他始终没有忘怀抗战，即使在故乡隐居，依旧时常抒发抗战不能的悲愤，淳熙十三年（1186 年）春陆游隐居故乡时所作的《书愤》道：“早岁那知世事艰，中原北望气如山。楼船夜雪瓜洲渡，铁马秋风大散关。塞上长城空自许，镜中衰鬓已先斑。出师一表真名世，千载谁堪伯仲间。”追述早年壮志，慨叹小人误国，抒发报国无门的惆怅。

记载了陆游凄美爱情的沈园《钗头凤》

宋光宗绍熙三年（1192 年），68 岁高龄的陆游在即将拂晓时出门，感觉一年时光又要过去，痛感韶光易逝而恢复无期，作诗道：“三万里河东入海，五千仞岳上摩天。遗民泪尽胡尘里，南望王师又一年”（《秋夜将晓出篱门迎凉有感二首》其二）。同年冬天深夜，风雨声使老诗人梦到了当年金戈铁马的战争生活：“僵卧荒村不自哀，尚思为国戍轮台。夜阑卧听风吹雨，铁马冰河入梦来”（《十一月四日风雨大作二首》其二）。晚年闲居的老诗人尚如此关注国家大事，足以表现其忧国忧民的伟大情怀。

陆游的爱国词最有代表性的当推《诉衷情》：“当年万里觅封侯，匹马戍梁州。关河梦断何处，尘暗旧貂裘。胡未灭，鬓先秋，泪空流。此身谁料，心在天山，身老沧洲。”此处的梁州便是指南郑，依然是回忆当年在抗战前线那段生活。南宋是个需要英雄的时代，南宋确实是个拥有英雄的时代，可惜统治者没有为他们提供展现英雄气概的舞台。陆游的人生是个悲剧，那不是他一个人的悲剧，而是时代的悲剧。陆游的爱国诗篇不只是这些，我们只是选择其中的代表来领略一下这位伟大爱国诗人的精神世界而已。陆游的爱情词《钗头凤》也非常有名，深受后人喜爱。

陆游的爱国精神给后世提供了无穷的精神力量。近代大学者梁启超先生十分钦佩陆游，在《题陆放翁集后》道：“诗界千年靡靡风，兵魂销尽国魂空。集中十九从军乐，亘古男儿一放翁。”这是最确切的评价，也是最崇高的颂扬。

关汉卿的杂剧

郑振铎先生曾说，关汉卿是“和人民最亲近的艺术家”。评价很高，关汉卿当之无愧。他创作的杂剧中最精华的部分是对下层百姓的同情和关心，揭示人民蒙受苦难的原因，并充满激情地歌颂人民的抗争，通过悲剧人物形象的塑造，呼喊出时代的最强音。

根据不同版本的《录鬼簿》和《太和正音谱》及有关杂剧集的记载，关汉卿一生写了60多种杂剧，保留下来的就有18种，我们姑列其名，略去出处。《诈妮子调风月》、《包待制三勘蝴蝶梦》、《包待制智斩鲁斋郎》、《杜蕊娘智赏金线池》、《状元堂陈母教子》、《山神庙裴度还带》、《望江亭中秋切脍旦》、《温太真玉镜台》、《赵盼儿风月救风尘》、《闺怨佳人拜月亭》、《感天动地窦娥冤》、《邓夫人苦痛哭存孝》、《刘夫人庆赏五侯宴》、《钱大尹智勘绯衣梦》、《钱大尹智宠谢天香》、《关大王单刀会》、《关张双赴西蜀梦》、《尉迟恭单鞭夺槊》。其中虽然有五种著作权遭到过怀疑，但只有《刘夫人庆赏五侯宴》和《山神庙裴度还带》两种另当别论外，《状元堂陈母教子》、《包待制智斩鲁斋郎》、《尉迟恭单鞭夺槊》三种在没有充分的值得信任的证据下，还应当归属关汉卿名下。这是我们讨论关汉卿杂剧内容的前提。

元代的政治非常黑暗，普通百姓的命运完全掌握在少数权贵手中，我们在关汉卿的许多杂剧中都可以看到这种主题。《蝴蝶梦》和《鲁斋郎》中我们已经看到当时社会的缩影。《蝴蝶梦》中，平民百姓王老汉就在街边休息，却无端被人打死。凶手是出身权势之家的葛彪，公开扬言打死王老汉就“只当房檐上揭片瓦相似”，根本不受法律的约束，可谓无法无天。《望江亭》中的杨衙内，《鲁斋郎》中的鲁斋郎都是这样视杀人如儿戏的恶霸。那么，这些人为何如此霸道？他们头上的保护伞是什么？这便接触到问题的实质，即受最高统治者庇护的特权阶层是普通百姓苦难的原因之一。

《窦娥冤》是关汉卿晚年的作品，主题更加深刻，对人民苦难原因的多方面揭示，塑造出窦娥这个悲剧典型。窦娥是个清白、善良、无辜的女子，三岁丧母，父亲窦天章是名儒生，因要进京赶考没有盘缠，又还不起欠债，不得已才把亲生女儿典卖给蔡婆婆当童养媳。这是悲剧的根源，儒生养不起家口，高利贷重利盘剥，但这也不是最深层次的原因，司法腐败黑暗才是最大的祸害。邪恶势力、地痞流氓猖獗的前提就是有保护伞，而保护伞就是官府。窦娥不肯向一步步威胁自己的恶棍张驴儿妥协，坚决斗争到底的精神支柱是她相信官府会明断是非，但最后却把她屈打成招，她反抗的性格更加鲜明激烈，将斗争的矛头直接指向黑暗的官府。在赴法场的路上，她唱道：

【滚绣球】有日月朝暮悬，有鬼神掌着生死权。天地也，只合把清浊分辨，可怎生糊突了盗跖颜渊：为善的受贫穷更命短，造恶的享福贵又寿延。天地也，做得个怕硬欺软，却原来也这般顺水推船。地也，你不分好歹何为地，天也，你错勘贤愚枉做天！哎，只落得两泪涟涟。

历经磨难的窦娥对天地日月鬼神都提出质疑，谴责他们颠倒是非，混淆黑白，再也不能担当起正义的责任。实际是对于朝廷和官府的血泪控诉。在临刑前，窦娥发下三桩誓愿，以强大的意志逼迫大自然违反常规：血不下落而飞溅白练；大伏天降三尺大雪；楚州大旱三年，以此来证明自己的冤屈之深之大。这种浪漫主义的处理手法极大地增强了批判谴责的力度，增加了悲剧的感染力。使窦娥之冤成为以后人们习用的口语，足见其深入人心的程度。最后一折，鬼神诉冤，窦天章为之平反昭雪，但窦娥却没有重新成活，而是用消失的方式离开了。这更增加悲剧的艺术效果，是善良、正义、美丽的毁灭。因此《窦娥冤》受到王国维的高度赞美，说将其“列之世界大悲剧中，亦无愧色”。

关汉卿的杂剧除揭露社会黑暗和同情百姓困苦的主题外，还有赞美英雄的主题，如《单刀会》、《西蜀梦》、《哭存孝》、《单鞭夺槊》等，其中充满英雄之气和阳刚之美；同情风尘女子的命运，歌颂她们的反抗，如《救风尘》、《谢天香》、《金线池》等，其中最精彩的是《救风尘》，从中可以看到作者对于妓女命运和地位的深切同情和理解，体现出人道主义的精神；为追求婚姻自由的男女们大唱赞歌，《望江亭》、《调风月》、《拜月亭》三个杂剧属于这一主题，描写良家女子为实现婚姻自由而进行的斗争，在矛盾冲突中抨击礼教的罪恶。关汉卿的杂剧视野开阔，主题丰富复杂，并塑造了众多个性鲜明的人物形象，许多人物形象至今还出现在舞台上，活在读者的心目中，仅此一点，关汉卿就足以堪称第一流的文学家。

元末明初的贾仲明在《录鬼簿》关汉卿传略后面补写了一首小令，高度肯定关汉卿在杂剧界的崇高地位，我们录下作为本文的结尾：

【凌波曲】珠玑语唾自然流，金玉词源即便有，玲珑肺腑天生就。风月情，忒惯熟。姓名香，四大神物。驱梨园领袖，总编修师首，捻杂剧班头。

《西厢记》

崔莺莺、张生的故事自《莺莺传》后，在文人及民间各种艺术形式中广

泛流传，其中董解元的《西厢记诸宫调》成就最高。王实甫在“董西厢”的基础上，进一步再创造，将其改为了代言体的戏剧。不仅如此，他还删除了“董西厢”中一些冗长与不合理的情节（如孙飞虎战白马将军一段），改写了曲文，使故事更为完整，并完善了人物形象；更重要的是，他进一步增强了崔张故事的反封建倾向。

王实甫《西厢记》在“董西厢”反封建主题的基础上，通过一系列再创造，更为深刻地揭露了封建礼教对青年自由幸福的摧残，并通过他们的美满结合，歌颂了青年男女对爱情的正当要求以及他们的斗争和胜利。正因如此，《西厢记》杂剧成为了数百年来封建礼教束缚下青年男女追求爱情幸福的赞歌。

剧本以女主人公崔莺莺、男主人公张生、婢女红娘为一方，老夫人为另一方，并通过双方的斗争揭示了它的主题思想。

崔莺莺是相国之女，名门闺秀，但又是个封建礼教的叛逆者。她的终身早已由父母安排妥定，但她却渴求真正的爱情。因此在偶遇书生张珙时，能不顾父丧，给张生“秋波一转”，大胆地表达了自己的爱意。她不满老夫人的拘束，更不满老夫人在孙飞虎围普救寺时许婚而又在事后背约，“听琴”一折，她甚至骂“口不应心的狠毒娘”。她重情而轻视功名，认为“但得一个并头莲，强似状元及第”（第四本第三折）。

但是她又带着贵族女子的软弱和矛盾。她的斗争不仅是对母亲所代表的礼教的斗争，也是对自己的斗争。他回张生的信却是约张生幽会的信，但张生应约而来，她又训斥张生；在张生病重后，她又派红娘去送药方，并约定了一次真正的幽会，而且大胆地与张生私下结合。这是一个性格多重、活生生的形象，从这一形象中反映出青年男女外在与内在双重精神枷锁的沉重性，争取自由幸福的艰巨性。

《西厢记》手绘图

张生是一个“志诚种”，对爱情执着专一。他为了莺莺抛弃了功名，废寝忘食，甚至深染沉疴。他有痴的一面，酸的一面，迂的一面，软弱的一面，但他根本上是深于情、忠于情，富于叛逆性的。

红娘是另一主角，一个地位低下的婢女。但她聪明、机智、勇敢、富于正义感和同情心。她不仅是崔、张的帮助者、出谋划策人，也是他们精神上的鼓动者。她用爽利的嘴“骂”掉了崔、张所背负的精神包袱；崔、张的结合正是由她牵引的，这使他们在由爱情到婚姻的路途上迈出了无可反顾的决定性一步。另一方面，他当面驳斥老夫人的反悔行径，并陈述利害，使之不得不同意这门亲事。正因如此，红娘的名字至今还是家喻户晓的成人之好者的代称。王实甫在全剧21套唱腔中为红娘安排了8套，这反映了红娘地位的重要，也反映了王实甫的进步思想倾向。

老夫人是冲突另一方的代表。正是她体现了封建礼教对青年的束缚，也体现了礼教的虚伪。但她又是一个有血有肉的艺术形象。丈夫的去世，使她成为了唯一的家长。她的一言一行都在于对“相府门第”的维护。因此她十分看重与郑尚书家的婚约。她的背约不仅仅是忘恩负义，而是由她所代表的封建门第观念决定的，具有必然性的。她也真心地爱女儿，但她的爱完全是从礼教角度出发的。

《西厢记》为崔、张安排了胜利的结局，对此不应视为虚幻庸俗的大团圆(虽也有庸俗的一面)，它的实质在于：一定要让合理的变成现实的，一定要在舞台上实现作者与千千万万青年男女心中的爱情之梦。剧本在结尾部分提出了“愿天下有情的都成了眷属”这样一个富于感召力的口号，这口号具有极大的广泛性，因为它囊括“天下”，全盘包容；它又具有极大的深刻性，因为它以“情”为皈依，使婚姻具有了真正的道德内涵。所以这口号同全剧一样，具有与封建礼教挑战的意义。

《西厢记》是我国古典戏剧的现实主义杰作。它在艺术上最突出的成就是根据人物的性格特征，展开错综复杂的戏剧冲突，完成了莺莺、张生、红娘等艺术形象的塑造。剧中的人物虽不多，但揭示比较深刻。不仅莺莺、张生、红娘与老夫人之间存在着根本矛盾，而且由于经历、地位、环境的不同，莺莺、张生、红娘之间也不时引起误会性的冲突。正是在这一系列的冲突中，人物各自的性格特征得到了充分而鲜明地显现。《西厢记》这种人物塑造的方法，表明作者对现实主义创作方法的把握已经相当深刻而成熟了，虽然这种把握是不自觉的。

与之相应，《西厢记》成功地表现了事件曲折折复杂的过程。在情节上，一波未平，一波又起，普救寺被围，老夫人赖婚，莺莺的送简与赖简，崔张

私下结合，拷红，长亭送别，郑恒的作梗，剧本始终扣人心弦，显示了作者在戏剧场面安排上的非凡功力。

此外，《西厢记》在主唱角色的分配和结相的扩大上，对杂剧体制也有所革新和创造。为了完整而曲折地再现崔、张故事，作者打破了元杂剧一本四折的通例，采用了联本的方式，共用了五本二十一折，同时还部分地打破了一本由一人主唱的限制。

历来《西厢记》都是元杂剧中最受人喜爱的一部作品。从明代开始便出现了《西厢记》风靡的情况，明代《西厢记》的刊本便有六十几种，到今天已不下百数十种。为适应当时兴起的南方声腔，明人还改创了两部《南西厢》，甚至当时有人以“春秋”呼《西厢》，称之为“崔氏春秋”（见《词谑》）。作为古典现实主义的杰作，《西厢记》也受到了历代封建卫道士的攻击排斥，被指责为“诲淫”，到清代有的地方当局更将它列入禁毁书目里。可是进步的文人却高度评价这部作品，金圣叹将其称为“第六才子书”，曹雪芹在《红楼梦》中还安排宝玉和黛玉这对叛逆者偷读《西厢记》。到今天，《西厢记》仍是戏剧等各种艺术形式演出不衰的作品。

知识链接

酸甜乐府

贯云石（1286—1324 年）是维吾尔族人。自号酸斋；与浙江嘉兴一位自号甜斋的元散曲家徐再思风格相近。他二人大多咏物写情，贯云石多以逸乐生活和男女私情为题材，徐再思多以悠闲生活与闺情春思为题料。他们二人讲求字句雕琢，对仗工巧，艳丽华美。后人将他两人作品，辑为《酸甜乐府》二卷，约存小令百余首。二人在风格上稍有不同之处是：贯云石偏重豪放，徐再思偏重凄婉华丽。确如他们的自号所标：一个语语带酸；一个语语带甜。

第七章

明清时期的文学

明清时期是文学艺术史上又一个繁荣时期。明代学术研究趋于低落，小说创作却开辟了文学史的新阶段。明初创作的《三国演义》、《水浒传》等名作，产生了重大的影响，至清代孕育出《红楼梦》这样的文学巨著。在元代戏曲繁荣的基础上，明清的传奇普及于南北各地，剧本创作不断出现传世的名篇，地方声腔各有特色，形成众多的剧种，百花竞艳，并且日益成为居民文化生活中不可缺少的艺术享受。

第一节 明清时期文学的发展

明代文学的发展

我们大致地把从明初到成化末年（1368—1487 年）的一百多年界定为明代文学的前期。可以看到，这是文学史上一段相当漫长的衰微冷落时期。元代末年所形成的自由活跃的文学风气，在明初以残酷的政治手段所保障的严厉的思想统治下戛然而止。洪武七年被腰斩的高启，唱出了由元入明的文人们内心中的无穷悲凉。而同样是由元入明的宋濂，则因积极参与新潮文化规制的设计而成为“开国文臣之首”（《明史》本传）。他一方面对杨维桢保留着若干好评，似对元末的文学不无留恋，但更主要的是继承程朱理学的“文道合一”说，重新建立了由明王朝的政治权力所支持的、代表官方态度的道统文学观。当时诗歌方面最有影响的是以杨士奇、杨荣、杨溥为代表的粉饰现实、歌功颂德的台阁体和以李东阳为代表的自称宗法杜甫而追求声调格律的茶陵诗派。戏剧方面，是以朱权、朱有燉为代表的皇家戏曲创作，此外还有以邱浚、邵灿为代表的伦理剧创作。无论是诗文还是戏曲，都致力于歌舞升平，宣扬封建伦理道德，缺乏真情实感和创造性。这时期较有特色的是文言小说创作，以瞿佑的《剪灯新话》与李昌祺的《剪灯余话》为代表，他们不论是写艳情还是述鬼怪，大都叙述委婉生动，但因内容不合乎封建礼教而遭到明初统治者的贬斥甚至是禁止。南戏则逐渐形成“以时文为南曲”的逆流。在小说创作领域内几乎是一片空白。

明中叶开始，文学创作开始发生变化，特别是嘉靖、万历以后，随着政治、经济和哲学思潮的发展和变化，文学创作出现了一个崭新的局面。这是

明代文学从前期的衰落状态中恢复生机、逐渐走向高潮的时期。这种转变，一方面与文网的逐渐松弛有关（永乐朝被杀的方孝孺的遗著，在此期间刊行；在这以前，收藏方孝孺文集就要被处死），而更重要的是前面所说的社会经济形态的变化以及与之相应的思想意识形态的变化所致。但这一时期传统势力仍然是很强大的存在，因而文学的进展显得相当艰难。

中期文学的复苏，首先表现于两个文学集团："吴中四才子"和"前七子"。由祝允明、唐寅为首的吴中四才子，其成员政治地位都不高，影响范围较小，是一个地域性的文学集团。他们的诗文创作无论是思想内容还是艺术特色都能冲破传统的束缚，形成自己的特色，他们的创作成为晚明文学解放的先驱是很值得重视的。以李梦阳、何景明为首的前七子，大多科第得志，政治地位较高，活动的中心又是在京师，因而其影响遍布于全国。尤其是李梦阳，他在明代文学中的扭转风气之功，为后来的文人所一致称赏。

明代中期文学的另一个重要特征，是俗文学的兴盛和雅、俗传统的混融。

这一时期，顺应着市民阶层文艺需求的增长，出版印刷业出现空前的繁荣。《水浒传》和《三国演义》等小说在嘉靖时期开始广泛地刊刻流传，戏曲作家也陆续增多。就主要从事诗文的作家而言，也普遍重视通俗文学，并从中得到启发。李梦阳倡论"真诗在民间"，已表达了对文人文学传统的失望和另寻出路的意向；唐寅在科举失败以后的诗歌创作，在很大程度上摆脱了典雅规范而力求"俗趣"。在陈继儒的《藏说小萃序》中，可以看到吴中文士文徵明、沈周、都穆、祝允明等人喜爱收藏、传写"稗官小说"的生动记载。徐渭的晚年，更是把主要精力转移到戏曲的创作、评析、传授上来。另外应该注意的是，小说《西游记》也是完成于明代中期。明代中后期，由于社会财富的急剧增长，由于"富民"的大量出现，权

唐伯虎《孟蜀宫妓图》

势与财富大致相对应的社会结构已遭到严重破坏。权力阶层当然不甘心于此，他们凭借权力占取超常财富的欲望不断膨胀。这样，由他们所承担的国家政治机能自然受到破坏，使得国家机器因腐败而失去它的有效性。所以，明王朝所面临的，是一种政治制度与社会发展不相适应的根本性危机。尽管万历初年由张居正所主持的改革，在整顿财政、赋税和吏治方面起了一定效用，在短期内挽救了王朝的崩溃之势，却既无法从根本上解决问题，也难以在张氏去世后维持下去。最终，由于政治腐败和大饥荒所激起的农民起义，加上关外满洲军事集团的压力，摧垮了明王朝的统治。

王阳明心学的发展及其影响日益扩大，从左派王学的泰州学派，一直到李贽，都在不同程度地张扬个性，突破了封建礼教的束缚，促进了个性解放和文学解放，李贽倡导的"童心说"直接影响了公安派的"性灵说"，成为文学解放的号角。

以袁宏道、袁宗道、袁中道为首的公安派提倡"独抒性灵，不拘格套"，反对文学的复古，主张创新，并以他们的创作实绩扫清了复古派在文坛上的影响，成为晚明诗文革新运动中的一支劲旅。其后的竟陵派在学习公安派的同时，试图以出深来补救公安派的肤浅之弊。到了明末，以陈子龙、夏完淳为代表的一批爱国作家虽然也倡导复古，但他们忧患时事，并亲身参加到抗清斗争中去，他们的诗文创作具有强烈的现实意义与慷慨雄健的风格，自有其独特的成就。值得一提的是晚明的小品文创作，这种小品文实际上是一种短小精悍、形式自由活泼的散文，或写山水，或为序跋，或抒一己的情感等等，不拘一格，抒发性灵，取得了令人瞩目的成就，出现了像袁宏道、汤显祖、王思任、陈继儒、张岱、刘侗等一批小品文名家。

明代后期短篇小说创作的兴盛主要体现于拟话本的繁荣，这类小说主要模拟宋话本的形式进行创作，既有对宋元话本的改编，也有新的创作，代表作品有冯梦龙的《喻世明言》、《警世通言》、《醒世恒言》，合称"三言"；凌濛初的《初刻拍案惊奇》和《二刻拍案惊奇》，合称"二拍"。这类拟话本小说具有鲜明的时代特征，所反映的内容主要是市民阶层的生活。其他的拟话本小说还有《西湖二集》、《清夜钟》、《石点头》等。

这一时代人们对于文学的基本观念、基本主张，是贯通于"雅"文学和"俗"文学两方面的。这里李贽同样起了极重要的作用。他在鄙薄六经、《论语》、《孟子》等儒家经典的同时，却大力推崇《西厢记》、《水浒传》等通俗

文学，认为是一种“至文”，而且以极大热情评点《水浒传》等作品，借以宣扬自己的文学思想和人生观念。这给予当代文人以很大的影响。后来冯梦龙整理小说和流行歌谣，也具有相同的意识。

清代戏曲、小说的繁盛

戏曲和小说在晚明曾极为繁盛，这种势头延续到清前期。生活于明末清初的金圣叹在这方面虽没有创作的成就，但他对戏曲小说的推广有很大影响。他所定的所谓“六才子书”，把《西厢记》、《水浒传》与《庄子》、《离骚》、《史记》及杜诗相提并论，引申了李梦阳、李贽等人的文学观。他的评点议论，如强调描写人物性格的重要、重视故事结构等，常有精彩之见，在文学批评史上也有一定的地位。

清初的戏曲小说，在明代的基础上继续得以发展，艺术精神有所变化，并取得相当的成绩。戏剧方面，明末清初的作家中，李渔的剧作同其小说一样是偏重娱乐性的，在重视戏剧结构和舞台演出效果方面，他继承和发展了吴炳戏剧的特点；他在《闲情偶寄》中所提出的戏剧理论，也比前人更为清楚和系统地总结了戏剧艺术的特点和要求。但他的作品很少反映深刻的社会矛盾与热烈的人生追求。明末清初，苏州地区一批戏剧作家形成地域性流派，他们有组织地进行带有集体创作性质的剧作活动。他们的剧作，紧密联系社会实际，紧密联系舞台实际，颇受欢迎。其代表作家是李玉，他的《一捧雪》歌颂忠仆，表彰奴隶道德；他与其他人合作的《清忠谱》，歌颂忠臣，思想陈腐，是反映明末市民同宦官斗争的历史剧。反映市民的政治斗争，这是过去戏曲史上从未有过的。康熙时期，洪升的《长生殿》、孔尚任的《桃花扇》，继承了明末传奇的优秀传统，通过写历史故事，抒发了国家兴亡之感，曲折地反映了当时人民的民族情感。这两位作者也都因其创作触犯忌讳受到贬谪。《长生殿》、《桃花扇》不仅是这一时期最杰出的剧作，也是清朝最杰出的戏剧作品。《桃花扇》作为一部通过儿女之情反映朝代兴亡的历史剧，其杰出之处在于表现了剧烈的历史变化给人们带来的失落感与悲凉情绪，但作者对晚明历史的解释，其实还是正统的和官方化的。总之，清前期的两大名剧与清中期的两部杰出的长篇小说，不属于同等水平。而整个清代戏剧就剧本创作即文学方面而言，到清中期已严重衰退，这和小说的情况不同。

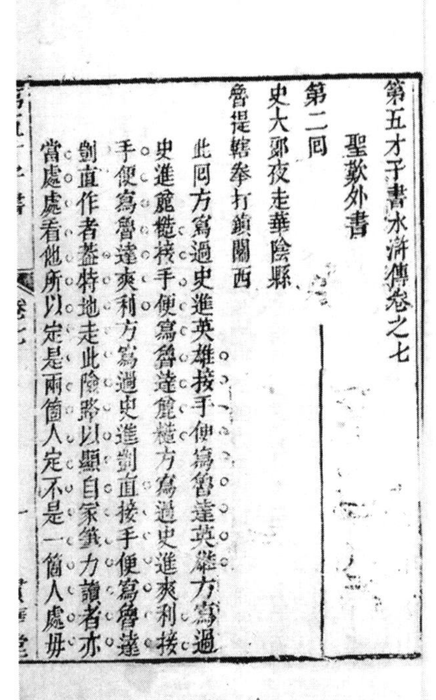

第五才子書水滸傳卷之七

聖歎外書

第二回

史大郎夜走華陰縣

魯提轄拳打鎮關西

此回方寫過史進英雄接手便寫魯達英雄方寫過史進麁糙接手便寫魯達麁糙方寫過史進爽利接手便寫魯達爽利方寫過史進剴直接手便寫魯達剴直作者蓋特地走此險路以顯自家筆力讀者亦當處處看他所以定是兩箇人定不是一箇人處毋

被金圣叹好评的书都会身价倍增

小说方面，蒲松龄的文言小说集《聊斋志异》，以谈狐说鬼的方式，揭露了封建吏治和科举制度的不公正，表达了人民对美好爱情和生活的追求。这是文言小说在继宋、元、明三代沉寂之后，出现的最杰出的作品。在白话小说方面，小说的理论获得空前丰收。金圣叹对《水浒传》、毛宗岗对《三国演义》、张竹坡对《金瓶梅》的评点，使我国的小说美学开始形成自己的体系。长篇章回小说此时虽然没有出现杰出之作，但英雄传奇小说涌现出《水浒后传》、《说岳全传》这样的好作品。人情小说出现了《醒世姻缘传》以及一大批才子佳人小说，它们共同为清中叶《红楼梦》、《儒林外史》的出现蕴积了基础。

短篇小说方面，从晚明到清前期有一些明显的变化。晚明异常活跃的白话短篇小说到清初就开始衰退，同时文言短篇小说更受一般文人的重视。白话与文言短篇小说之间不只是语体上的差异，白话小说那种鲜活的气氛与文言小说的雅致笔调，在对读者情感的作用上是有区别的，后者较为“隔”，也

较为平静。但文言小说对前一时期的白话小说不是没有继承关系，以最著名的《聊斋志异》来看，作者所描绘的许多主动追求爱情幸福的女性形象，同“三言”、“二拍”中的女性有很多相似之处，但由于作者赋予她们以狐仙花精之类非人世的身份，这些形象因而与尖锐的现实矛盾构成一定距离，成为诗意的、幻想性的存在。而《聊斋志异》中凡是具有现实社会身份的女性，大抵贤惠温良而合于传统道德。以上两种特点，正是晚明文学精神在退化中又曲折地得到延续的表现。到了清中期，以纪昀的《阅微草堂笔记》为代表，反对《聊斋志异》中的虚构情节与细致的描绘，而以平实的笔记体为中国小说的正宗，这又更向古雅的传统靠近了一步。

清代中叶是清朝的鼎盛时期。这个时期社会经济由恢复进入繁荣和发展。经过康熙、雍正两朝的休养生息，清朝人口大大增加了，耕地面积不断扩大，农业产品日益丰富。明末以来出现的资本主义生产方式的萌芽，这时突破清初的限制和打击工商业的政策而急遽发展起来。这一时期，在文化上也是有清以来的鼎盛时期。从官方来说，乾隆三十八年开设了“四库全书馆”，征求天下遗书，编辑四库全书。四库全书的编辑，尽管从统治者的愿望来说是借此消灭反清文献，转移人们现实斗争的视线；但客观上，这种图书整理工作对于中国古代文献的整理和保存，对于文化的发展也有一定贡献。从民间来说，这一时期考据学发达，并形成了后来的乾嘉学派，他们在整理和考订中国古典文献方面都有不少成就。乾隆后期，由于政治上的腐败，各种社会矛盾进一步激化，清朝由盛而衰迅速走向败落。特别是乾隆末年和嘉庆初年爆发的历时九年，遍及川、楚、陕、豫、甘五省的白莲教起义，沉重地打击了清王朝的统治，动摇了它的统治基础。

这个时期的戏剧明显表现出一种新的趋向，除杨潮观、蒋士铨等人的作品略有可观外，剧坛已基本沉寂下来。代之而起的是比较有生命力的各种地方戏曲。而讲唱文学如评书、鼓词、弹词、民间小调也以旺盛的生命力在城市和农村活跃着。

清代长篇小说拥有广泛的读者，始终很兴旺。明末清初出现的大量才子佳人小说，也是晚明小说一个方面的延续，但这里面没有什么杰出之作，只是些套路化的娱乐性读物。一些历史传奇小说，如《水浒后传》、《说岳全传》等，则较多受到正统意识的影响。到了清代中期，沿着《金瓶梅词话》的写实传统，终于出现了中国小说史上两部伟大的作品——《儒林外史》和

《红楼梦》，这是清代文学了不起的收获。《儒林外史》对于封建科举制度进行了尖锐的批判，对于封建社会知识分子的灵魂进行了深刻地剖析，它“戚而能谐，婉而多讽”的艺术手法，使它成为我国古典讽刺小说里程碑式的作品。《红楼梦》则通过贾宝玉和林黛玉的爱情悲剧和贾府由盛而衰的故事情节，深刻揭示了封建统治阶级和封建社会必然没落的历史命运。在艺术上，这两部小说对人性复杂性的理解之深刻、描摹之细致，达到了前所未有的高度。

继《红楼梦》之后，《镜花缘》略有可观，它在妇女问题上有一些进步见解，体现出民主思想。此时的文言短篇小说有纪昀的《阅微草堂笔记》、袁枚的《新齐谐》，但成就不及前期的《聊斋志异》。

落日夕阳——晚清的文学

清代中叶以后，清代文学急遽滑坡，直到鸦片战争爆发，文学才发生新的变化，由龚自珍的诗文打破“万马齐喑”的局面而开一代风气。

但最值得注意的是，从清前期到中期，中国文学中所蕴藏的变革力量正在重新恢复生气，倘以龚自珍为代表，可以说它已经达到了新的高度和强度。

从鸦片战争到辛亥革命约 70 年间，中国社会处于激烈的动荡之中。这一历史阶段，是封闭的中国社会被迫向世界开放、正面接触以西方为代表的现代资本主义文明的时期。对中国的知识界来说，这种文明既是新鲜的和先进的，又是同殖民主义侵略及民族耻辱感相伴随的。

在政治经济方面，无论是林则徐、魏源等先驱者，还是道光皇帝，他们所关注的是先进的西方技术，他们认为只须“师夷之长技”，招“西洋工匠”和“西洋柁师”，选精工巧匠而习之，便可以达到强国的目的。

但是随着民族危机的深化和西方文化的不断传入，人们逐渐感觉到，西方文化和中国文化是不同质的东西，这种“中学为体，西学为用”之论，力图在保存中国旧有文化传统的基础上吸收西方文化，它所不同于“道器论”的，是眼界要宽广得多，如张之洞在著名的《劝学篇》中，就主张“西政之可以起吾疾者取之”。但这一派人士在维护“纲常名教”上，仍是不肯动摇的。甲午战争以后，这种变法论愈加高涨。

戊戌百日维新失败后，人们对清王朝完全失去信任，这个政权本身也摇

摇欲坠。而这时期由严复翻译的《天演论》所表述的进化论观点，在中国知识界引起了石破天惊般的巨大反响，此外，西方的民权、民主等思想理论也不断被更多的人所接受，因此倡言“革命”的理论日益风行。

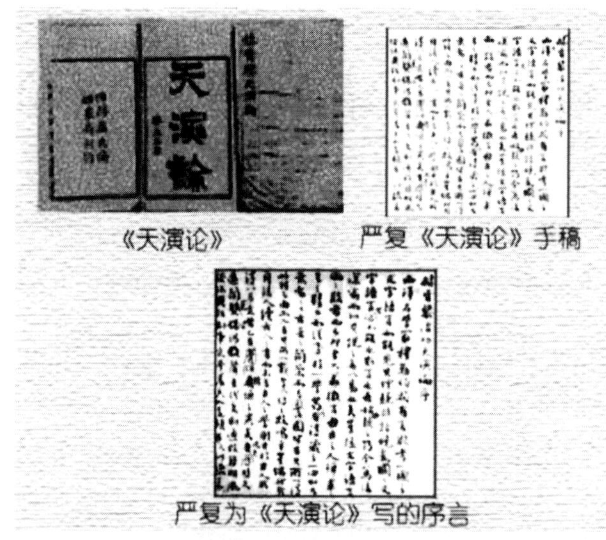

严复及其《天演论》

鸦片战争以后，中国的经济状况和社会生活方式也发生了巨大的变化。西方工业国家的产品凭借军事强权的支持和自身的竞争力，从沿海深入内地，无情地撕裂着中国自给自足的传统经济网络，而受到这种刺激，中国的官办工商业和民间工商业也日渐兴旺，城市出现畸形的繁荣。

清代后期文学就艺术成就而言并不高，比较前期和中期反而显得逊色。

散文方面，曾国藩凭借其击败太平天国所获得的地位，重振桐城派的“声威”，其幕府中又搜罗了众多知名文士，一时造成很大影响（在作为桐城派之分支的意义上他们也被称为“湘乡派”）。

在散文领域代表着革新倾向的是梁启超，他发表于报刊的许多文章，虽是为政治宣传而作且仍是文言体式，但写得流利明畅，富有情感，具有很强的煽动力，与向来的古文大不相同。这种新文体也是文言散文向白话散文过渡的桥梁。

清后期的戏曲演出，包括京剧和各种地方戏都很繁盛，但大都沿袭或改编旧有剧目，或改编旧小说，新的剧本创作自中期以来即告衰退，缺乏重振之力。清末出现过一些宣传反清革命的传奇、杂剧，但文学价值也不高。值得注意的是清末时在留日学生中第一次出现了由“春柳社”组织的话剧演出，虽然表演的是《茶花女》、《黑奴吁天录》等外国文学故事，但这一新的剧种为“五四”以后新戏剧文学的兴起提供了条件。

小说是清后期最为兴盛的文学样式,其数量呈现急速的增长,这在客观方面是因为印刷技术有了提高,因为报刊杂志这种全新的大众传媒的勃兴,主观方面则是因为这一时代人们对小说的看法有了很大改变,小说的价值被提得很高。

在晚清小说论中，影响最大也最具代表性的是梁启超所鼓吹的“小说界革命”说。梁氏在这方面深受日本明治维新以后新派人士喜以小说宣传政治观念的影响，他的《论小说与群治之关系》一文，竭力强调小说在推进政治变革和提高社会道德方面的作用，将它夸大为挽救中国的灵丹妙药。这种理论的显著缺陷，是容易使小说过于偏重宣传效用，呈现说教色彩，而艺术上却变得浮夸粗糙。当然，对于中国士大夫的文化传统中鄙薄小说的习惯，这种理论客观上也起到了冲击作用。

但中国小说创作领域里，在相当长的时间内却闻不到一点新鲜的气息。据《中国通俗小说总目提要》的著录，从道光二十年（1840 年）至光绪二十六年（1900 年）的 60 年间，作品依然是传统型的。如人情小说《儿女英雄传》《绣球缘》，神怪小说《升仙传》、《鬼神传》，历史小说《群英杰》、《铁冠图》，公案小说《小五义》、《彭公案》之类，与古代的小说没有本质的区别。以前评价较高的以《官场现形记》为代表的谴责小说，在揭露社会黑暗方面确实很尖锐，但这里面所谓的“揭露”有太多的虚夸，缺乏对人物的真实理解和同情，辞气浮露，却成为它的致命伤。值得重视的小说应数以妓女生活为中心兼及社会各色人物的《海上花列传》，它以自然平实的文笔，描绘了在畸形的社会和畸形的生活处境中人性的变异状态，善于从人物不动声色的言谈举止中反映其微妙的心理，在若干方面具有现代小说的特色。只是它的情调过于灰暗，作为长篇小说来看，它的情节也过于琐细。惟此之故，有的文学史家甚至把这一时期的小说说成是“趋向衰落以至倒退的状态”。由此可见，在这一为史学家划定的“近代史”范围内产生出来的小说，确实并不具备“近代”的“精神”。

清代后期也出现了许多文学批评和研究性质的著作。小说理论方面，虽然受政治因素的影响比较大，但也接受了西方文学思想的某些成分。与此同时，王国维撰写了《宋元戏曲考》（后改名《宋元戏曲史》），第一次对中国戏曲的发展过程作了系统性的研究，他对戏曲艺术价值的认识和对一些作家作品的评价，与西方戏剧理论也有明显的关联。他的《人间词话》和《红楼

梦评论》，更为深入地运用了西方美学思想来分析中国文学，具有开创的意义。

知识链接

古韵学开山鼻祖：顾炎武

顾炎武（1613—1682年），原名绛，字忠清，明亡后改名炎武，字宁人，世人尊称“亭林先生”。顾炎武是江苏昆山人，明末清初著名的思想家、史学家、语言学家。他曾经参加抗清斗争，后来致力于学术研究。晚年的顾炎武则着重于经学的考证，他考订古音，将古韵分为十部，是清代古韵学的开山鼻祖。

顾炎武学术的最大特色是他反对宋明两代理学的唯心主义思想，重视客观的调查研究，开一代之新风，提出“君子为学，以明道也，以救世也。徒以诗文而已，所谓雕虫篆刻，亦何益哉”的为学观点。

在顾炎武看来，做学问必须要先树立起人格，“礼义廉耻，是谓四维”，提倡“国家兴亡，匹夫有责”。他在《日知录》卷13《正始》中云：“保天下者，匹夫之贱，与有责焉耳矣。”此观点强调了人格的重要性。顾炎武著作有《日知录》、《肇域志》、《音学五书》以及《亭林诗文集》等。

顾炎武学问渊博，提倡“经世致用”的实际学问，反对空谈心理性命，注意讲求证据。在经学上，他重视考证，开清代朴学风气。顾炎武在音韵学方面也有重大贡献，被称作是清朝“开国儒师”、“清学开山”始祖。他一生辗转，读万卷书，行万里路，从而开创出一种新的治学门径，终于成为清初继往开来的一代思想家。

第二节 明清时期的文学人物

戏曲大家——汤显祖

汤显祖，字义仍，号若士、海若、清远遭人，于1550年9月，诞生在江西临川县城内一个世代书香之家。他天资聪明，自幼好学，5岁上属对无差，12岁吟诗竟能出口得韵。13岁始从泰州学派创始人王艮的三传弟子罗汝芳游学。学力非凡，备受当时江西督学何镗夸赞："文章名世者必子也。"果然，14岁补县诸生，21岁中举。有趣得是，英国人的"骄傲"——6年前落生在英格兰中部艾汶河畔的莎士比亚，这时才开始接受启蒙教育，跟普通孩子一样。而汤显祖则已经是一个于古文词而外能精乐府歌行、五七言诗、诸史百家，通天官、地理、医药、卜筮、河籍、墨、兵、神经、怪牒诸书的博学者，在"此儿汗血，可致千里"的啧啧赞声中名扬遐迩，海内人以能见之为幸。

可是，令人眩目的锦秀前程，却并没有因汤显祖的少年精进和满腹才智而从他脚下延伸开去。虽然他和封建时代的绝大多数知识分子一样，热衷于功名，从22岁起，就意气激昂地开始了科场上的奋斗，但在那趋炎附势、逢迎拍马的庸流俗辈反能运星高照、鱼跃士途的畸形社会里，像他这种刚直不阿的秉介之士，要想凤鸣朝阳，走通以举士求取功名来施展才华的理想道路，明显是极其困难的！

明神宗万历五年，三年一次的京师会考又将举行了。当朝首辅张居正，为了他次子（嗣修）能高中名次，正四方搜罗文如晁、贾的天下才人名士为其子张扬。在齐集京城的应试文人中，他们看中了颇著名声的汤显祖和宣城沈懋学，便派人临访，暗许功名以拉拢交谊甚笃的两位才子与其子交游。汤

显祖不从，结果落第。而沈懋学与张嗣修果然高中红榜。

不是地位使人增光，而是人使他的地位添色。汤显祖不愿腆颜求仕、蔑视权贵的事迹不胫而走，很快传遍国中，天下慕名来访这位落第才子的远比朝拜新科状元沈懋学的为多。

汤显祖之墓

古来雄才多磨难。或许正是这尘世的千般苦难，人生的万种逆境催人奋进，造成了奇才。严酷的现实无情地捉弄着立志仕进的汤显祖，竟连续三次落第。痛苦自不待言。但他并没有一蹶不振。他发誓穷途再跃。企望子孙为官、百代世禄的张居正不死心，又派人带着他正待应考的三儿子，迢迢千里奔来南京结交汤显祖。启开进取门道的钥匙再一次送到面前，只要乐意使一下子，就一切都顺心如意了。可汤显祖却认为，富贵一时，名节千古，不能及第以伸展才华事小，失节事大，因而甩开功名的诱惑，宁可错过这别人看来是千载难逢的好机会，也不肯移性屈节去换取那为世人所不齿的“状元”，他索性不参加1580年的京师会试。

直到张居正死后第二年，34岁的汤显祖才考取了进士。但在奸相躐高位、英俊沉下僚的残酷现实面前，痛苦潦倒的命运必如幽灵一般，始终追逐着这不避威权，悖逆于明王朝暴政的才学之士。由于不肯以摧眉折腰去取悦当朝辅臣如申时行、张四维之流，断然拒绝在他们门下为官，而被排斥到南京做太常博士之类的闲官达五年之久，后来才升至南祠郎。

万历十九年，42岁的汤显祖不顾当朝皇帝的震怒，上了《论辅臣科臣疏》，指斥申时行专横独断、任用私人，揭发吏科给事中杨文举纳贿舞弊。结果是他被贬为雷州半岛最南端的徐闻县典史，比当年杜甫、柳宗元遭难的地方更为偏远。

过了两年左右才转为浙江遂昌知县。沉沦潦倒的厄运使汤显祖较多地接触社会下层，“以人民之所欲去留”的思想便逐渐以至整个地控制了他。尽管好容易才升了个县令，但他全然不怕丢掉乌纱帽，按照自己的理想，大刀阔斧地采取各种方式抑制豪强，打击恶势力；破天荒地放囚犯回家过年或出狱

观赏花灯；在任五年，从没拘捕过一名妇女，从没折腾死过一名囚犯。汤显祖虽因推行这安民息讼、举政兴国的政治路线而博得人民爱戴，却因此得罪了当地权贵，招来佞臣朽吏的卑鄙诟陷。终于在1598年春天，49岁的汤显祖绝意于宦途，愤然弃官，归隐临川。

汤显祖一回到故里，就在门上题道："一钩帘幕红尘远，半榻尘书白昼长"，一方面疏远权贵，另一方面，却与文朋诗友、艺人歌妓交往活跃在玉茗堂，"宾朋杂坐，箫闲歌咏，俯仰自得"。

从某种意义上讲，幼时的影响关涉到人的一生。西方文学史上最杰出的诗人和戏剧家莎士比亚，因童年时代在故乡有机会经常观看伦敦剧团的巡回演出，便在幼小的心灵里播下了戏剧艺术的种子。同样，汤显祖的戏剧才能，也和家庭给予的最初影响分不开。精于诗词歌赋的祖父和父亲，使他孩提时代就受到良好的文学熏陶。曾在外度过歌舞生涯的大伯父，家居时常拍曲遣兴，影响少年显祖迷上了戏曲，时常与谢九紫、吴拾芝、曾粤祥等一般曲友在一起歌舞拍曲。他阅读过近千种元人院本，其中许多精妙的唱段和对白他都能够读而成诵。

最初的试笔之作是《紫箫记》，据说因影射了张居正而被迫中途搁笔。后在南京做官时将其改编为《紫钗记》，思想性艺术性反倒大大提高。

早有闻名的汤显祖，在戏剧舞台上对于编剧、导演、排练都是鼎鼎有名的行家里手。他退隐之后，带着对黑暗现实的深沉质问，带着忧伤国事、缅怀民艰的万种情怀，开始了戏剧创作的黄金时期。

长河渐落，晓星西沉，玉茗堂内，汤显祖怫郁展卷，描出"断井颓垣"、"万里伤心"；朝飞暮卷，寒来暑往，毓霭池畔，汤显祖冥思寻妙，绘成"风丝雨片，烟波画船"。他掬着一腔真情，书写文章的灵性。就在归隐的当年，他写出了《牡丹亭》，紧接着又写成了《南柯记》和《邯郸记》。

1616年秋天，当西方还在为四个月前失去了莎士比亚而悲恸未苏的时候，阅尽人间凄凉的汤显祖也艰难地走完了坎坷曲折的人生之路。东方的星，殒落了。但是，他身后留下的光芒已经汇聚于中华民族骄傲的伟大丰碑，永远闪耀在中国乃至世界的文化园地。

明末的思想家——李贽

明末清初的一百多年，是中国文学史上最活跃的历史时期之一。与社会政治的黑暗污浊相反，文学园地却是百花盛开，争奇斗艳。群星灿烂，名家云集，徐文长、汤显祖、吴承恩、兰陵笑笑生、三袁兄弟、冯梦龙、凌濛初、李渔、钱谦益、金圣叹等一大批著名文学家为后世献出了精彩的作品。对于这样一个一百多年的文学史上的辉煌时期，人们用不同的说法来概括其精神，或称之为“浪漫时期”，或称之为“启蒙时期”，或称之为“狂放时代”。有一点是所有学者都承认的，即这是一个思想解放的时代。而这种思想解放的局面，是在一阵狂风暴雨吹散明中叶以前的笼罩全社会程朱理学的阴霾，吹开笼罩文坛复古的沉闷空气后出现的。而在狂风暴雨浪尖上的人物，便是一位伟大的思想解放的先驱——李卓吾。

李贽（1527—1602 年），号卓吾，又号宏甫。别号还有笃吾、温陵居士、百泉居士、宏父居士、思斋居士、流寓客子、秃翁等。主要以李卓吾名世。福建泉州（今属福建）人。祖上以经商为业，可谓商人世家，但到他父亲时，家道衰落，他父亲以教书为业。李贽童年丧母，随父读书。12 岁时便在习作《老农老圃论》中对《论语》提出了独到见解。他很瞧不起八股文，但在 26 岁游戏般去参加考试却轻易中举。他只是想证明一下自己，于是考完后就宣布“吾此幸不可再侥也”。他在《焚书》卷 3 中有段文字直接揭示出科举考试的弊端说：

（居士）乃叹曰：“此直戏耳！但剽窃得滥目足矣，主司岂一一能诵孔圣精蕴者也！”因取时文尖新可爱玩者，日诵数篇，临场得五百。题旨下，但作缮写誊录生，即高中矣。找来好的科举考试范文，仔细阅读，领会其中大意，将各种类型的题目都看一下，等看到试题，往里一套，等于是抄录而已，就可以考中举人。说得力透纸背，入木三分，把当时科举考试考察不出真才实学的弊端揭露得极其透彻。从此他坚决退出科举，没再报考。

明朝初年的一百多年，程朱理学是钦定的官方哲学，与八股考试制度相表里，牢牢控制着文人的思想。但到正德、嘉靖时期，这种沉闷局面被打破，王阳明的心学开始产生影响。用个人的“良知”替代高高在上的天理，使“存天理，灭人欲”的教条已经不再神圣。在嘉靖三十二年，首辅徐阶、兵部尚书聂豹、礼部尚书欧阳德等人在北京召开讲学大会，鼓吹王阳明学说，参加会议者多达5000多人，盛况空前，标志着王学已经占据社会意识形态的主流地位。

李贽30岁出仕当官，在官场20多年，做过多种职务，但到处碰壁，污浊龌龊的官场当然不能容纳一个醇正忠诚而具有自由思想的人。他在晚年回忆自己的仕宦生涯时有一段非常感慨的话，我们读来也会感慨万分：

为县博士，即与县令、提学触；为太学博士，即与祭酒、司业触；……司礼曹务，即与高尚书、殷尚书、王侍郎、万侍郎尽触也。……最苦者，为员外郎，不得尚书谢、大理卿董并汪意。……又最苦而遇尚书赵，赵于道学有名，孰知道学益有名而我之触益又甚也！最后为郡守，即与巡抚王触，与守道骆触。

我们不能说李贽没有性格的弱点，他毫无城府，锋芒毕露的性格在官场是根本行不通的。但他敢于公开点出自己抵触的官僚和姓氏，当时人一眼便知具体人是谁，可见其勇气和胆识。李卓吾也不是和所有人都抵触，他钦佩王阳明，钦佩王艮，与耿定理默契。他曾经说过“尝笑天下忌才之人，狗也不值”的话，54岁后，他便彻底离开官场，专心著书。但他那种狂放不羁的性格，自由叛逆的思想，任性自恣的生活，同样为社会所不容，被诬告违反礼教道德而入狱。李贽已经75岁，本来就不愿受拘束的李贽怎么能够忍受这样的囚禁生活，在狱中写下绝命词道：“志士不忘在沟壑，勇士不忘丧其元。我今不死尚何待，愿将一命归黄泉。”然后从容以剃头刀割喉而死。一腔哲人的热血洒在通州污浊的监狱泥土中。

李贽著作主要有《焚书》、《藏书》以及《初潭集》、《明灯通古录》、《忠义水浒传》评点等。他不但是哲学家，而且是文艺理论家，我们只简单介绍他在文艺理论方面的建树和产生的巨大影响。

李贽的文艺理论思想主要保存在《杂说》、《童心说》里，最重要最有影响的是《焚书·童心说》：

夫童心者，真心也。若以童心为不可，是以真心为不可也。夫童心者，绝假纯真，最初一念之本心也。若失却童心，便失却真心；失却真心，便失却真人。人而非真，全不复有初矣……天下之至文，未有不出于童心焉者也。苟童心常存，则道理不行，闻见不立，无时不文，无人不文，无一样创制体格文字而非文者。诗何必古选，文何必先秦？降而为六朝，变而为近体，又

变而为传奇，变而为院本，为杂剧，为《西厢记》，为《水浒传》，为今之举子业，不可得而时势先后论也。

“童心说”是对当时主流意识形态——道学的批判，在文艺学方面，则是晚明文艺浪漫主义思潮的先声。最主要的理论意义是提倡抒写真性情，主张作者的自我表现。在《杂说》中有一段话更为精彩：“且夫世之真能文者，比其初皆非有意于文也……一旦见景生情，触目兴叹，夺他人之酒杯，浇自己之块垒，诉心中之不平，感数奇于千载。”很明显，他提倡作者要在作品中宣泄自己的苦闷，倾诉自己的不平，要有真情实感的自然流露。应当说，真性情永远都是文学精品的前提和灵魂。这些明确的理论主张对于晚明浪漫主义思潮和创作产生催化作用，是其用来进行创作的理论指导，这一思潮的主将汤显祖、袁宏道、冯梦龙都对李贽推崇备至，也从侧面说明他的先驱作用。

李贽所书碑

李贽的一生是不幸的，他用生命和鲜血浇灌的思想之花和为艺术的自由创造与繁荣而开创的思想解放道路，永远留在历史的印记中。

一代奇才——曹雪芹

《红楼梦》的作者曹雪芹（约 1716—1763 年），名霑，字梦阮，号雪芹，又号芹圃、芹溪。他的祖先本是汉人，很早就入了满洲旗籍，成了皇家的“包衣”（奴仆）。后来由奴仆一跃而为官僚，到康熙年间，已是显赫一时的富豪人家了。从他的曾祖父曹玺开始，直到他的伯父曹颙、父亲曹頫，三代世袭江宁织造（当时的理财要职）。祖父曹寅还是著名的藏书家，在当时也颇

曹雪芹故居

有影响。曹寅的两个女儿（即曹雪芹的姑母）都被选作王妃。

曹雪芹的少年时代，过了一段锦衣玉食的豪华生活。但是，这一段生活并不太长，由于他的父亲被革职抄家，曹家逐渐走向衰落。曹雪芹13岁时随家迁居北京，后来在皇家子弟学校工作过一个时期。这时，他结识了敦敏、敦诚兄弟俩。他俩都是这个学校的学生，也同曹雪芹一样家里被抄过。曹雪芹之所以能和敦氏兄弟成为好友，正是因为他们气味相投，谈得来——他们的遭际、生活和思想感情当中，有许多共同的东西作为友谊的基础。

曹雪芹的生活越发困窘了。虽有敦氏弟兄偶尔援助，也无济于事。他本来就喜欢喝酒，晚年穷了喝得更厉害。没钱，就靠“卖画得钱付酒家”。他很善于绘画，有一次画了一只飞向牡丹花丛的彩蝶，既像挂在纸上的，又像飞离地面，凌空翩跹；他画的“宓妃”，竟被人们当成了真人。常有人从北京城里赶来求画，同乡有钱人家也多有求购者。曹雪芹虽然穷困，有时连饭都吃不上，但那些为富不仁、钻营仕途的人，即使出高价，他也不肯卖，甚至皇帝画苑的召请，他也拒绝了。他口袋里一旦有了多余的钱，却常常用来救济老弱病残者。

曹雪芹不喜欢跟有钱人来往，同他相好的都像敦氏兄弟和鄂比那类人。鄂比犯过罪，也住在香山，与曹雪芹的住处只隔着一个王府。他俩常常聊天，有时在王府附近的小酒店里喝酒，曹雪芹就向他谈《红楼梦》，后来鄂比能够背着讲出《红楼梦》里的很多故事。

曹雪芹在香山正白旗住了四年，他的前妻就死在那里。乾隆二十年春天下大雨，把他住的房子冲塌了。曹家是被抄过家的，人家拿他当坏人，房子塌了也没人修理，鄂比帮他在镶黄旗找到两间东房。同院只有一个老太太。曹雪芹是在那里续的弦。后妻比较年轻，没有文化，曹雪芹对她仍像前妻一样很好。

曹雪芹晚年生活更为困顿凄凉，敦诚在一首诗中形容道：“满径蓬蒿老不

华，举家食粥酒常赊。”正是这种从锦衣玉食下降到举家食粥的不平常经历，使他自幼饱经忧患，阅尽沧桑，从较为切近的人情物态，一直看到了较大范围的种种世间真相，从而为小说《红楼梦》的创作提供了丰富的素材。

曹雪芹在落寞的生活中，也一直坚持《红楼梦》的写作。创作过程十分艰苦。首先，因为曹雪芹只爱吟诗饮酒，不想求取功名、升官发财，所以他的家人特别是兄嫂视他为眼中钉，把他赶出家门，让他自谋生计。当时的社会心理，又把写小说之类看做“末流”，曹雪芹居然要把平生精力用在“写闲书”上，得到的绝不是什么“尊敬重视”，而是极端的轻蔑和诋毁——骂他是“疯子”。其次，由于我国古典小说的特殊传统，作家在塑造人物形象时，常常选取某些事件作素材、某些人物作原型，进行艺术加工，所以从六朝以来的小说便产生了所谓“影射”问题——往往一篇作品刚刚问世，马上就出现许多猜测的说法。这也给曹雪芹的创作带来了不少的麻烦，先就是他那个封建大家庭的族人及亲戚方面的疑忌和愤怒，认为他是在故意糟踏人；然后就是统治者的注意和迫害。此外，还有经济生活、物质条件方面的困难，据说，曹雪芹作《红楼梦》时，没有钱买纸，就把过时的皇历拆开，把书页翻过来订成本子，字就写在皇历的背面。他经常穿着一件没有衣领的兰布大褂，腰间缠着个白布包袱，里面裹着笔墨纸砚，不管走到哪里，想写就写，听到别人谈话里有好材料，他马上就记下来。有时和朋友们一起喝酒吃饭，他突然离席就往家里跑；朋友们感到奇怪，追去一看，原来是他想起了一段故事情节，正伏在桌子上写《红楼梦》。

曹雪芹就是这样在重重压力和困难之下，坚持不懈地写作。经过十载披阅，五次增删，终于写出了一部百万言的巨著。真是“字字看来皆是血，十年辛苦不寻常”！

乾隆二十七年秋天的一个早上，曹雪芹从香山到北京城拜访敦敏。主人还未起床，却碰见了敦诚。这时，风雨交加，寒间甚浓，曹雪芹的酒瘾发作，像发狂似的。可巧敦诚也没带钱，只好解下佩刀作抵押，赊酒来请雪芹喝。曹雪芹很是痛快，不禁高呼大叫，连称“快哉”，当场吟出长歌一首，以示感激。敦诚也写了一首《佩刀质酒歌》来答和。

乾隆二十八年秋天，曹雪芹心爱的独子患病死了。他悲痛万分，天天到儿子坟上去哭。不久，他自己也病倒了。快过年的时候，鄂比去看他，他说：“我该骂的也骂了，该说的也说了，我这病治不了，怕过不了初一。我那部书

请你给我传出去。”果然，到除夕那天，别人家正是香烟爆竹、笑语欢腾的时刻，曹雪芹在极其凄凉悲惨的景况中离开了人世。

他的后妻只顾哭，没有一点主意，幸亏同院的老太太过来帮忙。老太太说：“他活着的时候，对你那么好，他死了你连个纸钱都不给他烧？”于是找把剪刀来，将桌子上整迭的字纸剪成许多纸钱给烧了。

出殡那天，敦敏、敦诚和鄂比等人都来给他送葬。送葬回来时，鄂比发现沿途丢的纸钱一面有字，拾起来一看，才知道原来是《红楼梦》后四十回的手稿。接着，又在抽屉里找到了包好的前八十回原稿和一百二十回目录。以后鄂比想给他补上，因为他熟悉后四十回的内容；可是由于文才不够，没有续成。后来，他的养子高鄂长大了，才把《红楼梦》的后四十回续成了。曹雪芹的未完稿题名《石头记》。乾隆五十六年（1791 年），程伟元、高鹗第一次以活字版排印出版，已是一百二十回，书名也由《石头记》改为《红楼梦》了。

知识链接

最大的官修丛书：《四库全书》

《四库全书》是乾隆皇帝亲自组织的中国历史上一部规模最大的丛书。由总纂官纪昀（晓岚）穷尽毕生精力，率 360 位一流学士编纂完成，该书成书于公元 1782 年 3 月 12 日，主要包括经、史、子、集四部，有 3461 种书目，79039 卷，总字数将近 10 亿，可谓超级文化大典。成书后，先编写了四个抄本，分藏于文源阁、文渊阁、文津阁、文溯阁（即“内廷四阁”或称“北四阁”）。

乾隆五十三年（1788），又续抄三部，分贮于文汇阁、文宗阁、文澜阁（即“浙江三阁”或称“南三阁”）。这七部抄本，深藏于秘府，普通世人很难看到，之后又经战乱，屡遭焚毁，文源阁、文宗阁、文汇阁藏本已不复存世，文溯阁本曾遭日本侵略军的抢掠，文澜阁也一度散失，文渊阁本

则于20世纪40年代末被运到台湾收藏，这就使得幸存的《四库全书》弥足珍贵。

《四库全书》是我国现存最大的一部官修丛书，是清乾隆皇帝诏谕编修的我国乃至世界最大的文化工程，它相当于同时期法国狄德罗主编《百科全书》的44倍，清乾隆以前的中国重要典籍，许多都收载其中。由于编纂人员都是当时的著名学者，因而代表了当时学术的最高水平。

第三节 明清时期的文学作品

《三国演义》

《三国演义》的出现经历了漫长的历程。从三国鼎立局面的产生到宋元时代，已历时一千余年，其间三国故事也以说话、戏曲、民间传说等各种形式在社会上广泛流传。元代刊本《全相三国志平话》是民间传说中三国故事的写定本。元末明初，罗贯中以这些民间创作为基础，又运用陈寿《三国志》以及裴松之注的正史材料，结合他丰富的生活经验，写成了《三国志通俗演义》。

罗贯中，元末明初人。《录鬼簿续编》对他有简略的介绍：“罗贯中，太原人，号湖海散人。与人寡合。乐府、隐语，极为清新。与余为忘年交，遭

三国中蜀国五虎上将之马超

时多故，各天一方。至正甲辰复会，别来又六十余年，竟不知其所终。”该书作者贾仲明“至正甲辰”（1364年）年22，作为他的“忘年交”的罗贯中，此时年岁当在50上下，据此推知罗贯中生年应为1315前后。至正甲辰后四年（1368年）明灭元，可知罗贯中卒于明初。罗贯中为元末明初杰出的小说、戏曲作家，现存作品，小说除《三国志通俗演义》外，还有《隋唐志传》、《残唐五代史演义》、《平妖传》，戏曲有《宋太祖龙虎风云会》。

今存最早的《三国演义》刊本是嘉靖壬午年（1522年）刻本，题“晋平阳侯陈寿史传，后学罗贯中编次”。因书前有庸愚子（蒋大器）署为弘治甲寅（1499年）所作之《序》，所以旧称“弘治本”，实是嘉靖本。该本分24卷，240则；每则有目，目为七字单句。虽然不能断定是否为首次刻本，但学术界一致认为它比较接近原作。万历末（1619年前后）建阳吴观明刻托名李卓吾评本《三国演义》，不分卷，将240则合并为120回。回目为双句，但参差不对。其时及之后，刊本日渐增多。清康熙年间，江苏长洲毛宗岗对《三国演义》进行了一次全面的加工修改，将原有回目改成整齐的对偶句，将内容加以增删改削，以唐宋名人诗词换掉原来鄙俗的韵语，并削去旧的评语，以己评代之；于卷首增入长文《读三国志法》。毛氏修改本因在内容、形式上都更确完善，遂成为其后流传最广泛的本子。

《三国演义》是一部历史演义小说。在我国古代章回小说中，历史演义小说占有很大的比重。但是，写得好的，即思想深刻，能正确反映历史发展的本质和规律，并能塑造出一大批性格鲜明的历史人物形参，且能紧密结合现实需要，给读者以深刻启示的成功之作却并不多见。《三国演义》，则是历史演义小说中最杰出的作品。

《三国演义》主要写魏、蜀、吴三国的政治斗争和军事斗争，起自黄巾起义，终于西晋统一，前后共百年。罗贯中通过描写错综复杂的历史事件，揭示了当时社会的黑暗和腐朽，谴责了统治阶级的残暴和丑恶，表现了关于国

家统一及明君仁政的政治理想。首先，小说真实地再现了公元3世纪中国的历史面貌。东汉末年，在镇压黄巾起义的过程中，无数封建政治集团发展了自己的实力，为攫取财富和权力，彼此征战，形成了军阀割据的混乱局面，给人民带来了深重的灾难。“欲知三国苍生苦，请听通俗演义篇”，明修髯子（张尚德）《三国志通俗演义引》的这两句话，指出了小说痛恨军阀混战、同情人民苦难的内容特点。其次，小说寄托了作者的政治理想。作者虽受“分久必合，合久必分”的历史循环论的影响，但小说反对分裂、拥护统一的倾向却是很鲜明的。作者将曹操塑造为奸雄，让他集中了封建统治者种种恶劣的品格，这对封建政治无疑是一次大胆的抨击。小说歌颂蜀汉，虽有着正统思想的严重局限，但它所描写的君臣如同手足，将领皆为忠义之士，则反映出作者和人民大众渴望圣君贤相统一天下的政治理想。这种理想在现实中没有能实现，蜀汉终未统一天下，所以小说又有着浓厚的悲剧色彩。作者生当改朝换代之际，表达这样的理想，实也是一种深沉的寄托。第三，小说通过对理想英雄的描绘，热情歌颂了忠义、勇敢和智慧。关羽是勇武和忠义的化身，诸葛亮是忠义和智慧的典范。这些理想英雄都具有超人的智慧和勇武，都肩负着常人无法承受的历史重任，不屈不挠地为理想政治而艰苦奋斗。对这些理想英雄崇高品质的歌颂，实际上是对民族精神的弘扬。其四，小说在传播历史知识的同时，还提供了许多社会生活的经验，诸如斗争策略、军事计谋、论辩方法等等。作者把封建统治者长期积累的全套统治权术公之于众，人们一旦掌握了这些内幕。便能识破那些显赫一时的统治者本相，不再被他们所欺骗。就这方面的意义看，小说起着将读者培养成反对封建统治的智士的作用。

《三国演义》标志着历史演义小说的辉煌成就，从此，历史演义小说大量出现，并影响戏曲，产生了一大批“三国”剧目。

《水浒传》

《水浒传》与《三国演义》同时产生。宋江起义发生在北宋末年。有关宋江起义的故事南宋初就开始流传。到元末明初，施耐庵汇集250年间有关宋江故事的话本、戏曲，加工创作了《水浒传》。

《水浒传》的作者，历来记载不一。有认为罗贯中编的（明田汝成《西

湖游览志余》)，有作施耐庵编的（明胡应麟《少室山房笔丛》）。明高儒《百川书志》说："《忠义水浒传》一百卷，钱塘施耐庵的本，罗贯中编次。宋寇宋江三十六人之事，并从副百有八人，当世尚之。"这种一百卷体现已不可见，它可能是《水浒传》的祖本，作者为施耐庵，后又经罗贯中编定。今人多从高儒、胡应麟说，认为《水浒传》的语言风格同罗贯中小说迥异，作者应为施耐庵。施耐庵，生平不详，传说他曾参加元末张士诚起义。

《水浒传》版本复杂，既有繁本、简本之分，又有 100 回本、120 回本、70 回本之不同。今见最早刊本为嘉靖本，已是残本；万历十七年（1589 年）天都外臣序本、万历三十八年（1610 年）容与堂本，皆据嘉靖本翻印，100 回，回目对偶，招安后有征辽、征方腊，而无征田虎、王庆事。此本文笔流畅，描写细致，形容曲尽，引用诗词较少，属繁本系统。简本有万历甲午（1594 年）余象斗双峰堂所刻《水浒志传评林》25 卷（30 回以下不标回次），特点是文简事繁，叙述粗略而所用诗词较多，内容则在招安后增入了征田虎、王庆二事。此后，有影响的刊本为万历四十二年（1614 年）杨定见"全传"本，共 120 回，于 100 回本补入简本田、王二事而成，属繁本系统。崇祯十四年（1641 年）金圣叹贯华堂本出，它截取繁本前 70 回，砍掉排座次以后事，将原小说第一回改为楔子，杜撰卢俊义惊噩梦为第七十回，意在不许梁山英雄自赎立功。该本虽是腰斩《水浒》而成，但故事也能自成起讫；且对原文也多有润饰，加之金圣叹评语在艺术鉴赏方面亦不乏真知灼见，所以清初以来 70 回本成为读者最多、流传最广的《水浒》版本。

《水浒传》以北宋末年宋江故事为题材，通过生动的艺术描写，成功地再现了中国历史上一次农民起义的全过程。首先，通过"官逼民反"过程的描述，揭露了封建统治阶级的罪恶，深刻而又广泛地揭露了封建统治阶级中贪官污吏的腐朽无能和贪暴横行，歌颂了反抗封建压迫的英雄人物，反映了他们劫富济贫、打土豪、杀贪官的斗争。皇帝宠信的高太尉是统治集团的代表人物；祝朝奉、毛太公、西门庆、镇关

武松打虎是水浒中最经典片段之一

西、牛二等，是土豪、恶霸、泼皮的典型，他们的丑恶，正表达了作者的批判倾向。而小说所描写的英雄，如鲁智深、林冲、武松、李逵、阮氏三雄等等，又表达了作者的赞美之情，肯定了农民起义的合理性。其次，细致而生动地描写了农民起义如何由零碎的复仇星火发展到燎原之势的过程；同时也写出了起义的悲剧结局，揭示了起义失败的内在原因。小说再现了水浒英雄由个人反抗到联合斗争的发展过程。智取生辰纲是联合斗争的萌芽，江州劫法场后的白龙庙小聚义是联合斗争的形成，随即，梁山泊树起了“替天行道”的大旗，出现了起义英雄武装割据政权的新局面，主动出击，连续获得了三打祝家庄、踏平曾头市、两赢童贯、三败高俅等一连串辉煌胜利，震撼了封建统治的根基。然而，就在这种节节胜利的形势下，由于宋江“忠义报国”思想在山寨起了支配作用，终将起义引向了受招安的道路，导致了起义的失败。对宋江的“忠义”思想和起义的受招安结局，小说是持肯定态度的，这是它的局限，应进行分析说明。

《水浒传》的缺陷，一是关于招安的描写。招安，这是封建社会农民起义所可能发生的悲剧，描写它并非歪曲历史；关键在于作者对招安的评价是以“呼群保义”赞之，肯定了以“忠义”杀人的合理性，这就使小说的现实主义成就受到了削弱。二是在人物描写方面，上梁山之后，多数人物的性格失去了变化和发展，显得有些凝滞或僵化，远不如上山前英气逼人，这也减弱了小说整体的艺术魅力。

《水浒传》虽有不足，但它的成就是巨大的。它为英雄传奇小说的发展开辟道路，对戏曲和民间文艺的创作也有着直接的影响。在文学语言方面，民间“说话”所运用的通俗、生动的白话，经过它采撷、加工，才真正开始取代文言，进入了文学阵地。“五四”时期的白话文运动，以《水浒》为代表的章回小说，曾起过一定的促进作用。

《西游记》

《西游记》的成书过程，同样是许多故事先在民间长期流传，然后撰写成书。唐僧确有其人，取经确有其事。贞观二年，青年和尚玄奘，不怕艰险，经西域赴天竺（即印度），一路上受尽千辛万苦，克服各种各样困难，用17年的时间，在印度讲了学，取回经文600多部，交流了中印文化。回国后他

美猴王孙悟空

的弟子辨机根据他的口述，写下了《大唐西域记》。该书记载西域各国的风土人情、佛观寺院等奇闻轶事。对古印度记述比较详细。此书很重要，英、法等国均有译本。后来他的弟子慧立又写一部《大唐慈恩寺三藏法师传》，也是记载玄奘取经事迹的。这两部书经其弟子有意渲染，又多是佛教上的事，因而在流传的史实上增添了许多神异内容。宋代时说话人，说经的底本有《大唐三藏取经诗话》，文里夹杂着诗，全书分十七节，每节有标题，略如章回小说的回目。今传本已无第一节，只存十六节了。叙述玄奘遇猴行者，经历香林寺、狮子林、树人国、九龙池、鬼子母国、女人国、王母池、沉香国、波罗国等达到天竺，求得经卷。这个猴行者是个白衣秀才，自称“花果山紫云洞八万四千铜头铁额猕猴王”，曾因偷吃蟠桃被西王母捉住，发配在花果山紫云洞，神通广大，能伏妖降魔，知识渊博，在他身上已有了孙悟空的影子。还出现了深沙神，是沙僧的前身。《取经诗话》情节简单，文辞粗糙，但主角已由唐僧变成了行者，初具《西游记》的雏形。唐僧故事在金院本中有唐三藏剧目。元代有吴昌龄《唐三藏西天取经》杂剧。元末明初杨讷的《西游记杂剧》，明代《永乐大典》里，保存一段“梦斩泾河龙”的故事。全文约1200字，内容与《西游记》第十回：“老龙王拙计犯天条，魏丞相遗书托冥吏”的前半部基本相同。可知在吴承恩之前已有古本《西游记》了。在古代朝鲜的汉语教科书《朴通事谚解》中还发现了“车迟国斗圣”的片断故事，内容相当于今本《西游记》第四十六回；另还叙述了《西游记》的故事梗概。上述种种是在吴承恩写成《西游记》之前的传说和其他成书情况。这些材料给吴承恩提供了丰富的素材。他依靠这些材料写成了《西游记》。

《西游记》根据历史的片断加以渲染，或佛，或道，或魔，是神魔的小说。但它又不是那种低级趣味封建迷信的鬼魔小说。它是按照人类社会的模式写的，反映了人的社会生活，人的感情以及人类社会的阶级斗争。在神奇浪漫主义的描写里，熔铸着现实生活的内容，对人民群众受压迫表示同情，

对邪恶势力进行反抗，所以说通过绚丽多彩奇巧幻变事件的描写，来反映现实生活。是一部伟大的长篇神话小说。

《西游记》的思想光辉集中地体现在孙悟空这个富有反抗精神的形象上。孙悟空这个形象是作者精心塑造的，它是从一块仙石中生出来的，是大自然的儿子，一出世就“目运两道金光，射冲斗府”，具有强大的威力，很有叛逆精神。作者在孙悟空这个形象身上，倾吐了他对当时社会政治的不满，和拯救“世风”的强烈愿望，因为他看到了种种罪恶，上下勾连，是社会总体的“世风”。他希望有个英雄人物出来澄清这些恶浊，加在人们身上的九九八十一难。九为究也，物极为九，只能有九九，到了极数。说明社会灾难已经到了极点。这是曲折隐晦的反映了社会的昏庸残暴，这些在孙悟空的铁棒下，全打跑了。在这个人物身上寄托着作者的社会理想，和广大人民群众的强烈愿望。从孙悟空形象体现出来的邪不敌正的思想，铭刻人心，长久以来成为人们战胜腐朽邪恶的一种鼓舞力量。当然他也有软弱的一面，留在后面去谈。

积极浪漫主义是《西游记》的主要艺术特色。它植根于现实又高于现实。它体现一定社会力量的本质，对现实不是一般的摹写而是要把现实理想化。《西游记》就具有这个特点。作者写的是神话世界，但他反映的却是现实生活，人物创造上就是如此。既有人物外形上的特点，又有神话上的特点。作者运用了大胆的艺术幻想，在猴子这个特点上飞升，猴性、神性、人性三者统一于人性，就使人觉得很神奇，但不觉得离奇荒诞，反而表现出孙悟空的巨大神通，使故事更为丰采，增强了艺术魅力。

在情节和环境上同样也使用了艺术幻想，用奇特的想像创造许多不平凡的神奇情节，引人入胜，如八十一难，七十二变，天庭，地府，龙宫，神怪，飞沙走石，风雷电雾，神妙莫测，变化奇诡，都以现实作依据，就不觉得怪诞。写阴曹地府、魔窟仙洞，就不是阴森森的可怕。因为阎君，小鬼都通世故，有人情味。作者明智地宣告，上界佛国，诸天神祇，冥府龙宫，都是人们编造出来的，在这个意义上，吴承恩否定了神，肯定了人，所以说这些幻想是优美的，健康的，还能引导人们去识别善与恶，启发人们的积极进取精神。

这些神奇幻想，不是凭空产生的，也不是对于现实生活的如实描摹，而是在现实生活的基础上，通过对各种斗争的主观幻化，表现了社会上的某些本质方面。这就是《西游记》浪漫主义的特征，作品的认识价值，也在这里。

《红楼梦》

长篇杰作《红楼梦》是我国古代小说中一部艺术性最高的现实主义作品。这部伟大作品产生于18世纪中叶，亦即封建社会末期。中国江南市镇已有不少手工业工厂，已经有了一些资本主义的萌芽。在《红楼梦》中所表现的对个性解放和个性自由的积极要求，正是这种新的经济关系所决定的意识形态的反映。

《红楼梦》的主题存在各家多种说法，意见极不一致。归总起来即是两种主要说法，一种是把《红楼梦》看成是政治历史小说，即把第四回“葫芦僧乱判胡芦案”作为全书的总纲，把“护官符”作为书胆，认为贾史王薛四大家族的财富与权势是封建王朝的支柱，他们的兴衰成败关系到整个封建王朝的安危。是“将真事隐去”用“假语村言，敷衍出来”的王朝兴衰，是用特殊表现手法，用谈情来掩盖书中描写的政治斗争，因而是一部政治历史小说。一种是把《红楼梦》看成是爱情小说，认为书中着重描写了贾宝玉和林黛玉的爱情悲剧。他们生活在有钱有势的封建大家族贾府中，他们的爱情生活甚至他们的生命，都要受这个家庭中的礼教和家长制来安排和主宰。而这个家庭又是极度的腐朽，专横、跋扈和日趋没落。他们交结官府欺压百姓，倾害人命。贾赦为抢把扇子要了石呆子的命，王熙凤为得三千两贿银，害死张金

红楼梦场景

哥，这些事在封建社会是屡见不鲜的。一张交租单凝聚着农民的斑斑血泪。这个标榜簪缨之族、钟鸣鼎食之家，实际是一些寡廉鲜耻的淫夫、恶棍和杀人的刽子手。整个家族人与人之间的关系是尔虞我诈，互相倾轧，这正是封建大家族没落的缩影。而宝玉与黛玉的爱情就是在这样环境中进行的，他们的恋爱不自由，婚姻的悲剧就是这个大家庭的产物。而他们的叛逆性格，要求个性解放，争取婚姻自由的精神也就是在这样环境中形成的。宝玉和黛玉这两个人物所体现的时代精神，就是与这个家庭中的那些表面上道貌岸然，满口仁义道德，内中却是龌龊不堪的男盗女娼对比中体现出来的，因而他们的形象至为鲜明。他们与这个家庭的一切要求背道而驰，虚假的礼教束缚不住他们，科举仕途经济牢笼不了他们的志趣，明显地表现出他们的叛逆性格，是没落中的希望，是黑暗中的明珠。这才是这篇爱情小说的光辉主题，因为它歌颂了叛逆精神，它的重大社会意义和历史意义也在此。

贾宝玉叛逆性格表现在反对男尊女卑的传统观念上，他认为“天地灵淑之气只钟于女子，男儿们不过是渣滓浊沫而已”。这种看法对男尊女卑的封建社会，是个大胆的挑战。当时被崇奉的孔子、朱熹等思想，认为女子是男子的附属品，是微不足道的，三从四德的三从，实质就是从男子。宝玉这个主张与当时的官方思想是格格不入的。他在实践上也极同情女人的不幸，如对晴雯、香菱不幸遭遇的同情。另一点还表现在对科举制度的反对上。封建社会和家庭要求他走科举道路，成为一个庸人，做封建统治阶级的驯服奴才。但他不干，他把热衷于功名利欲熏心的文人骂成是“禄蠹”。他不读八股文，不学圣贤之书，有一次，史湘云劝他注意些仕途经济的学问，贾宝玉请她到别的屋坐坐，不屑一听。这在康、雍、乾八股盛行的时代，是了不起的叛逆思想。再一点是在婚姻自由上，他爱着黛玉，他要求婚姻自主，在“金玉良缘”家长的意志面前，决不屈服，甚至要砸碎封建婚姻象征物——通灵宝玉。在封建礼教的婚姻压力下，他出家当了和尚。有人说这个反抗是软弱的消极的。根据时代的局限，他只能这样，这仍然是不小的反抗。

黛玉是另一个封建贵族的叛逆者，首先表现在对婚姻自由的追求上。在和贾宝玉的关系上，她反对贾宝玉接触的女人：主要对象是薛宝钗，其次是史湘云和袭人。这不是气量褊狭，而是要求爱情纯真，要求人格尊重，要求地位平等。在一夫多妻制的社会里，这种要求实质上是对封建势力的反抗。另一点表现在极力摆脱封建礼教的束缚上，三从四德，女子无才便是德等，

这些礼教信条，在这个时代最为盛行，成为束缚妇女的精神枷锁。黛玉敢于冲破这精神牢笼。《牡丹亭》、《西厢记》之类被礼教定为禁书的作品，黛玉她却百读不厌，觉得“词句警人，满口余香”，还能默诵。这有失大家闺范的体统，黛玉的行为越出了礼教的雷池，自然是“大逆不道”的。她有时对贾府的肮脏行为还要说上几句辛辣话。由于她的锐敏、直爽，招来非议。说她刻薄，实际是指斥她越封建的礼。连贾母都说她“乖僻”，即是指斥她离经叛道。说她缺少“温厚和平”，实质是说她没有三从四德。说她追求爱情是“鬼不成鬼，贼不成贼”，总之丧失妇德，甚至没有做人的资格。这些一连串的责难，使我们听到了卫道者对叛逆者怀恨的切齿声。林黛玉同时也是极力反对八股文和仕途经济的。最后林黛玉的追求失败了，当然这有她本身的弱点，但她的死却巩固了宝玉的反抗信心，加强了力量。使他战胜“声色货利”，弃家而走。所以说最后的失败者是贾政、王夫人、薛宝钗等人，使他们失去了孝子、贤夫，失去了他们的后继人。黛玉的死，给人以前进力量，是坚决地向封建势力决战！

这两个人物的光彩，是他们所体现的思想，达到了时代的高度，对封建秩序、封建伦理道德观念的叛逆，这正反映了当时新生产关系的思想萌芽，初步的民主主义思想。他们仍有局限，就是不能完全摆脱封建正统思想的束缚，追求的精神摇摇摆摆，悲观厌世，虚无主义，庸俗气都很严重，阶级烙印，还是颇清晰的。

知识链接

正确认识《金瓶梅》

有的指责说《金瓶梅》“是古今第一的淫书”；有的说“《金瓶梅》正是这一糜烂生活和腐朽意识的反映”。这些都是根据这部小说中的部分淫亵鄙陋描写而否定了作品的全部，是不公平的。鲁迅在《中国小说史略》中说：

作者之于世情，盖诚极洞达，凡所形容，或条畅，或蓝折，或刻露而尽相，或幽伏而含讥，或一时并写两面，使之相形，变幻之情，随在显见，同时说部，无以上之，故世以为非王世贞不能作。

鲁迅对此书是持肯定态度的。它确实是一部反映明代社会生活的现实主义作品。《中国小说史略》把它列为“明之人情小说”，指出它是写社会人情的，而且以市民阶层为主，又不落于才子佳人悲欢离合的旧套。使用当时山东市民通俗方言，如实地描写出一个暴发户横行淫荡，霸妻淫男的丑行，这种写实精神在当时还是很可贵的。当然过多的描写纵欲行为是它的糟粕，应该给予批判剔除。

图片授权

全景网

壹图网

中华图片库

林静文化摄影部

敬　启

本书图片的编选，参阅了一些网站和公共图库。由于联系上的困难，我们与部分入选图片的作者未能取得联系，谨致深深的歉意。敬请图片原作者见到本书后，及时与我们联系，以便我们按国家有关规定支付稿酬并赠送样书。

联系邮箱：932389463@ qq. com

参考书目

1. 王永鸿，周成华．中华文学千问．西安：三秦出版社．2012
2. 孔丘．中华文学起源·诗经．北京：高等教育出版社．2012
3. 秦泉．中华文典句典大全集．南昌：百花洲文艺出版社．2011
4. 黄进德．中华大典·文学典—魏晋南北朝文学分典．南京：凤凰出版社（原江苏古籍出版社）．2011
5. 文史哲编辑部．文学：批评与审美．北京：商务印书馆．2011
6. 冯天瑜，何晓明，周积明．中华文化史．上海：上海人民出版社．2010
7. 周成华．明清文学观止．长春：吉林大学出版社．2010
8. 周成华．唐朝文学观止．长春：吉林大学出版社．2010
9. 周成华．汉朝文学观止．长春：吉林大学出版社．2010
10. 黎娜，马立荣．中华文学5000年．北京：光明日报出版社．2010
11. 北京师范大学文学院组．中国古代文学史（上中下）．北京：北京师范大学出版社．2008
12. 徐培均．中华爱国文学史．北京：上海社会科学院出版社．2006
13. 游国恩．中国文学史．北京：人民文学出版社．2002
14. 陈辽，曹惠民．百年中华文学史论．上海：华东师范大学出版社．1999
15. 曹础基．中国古代文学．广州：广东高等教育出版社．1999

中国传统风俗文化丛书

一、古代人物系列（9 本）

1. 中国古代乞丐
2. 中国古代道士
3. 中国古代名帝
4. 中国古代名将
5. 中国古代名相
6. 中国古代文人
7. 中国古代高僧
8. 中国古代太监
9. 中国古代侠士

二、古代民俗系列（8 本）

1. 中国古代民俗
2. 中国古代玩具
3. 中国古代服饰
4. 中国古代丧葬
5. 中国古代节日
6. 中国古代面具
7. 中国古代祭祀
8. 中国古代剪纸

三、古代收藏系列（16 本）

1. 中国古代金银器
2. 中国古代漆器
3. 中国古代藏书
4. 中国古代石雕
5. 中国古代雕刻
6. 中国古代书法
7. 中国古代木雕
8. 中国古代玉器
9. 中国古代青铜器
10. 中国古代瓷器
11. 中国古代钱币
12. 中国古代酒具
13. 中国古代家具
14. 中国古代陶器
15. 中国古代年画
16. 中国古代砖雕

四、古代建筑系列（12 本）

1. 中国古代建筑
2. 中国古代城墙
3. 中国古代陵墓
4. 中国古代砖瓦
5. 中国古代桥梁
6. 中国古塔
7. 中国古镇
8. 中国古代楼阁
9. 中国古都
10. 中国古代长城
11. 中国古代宫殿
12. 中国古代寺庙

五、古代科学技术系列（14 本）

1. 中国古代科技
2. 中国古代农业
3. 中国古代水利
4. 中国古代医学
5. 中国古代版画
6. 中国古代养殖
7. 中国古代船舶
8. 中国古代兵器
9. 中国古代纺织与印染
10. 中国古代农具
11. 中国古代园艺
12. 中国古代天文历法
13. 中国古代印刷
14. 中国古代地理

六、古代政治经济制度系列（13 本）

1. 中国古代经济
2. 中国古代科举
3. 中国古代邮驿
4. 中国古代赋税
5. 中国古代关隘
6. 中国古代交通
7. 中国古代商号
8. 中国古代官制
9. 中国古代航海
10. 中国古代贸易
11. 中国古代军队
12. 中国古代法律
13. 中国古代战争

七、古代文化系列（17 本）

1. 中国古代婚姻
2. 中国古代武术
3. 中国古代城市
4. 中国古代教育
5. 中国古代家训
6. 中国古代书院
7. 中国古代典籍
8. 中国古代石窟
9. 中国古代战场
10. 中国古代礼仪
11. 中国古村落
12. 中国古代体育
13. 中国古代姓氏
14. 中国古代文房四宝
15. 中国古代饮食
16. 中国古代娱乐
17. 中国古代兵书

八、古代艺术系列（11 本）

1. 中国古代艺术
2. 中国古代戏曲
3. 中国古代绘画
4. 中国古代音乐
5. 中国古代文学
6. 中国古代乐器
7. 中国古代刺绣
8. 中国古代碑刻
9. 中国古代舞蹈
10. 中国古代篆刻
11. 中国古代杂技